내가
죽였다

내가
죽였다

정 해 연 장 편 소 설

연담 ⓛ

차례

내가 죽였다
7

에필로그
347

1

개업 변호사는 진실을 찾지 않는다. 의뢰인을 찾는다.

오늘도 그것을 진실로 여기며 변호사 김무일은 출근 즉시 컴퓨터를 켰다. 며칠 전부터 그가 공을 들이고 가입 승인을 기다리는 것은 인터넷 카페 '더 리더'였다. 한때 같은 이름의 영화가 흥행하면서, 책 읽어주는 남자 혹은 여자라는 캐치프레이즈를 건 프로그램이 많이 생겨났다. 하지만 '더 리더'는 그런 카페가 아니었다. 사무장의 조사에 따르면 이곳은 소설의 불법 파일 공유 카페다. 이런 카페는 각종 저작권 관련 소송을 당하면서도 잡초처럼 살아남아 어디선가 또 동굴을 만들고 불법 파일을 공유한다. 피땀으로 일구어낸 저작권자의 저작물을 한순간에 무의미한 것으로 만드는 아주 악질적이고 파렴치한 자들.

'싫지 않다.'

그들은 김무일의 밥줄이나 다름없었다. 아무리 소송을 해서 없애고 없애도 이런 카페는 계속 만들어지고 불법 파일은 끊임없이 공유된다. 무일로서는 신기한 일이다. 사람이 아니라 컴퓨터가 하는 일이 아닌가 생각해본 적도 있다. 하지만 사람이 하든, 컴퓨터가 하든 무일이 상관할 바가 아니다.

카페에 가입해 불법 공유되는 파일을 확인한 다음, 가장 많이 이용되는 저작권자에게 연락하여 실태를 알리고 해결 방법을 제시한다. 해결 방법이라면 당연히 소송. 저작권자가 의지가 있다면 김무일이 대리인이 되어 진행한다. 합의금을 받고 합의를 하든 법정 싸움까지 가든, 거기서 승소하든 패소하든 무일에게는 상관이 없다. 수임료가 들어오니까. 이른바 '기획 소송'이다.

"아싸."

무일은 작게 중얼거리며 주먹을 움켜쥐었다. 카페의 가입 승인이 떨어졌다. 물론 이 카페가 운영되는 포털사이트의 가입 명의는 무일의 것이 아니다. 이런 카페는 수차례 폐쇄를 겪으면서 나름의 블랙리스트를 갖고 있다. 몸을 사리는 것이다. 무일은 가족들, 그러니까 할아버지, 할머니, 아직 솜털이 송송한 조카와 시집간 누나는 물론, 매일같이 으르렁대는 친구의 주민등록번호를 사용해 카페에 가입하곤 했다. 나중에는 아이디와 비밀번호가 기억나지 않아서 전용 수첩을 마련해야 할 정도였다.

무일은 히죽거리면서 카페에 가입 인사를 남겼다. 무일이 알고 있는 한, 오늘 다른 일정은 없다. 이렇게 일정이 없는 날, 아무것도 하지 않으면 밥값을 못하는 기분이 드는데 오늘은 그럴 일이 없다.

이렇게 가입된 것만 해도 밥값을 한 셈이니까. 이런 카페는 소송할 만한 상대가 적어도 열 명 이상 나온다. 노다지다.

주로 관심을 갖는 것은 로맨스나 무협소설 쪽이다. 출간과 동시에 베스트셀러 순위에 진입하는 일반 문학 작품도 상당수가 불법 유통되고 있지만 그들은 무일의 관심 밖이다.

베스트셀러에 이름을 올리는 작가들은 대부분 대형 출판사를 끼고 있기 때문에 출판사와 계약된 전담 로펌이 소송을 진행한다. 로맨스나 무협소설 쪽은 출판사 규모가 크지 않은 경우가 대부분이기에 귀찮은 소송을 피하려 한다. 다만 작가들은 저작물에 대한 자긍심이 커서 무일의 연락을 받기 무섭게 응해온다. 무일이 그간 체득한 영업 방식이다.

이 카페에 올라온 작품들 중 어떤 것이 무일의 통장을 불려줄 것인지 검색하고 있던 그때 노크 소리가 들렸다. 무일은 마우스휠을 긁어내리던 손을 멈추지 않은 채, 들어오라고 대답했다. 어차피 이 사무실에 있는 것은 변호사 무일과 사무장 변상영뿐이니까.

무일의 대답과 함께 문이 열리고 안으로 들어온 것은 역시나 변 사무장이었다. 사십대 중반밖에 되지 않았으나 머리 중앙이 농약을 잘못 뿌린 밭처럼 텅 비어 있었다. 그나마 숱이 많은 앞머리를 눈물겹게 길러 뒤로 넘긴, 술수에 능한 남자다.

"아, 사무장님. 기쁜 소식! 오늘도 카페 하나 뚫었습죠."

그러나 룰루랄라 입이 째지도록 신난 것은 무일뿐이었다. 변 사무장은 무덤덤한 얼굴로 책상 앞까지 다가와 입을 다물고 그를 빤히 보았다. 신이 나서 들썩거리던 무일이 몇 번 더 히죽여보았으나 변 사무장의 반응은 없었다. 민망해진 무일은 이유 없이 큼큼거리고는 얼굴에서 웃음을 지웠다.

"사무장님, 무슨 일로?"

"이거요."

변 사무장이 들고 온 검은색 결재판을 내밀었다. 이 사무실을 개업하면서 인근 대형 문구 체인에서 이천 원에 산 것이다. 굳이 없어도 되지만, 사무장은 이 결재판을 내미는 순간을 좋아한다. 시쳇말로 느낌적 느낌으로 좋아하는 것이다. 마치 드라마에 나오는 대형 로펌에서 일하는 느낌이라고 했다. 결재권자가 되는 느낌도 나쁘지 않아서 무일도 반대하지 않았다.

무일은 결재판을 받아 열었다. 하지만 안에 든 서류는 느낌적 느낌으로 좋아할 수 없는 것이었다.

"이게 뭡니까?"

무일이 놀라 물었고, 변 사무장은 시선을 피하면서도 단호하게 대답했다.

"사직서입니다. 후임자 구할 때까지만 일하겠습니다."

"안 구해요."

"네?"

"안 구한다고, 후임자."

무일이 벌떡 일어섰다. 예상치 못한 순간에 훅 들어온 변 사무장의 일격은 생각보다 당혹스러웠다. 이 변호사 사무실을 개업한 지

2년, 그동안 버틴 것은 사무장 역할이 7할 이상이라 해도 과언이 아니었다. 간신히 민머리를 가린 저 능글맞은 얼굴로 합의를 제안하면 열 명 중 여덟 명이 넘어왔다. 마력의 민머리다. 합의를 하면 재판까지 가지 않고도 변호사 수임료를 챙긴다. 일하지 않고도 돈을 받는 셈이다. 그런데 그만둔다니 용납할 수 없는 일이다. 아니, 용납이 안 되는 게 아니라 절대 일어나서는 안 되는 일이다.

"충분히 경력자를 구하실 겁니다."

"못 구해요. 알잖아. 어떤 경력자가 여길⋯⋯!"

말하다가 말고 흠칫, 무일은 입을 다물었다. 변 사무장의 눈 끝이 파괴된 자존심으로 파르르 떨렸다.

"그렇죠. 누가 저작권 기획 소송을 전문으로 하는 변호사 사무실 사무장을 하겠습니까."

내 입으로 말할 때는 괜찮은데 남이 말하는 것을 들으니 기분이 나쁘다. 사실을 적시해도 기분이 나쁘다. 아니라고 말을 못해서 기분이 나쁘고, 변명할 말이 없어서 기분이 나쁘다. 무일은 입맛을 쩝 다셨다.

"모르고 들어오신 것도 아니고, 갑자기 왜 그러십니까?"

무일의 질문에 변 사무장이 말없이 양복 안주머니에서 둘둘 말린 종이를 꺼내 내밀었다. 뭔가 싶어 받아본 무일은 당황했다.

소장이었다.

소송 대리인 김무일. 바로 이 김무일 변호사 사무실이 담당한 저작권 침해 소송이다. 상대는 변수현.

"변……."

"제 아들입니다. 고등학교 1학년이죠."

무협소설 작가의 의뢰를 받아 불법 공유 사이트의 회원들 중 해당 작가의 소설을 업로드한 몇 명을 상대로 소송을 걸긴 했었다. 그중 한 명이 미성년자인 변 사무장의 아들이었다는 황당한 이야기였다.

"명단 작성은 사무장님이 하지 않았습니까?"

"그렇죠. 제가 했습니다. 근데 몰랐습니다. 아들 앞으로 소장이 날아오고 나서야 알았습니다. 덕분에 제가 그동안 얼마나 기계적으로 일했는지도 알게 되었습니다. 변호사님, 변쓰가 뭔지 아십니까?"

"빤쓰요?"

"변쓰. 변호사 쓰레기를 줄여 말하는 거라고 합니다. 아들놈이 그러더라고요. '아빠가 변쓰 밑에서 일했던 거였어?' 하고요."

변쓰. 변호사 쓰레기. 기분이 나쁘다. 알고 있는 사실이라도 남의 입을 통해 들으니 기분이 나쁘다. 사실을 적시해도 기분이 나쁘다. 아니라고 말을 못해서 기분이 나쁘고, 변명할 말이 없어서 기분이 나쁘다. 기자는 기레기라고 하니까 차라리 변레기라고 하는 것이 낫다. 변쓰, 어감이 더럽다.

"아들 앞에서 창피했습니다. 물론 아들놈이 한 일도 창피한 일이지만 어린애들을 이용해 벌어먹고 사는 저도 창피했습니다. 그거 아세요, 변호사님? 저 변호사 사무장들 모임에도 안 나가요."

안다. 무일도 변호사 모임에 나가지 않는다. 초청도 당연히 없다.

그들은 무일을 변호사로 쳐주지 않는다. 하지만 어쩔 수 없다. 개업 변호사는 평균 2년을 채 넘기지 못하고 문을 닫는다. 승소 실적이 없기 때문에 의뢰를 하지 않는다. 의뢰가 없으면 당연히 재판이 없고, 재판이 없으면 승소할 기회도 없고, 그러면 당연히 승소 실적이 생기지 않는다. 승소 실적이 없기 때문에 의뢰인도 없고…… 악순환이다. 그러니 이거라도 하지 않으면 월세를 내기도 힘들고 사무장의 월급을 주기도 힘들어진다.

"무슨 말씀이신지는 알겠는데요, 사무장님. 저보다 더 잘 아시지 않습니까. 사무실을 유지하려면…….."

"이제 어느 정도 자리 잡힌 거 아닙니까. 월세도 낼 수 있고 제 월급도 충분히 나오잖습니까? 아예 저작권 소송을 그만두자는 게 아니고, 일반 사건도 좀 맡자는 겁니다."

"일반 소송을 누가 저한테 의뢰합니까. 그런 것도 다 실적이 있어야…….."

"거절하셨잖습니까. 누가 모릅니까. 지난번에 오신 할머니 사건, 안 맡으셨잖아요."

무일은 눈을 깜박이며 시선을 피했다. 사무장이 눈치가 너무 빨라도 단점이다. 변 사무장에게는 그냥 상담만 하고 의뢰를 못 받았다고 했는데 눈치를 채고 있었던 모양이다.

상대는 팔십대 후반의 노인으로, 아들이 폭행죄로 수감되어 조사를 받고 있었다. 술자리에서 옆 테이블 손님들과 시비가 붙어 몸싸움까지 벌인 모양인데, 지구대 측에서 적당히 합의하고 돌아가라고 할 만한 상황이 아니었다. 운 나쁘게도 상대가 한 대 맞고 넘어지면서 쌓아둔 병 위로 쓰러졌고, 깨진 병의 파편에 찔려 좌측 눈이 실명되었다. 상대방은 가해자에 대한 처벌을 강력히 원했다.

할머니는 아들의 억울함을 주장하고 있었다. 시비를 건 것도, 폭행을 먼저 시작한 것도 상대방이라고 했다. 운이 나빠 그쪽의 상처가 큰 것뿐이지, 아들이 때린 것은 딱 한 대뿐이었고, 맞은 횟수는 아들이 훨씬 더 많다고.

하지만 CCTV도 없었고, 친구들은 모두 만취해 상황을 정확히 기억하지 못했다. 얕은 우정으로 친구를 감싸준답시고 기억도 잘 나지 않는 일들을 섣불리 뱉어내다가 '진술의 신빙성이 없다'는 소리만 들었다. 할머니는 '유전무죄, 무전유죄'를 외칠 기세로, 상대방의 친인척이 경찰청 윗대가리 누구라더라 하는 카더라통신을 인용한 주장을 펼쳤다.

대충 이야기만 들어봐도 가난한 집이었다. 수임료를 얼마나 부를 수 있을까. 소송까지 가면 일이 많아진다. 이 사건으로 쓰는 시간과 받을 수 있는 수임료는 비례하지 못할 것임이 자명했다. 그 시간에 저작권 소송을 하면 몇 배의 돈이 벌린다. 그래서 거절하고 돌려보냈었다.

무일의 침묵이 일반 사건은 맡지 않겠다는 뜻으로 들렸는지 사무장은 소장을 말아 도로 주머니에 집어넣고는 결재판을 펼쳐 사직서를 다시 들이밀었다.

"수리 부탁드립니다. 저도 뿌듯한 일 좀 하고 싶습니다."

그러고는 돌아선다. 돌아서는 폼이 아주 순정만화 속 청순가련 여주인공을 능가했다. 무일은 속이 부글부글 끓었다. 좋아하는 형님만 아니라면 확!

  "합시다!"

  "정말요?"

  눈을 반짝이며 변 사무장이 돌아섰다. 입가에 걸린 흡족한 웃음이 마음에 들지 않았다.

  "일반 사건 합시다. 할 만한 의뢰가 들어오면."

  하지만 의뢰가 들어오기는 쉽지 않을 것이라고 무일은 내심 생각했다. 변호사를 찾는 사람들은 저마다 급한 사정을 가지고 있다. 절대 져서는 안 될 사정. 그런 사람들이 이렇다 할 승소 실적이 없는 변호사에게 의뢰하는 일은 없을 것이다. 그때까지 시간을 벌다가 다시 꼬드기면 될 것 같았다.

  '나는 정말 머리가 좋아'라고 얄팍한 생각을 하면서 겉으로 웃지 않기 위해 무일은 입술에 잔뜩 힘을 주었다.

  "정말이시죠? 그렇다면 연락하겠습니다."

  "연락요?"

  눈이 휘둥그레진 무일의 물음에 답하는 대신 변 사무장은 얼른 주머니에서 휴대전화를 꺼내 어딘가로 전화를 걸었다. 황당해하는 무일을 향해 변 사무장이 눈을 찡긋했다. 역시 뭔가가 있었던 거였다. 당했다!

  상대가 전화를 받았는지 변 사무장이 목소리를 높였다.

"오십시오, 어르신! 저희 변호사님께서 도와주시겠답니다. 그럼요, 저희 변호사님이 어떤 분인데요!"

통화를 이어가며 변호사실에서 나가는 변 사무장의 뒷모습에, 무일은 그만 자리에 털썩 주저앉고 말았다. 그러고는 조용히 소설 불법 공유 카페의 창을 닫았다.

2

다시 노크 소리가 들린 것은 그로부터 십여 분 정도가 지난 뒤였다. 무일이 힘없이 대답하자 변 사무장이 얄미운 얼굴을 쑥 들이밀었다.

"의뢰인 오셨습니다."

연극 대사라도 하는 것 같은 톤이었다. 변 사무장은 완전히 신이 나 있었다. 저런 대사를 하는 것이 꿈이었는지도 모른다. 하지만 현실은 수사 드라마가 아니다. 그것을 변 사무장이 빨리 깨우치고 예전 모습으로 돌아왔으면 하는 것이 이 순간 무일의 꿈이었다.

"들어오시라고 해요."

무일은 책상에서 일어나 응접 테이블로 갔다. 그사이 변 사무장의 안내를 받아 한 남자가 작은 몸을 변호사실로 들였다. 머리가 희끗한 노인이었고, 후줄근한 점퍼를 입고 있었다. 신발은 다 낡아 비가 오면 물이 샐 것이 확실해 보였다. 어쩌자고 사무장은 저런 사람들만 데리고 들어오는 걸까, 생각하는 사이 다가온 노인의 얼굴을 보고 무일은 놀랐다.

"아저씨!"

무일은 황당해서 변 사무장을 보았다. 변 사무장은 보일 듯 말 듯 한 미소와 함께 이야기를 나누시라는 말을 남기고는 문을 닫고 나갔다.

"일단 앉으세요."

무일의 말에 허리가 구부정한 노인이 천천히 소파로 가 앉았다. 무일은 얼른 그 맞은편에 앉았다. 그러니까 이 사람이 의뢰인이라는 거였다. 그는 속으로 나이스를 외쳤다.

조물주 위의 건물주. 이 사람은 바로 이 빌딩의 건물주 권순향이었다.

대로변보다 약간 안쪽이긴 하지만 여의도에 위치한 건물이다. 총 5층짜리 건물로 1층에는 제법 큰 규모의 식당과 프랜차이즈 카페가 입점해 있고, 2층엔 당구장과 무일의 변호사 사무실이 있다. 무일의 사무실 오른쪽 옆으로 작은 사무실이 하나 더 있지만 그곳은 건물주가 창고로 쓰고 있다고 했다. 3층과 4층엔 각각 다섯 개의 방이 있고, 원룸과 투룸으로 나누어져 있다. 모두 월세를 주고 있으며 공실은 없다. 4층의 투룸 중 하나에 바로 무일이 거주하고 있다. 5층은 주인의 살림집이다.

그런 큰 건물인 이 순향빌딩의 건물주, 권순향이 바로 무일의 의뢰인이라는 것이었다. 그리고 이 의뢰인이 부자라는 것은 수임료를 깎아줘야 한다거나 마음 쓰지 않아도 된다는 뜻이었다. 이 모든 것이 사무장의 빅픽처인가. 무일은 감탄하면서도 내심 변 사무장의 용의주도함이 두려워졌다. 하지만 마음과는 반대로 입은 웃고 있었다.

"아저씨께서 무슨 일로."

"나 좀 도와줄란가?"

도와준다니, 의뢰를 하셔야지. 정확히 선을 그으려다가 입을 다물었다. 용의주도한 변 사무장이 자를 대고 그은 듯 선 하나는 확실히 긋지 않는가. 돈 얘기는 알아서 정리해뒀을 것이다.

"당연히 도와야죠. 무슨 일이세요?"

권순향은 낡은 점퍼 안주머니에 손을 쑥 집어넣었다. 주섬주섬 뭔가를 꺼내는 손이 달달 떨렸다. 오늘따라 안주머니에서 뭘 꺼내는 사람이 많다. 무일은 얕은 불안을 느끼며 그의 용건을 기다렸다. 권순향이 꺼낸 것은 아주 낡은 신문 조각이었다. 그는 아무 말 없이 신문을 무일에게 내밀었다. 기사는 크지 않았지만, 현장 사진이 박혀 있었다. 무일은 신문을 받아 큰제목만 우선 슬쩍 보았다.

이십대 직장인, 거주지에서 목맨 채 발견. 자살인가?

"자살 사건이네요?"

권순향은 양손을 마주잡은 채 고개를 숙이고 있었다.

"자살 아니야."

"흠."

무일은 신문을 자세히 읽지도 않고 테이블에 올려놓았다. 대충 어떤 사건인지 감을 잡을 수 있었다. 경찰이 자살로 마감한 사건을, 유족이나 주변 인물들이 그 사람의 평소 생활상을 근거로 자살이 아니라고 주장하는 일은 흔하다. 하지만 그들이 죽은 사람을 다 아는 것은 아니다. 실제로 자살 하루 전까지 여행 준비를 하던 사람도 있다. 그것을 근거로 유족은 타살이라고 주장하지만 조사 결과 틀림없는 자살로 판명나는 일은 비일비재하다.

심리 전문가들도 평소와 다름없이 생활하고, 미래를 계획하다 자살하는 일은 흔하다고 했다. 새로운 삶을 계획하면서 힘든 현실을 타개해보려다 자살하기도 하고, 주변 사람들에게 티를 내지 않기 위해 평소보다 더 열정적으로 생활하다가 안타까운 선택을 하기도 한다. 주변 사람들이나 유족에게는 날벼락인 셈이다. 믿고 싶지 않은 심정은 이해한다.

"이 죽은 사람이 누군데요. 아저씨 손자나 조카?"

나이를 미루어 볼 때 아들은 아니다. 게다가 건물주의 아들은 처음 이 건물에 들어올 때 인사를 나눈 적이 있다. 외아들이라고 했고 멀쩡히 살아 있다.

"모르는 사람이야."

"모르는 사람이요?"

무일은 어리둥절했다. 혹시 이 영감탱이, 치매가 아닐까. 무일은 얼른 사무장을 불러 이 영감탱이의 아들에게 연락을 해보라고 해야 할지, 고민했다. 그리고 이 상담료를 받아야 할지, 건물주 우대 차원에서 서비스로 해줘야 할지를 생각했다.

권순향이 고개를 들고 무일을 똑바로 보았다.

"모르는 사람이야. 그리고 자살 아니야."

"그럼요?"

"내가 죽였어."

× × ×

어린 시절 어머니로부터 호떡을 먹으러 온 게 아니라 사실은 포경수술을 하러 온 거라는 이야기를 들었을 때, 대학 합격자 명단에서 이름이 조회되지 않았을 때, 영장이 나왔다고 했을 때, 여자친구가 절친의 팔짱을 끼고 면회왔을 때, 월세를 올린다는 통보를 받았을 때.

그의 인생을 뒤흔든, 굽이굽이에서 예상치 못한 이야기를 들은 순간에 찾아왔던 적막이 이번에도 무일을 짓눌렀다. 귀가 멍해졌다. 무일은 그동안 쌓아둔 삶의 지식들이 썰물처럼 빠져나간 듯 텅 빈 머리로 큰 눈을 껌벅거리며 눈앞에 앉아 있는 노인을 응시했다. 노인은 아주 담담한 얼굴로 확인 사살이라도 하는 것처럼 조금 전보다 더 또렷한 음성으로 말했다.

"내가 죽였어. 자살 아니고. 처리된 건 사고사."

무일은 입술을 몇 번 달싹거리다가 말하기를 포기했다. 무슨 말을 해야 할지 머릿속이 정리되지 않았다. 대신 더듬더듬 테이블 위에 올려둔 신문 조각을 집어 들었다.

"그거 하나밖에 없어. 구기면 안 돼."

"아, 네, 네."

자신이 벌인 범죄의 기록이 마치 소중한 보물이라도 되는 것처럼 권순향이 경고했다. 이미 현실감을 상실한 무일은 순순히 신문 조각을 조심조심 다루었다. 시간이 조금 지나면서 나갔던 정신이 슬슬 돌아오기 시작할 때쯤에야 무일은 신문 기사 속 사진을 찬찬히 살펴볼 수 있었다. 뚫어져라 쳐다본 끝에 고개를 든 무일이 권순향에게로 시선을 던졌다.

"여긴……."

"응. 이 건물이야. 3층 302호. 302호한테는 얘기하지 마. 사람 죽어 나간 곳이라고 하면 집 빼달라고 난리일 거니까. 그 여자가 좀 독해야지."

무일은 반사적으로 302호 여자를 떠올렸다. 이름은 알 수 없지만 오십대의 여자다. 보통 이런 건물에서는 세입자들끼리 인사하지 않는다. 출근길에 마주쳐도 급히 문을 잠그고 쏜살같이 자리를 벗어날 뿐이다. 이곳은 혼자 거주하는 사람이 많은 관계로 여자들은 남자가 무섭고, 남자들은 여자의 오해가 무섭다. 서로 얽히지 않는 것이 최상이라고 생각하는지도 모른다. 그래서 바깥에서 마주치면 누구인지 모를 정도로 이곳의 사람들은 서로의 얼굴을 자세히 보지 않는다.

하지만 아마 모두들 302호 여자만큼은 알 것이다. 윗집이 시끄럽다고, 옆집이 음식물쓰레기를 아무렇게나 내놓는다고, 건물 안에서 담배를 피운다고, 개똥을 치우지 않는다고, 눈에 걸리는 모든 것에 화를 내고 패악을 부렸다. 윗집은 입주한 이래로 승진하여 딱 한 번 친구를 초대한 것뿐이라고, 옆집은 쓰레기가 많아 음식물쓰레기를 먼저 내놓고 다른 걸 가지러 갔던 것뿐이라고, 건물 안에서 담배를 피운 것이 아니라 복도 창을 열어놓아 바깥의 연기가 들어온 것뿐이라고, 그 개똥은 우리집 개똥이 아니라고 아무리 항변해도 듣지 않았다. 심지어 건물주인 권순향이 관리비는 받아놓고 청소를 제대로 하지 않는다고 잔소리를 하기도 했다.

'조물주 위에 건물주, 건물주 위에 302호'라는 우스갯소리가 데면데면한 입주민들 사이에서도 퍼졌다. 그만큼 유난스럽고 기가 센 여자였다.

하지만 지금 그 여자를 걱정할 때인가. 지금 이 자리에서 들은 것은 건물에 바퀴벌레가 생기기 시작했다는 이야기가 아니다. 이 건물에서 사고사로 처리되어 나간 젊은이를 사실은 권순향이 살해했다는 엄청난 이야기였다. 그 말인즉, 권순향은 이제 곧 차가운 교도소 안에서 말년을 보내야 한다는 뜻이었다. 저렇게 담담하고 침착하게 할 말은 아니다.

무일은 자꾸만 떨어지려는 현실감을 다잡으려 머리를 흔들었다.

"그래서, 제가 뭘 도와드리면 되는 거죠?"

"자수할 건데. ……괜찮을까?"

돌연 권순향의 표정이 어두워졌다. 자수할 생각을 하니 쌓아둔 재산들이 아까운 건가, 쌓아올린 건물이 아까운 건가. 무엇보다 멀쩡히 잘 살다가 이제 와서 죄를 밝히겠다는 것은 무슨 심경의 변화인가. 게다가 자수할 거라면서 뭘 괜찮냐고 묻는 건지 알 수가 없다. 지금 머릿속이 뒤엉켜 무일은 뭐가 뭔지 하나도 알 수가 없었다. 이야기를 정리해야 할 것 같았다.

"왜 경찰서로 먼저 가지 않으셨어요? 나중에 있을 재판 때문에요?"

"응, 재판받을 때 변호사가 있어야 한다는 이야기를 들어서. 그리고 무엇보다 조언을 좀 들으려고. 난 아무것도 모르잖아."

아무것도 모르겠는 건 오히려 저죠. 무일은 그렇게 이야기하려다가 그만두었다. 우선은 그때 이야기를 자세히 들어보아야 할 것 같았다. 아직까지는 궁금증이 해결 의지를 압도하고 있었다.

"우선 제가 이야기를 좀 들어볼게요. 재판을 받으시게 되면 당연히 제가 도와드릴 겁니다. 그리고 자수하실 때도 같이 가드릴게요. 무엇보다 우리 건물에도 경찰이 하나 있잖습니까, 성격은 더럽지만. 아마 도와줄 겁니다."

"경찰…… 괜찮을까?"

뭐가 아까부터 '괜찮을까'냐. 지금 가장 괜찮지 않은 것은 권순향이었다. 자수를 하면 정상참작이 되어 감형은 받겠지만 일상이 파탄나는 것은 자명하다. 자신을 포함한 가족들의 인생까지 다 휘둘릴 엄청난 사안이다. 권순향이 자신이 하려는 일의 무게를 잘 모르는 건 아닌가 싶어 무일은 답답해졌다.

"우선 어떻게 된 일인지 한번 들어볼게요. 가만있어보자……. 7년 전 사건이네요?"

권순향이 고개를 끄덕거렸다.

"7년 전에 그 청년이 302호를 빌린 지 얼마 되지 않았을 때였어. 첫 달은 잘 입금되더니 두 달째부터 월세가 안 들어오는 거야. 전화를 해도 받지를 않고, 302호에 내려가 아무리 문을 두드려도 나오질 않더라고."

권순향은 약이 잔뜩 올랐다. 월세는 그의 생활비나 진배없었다. 그 월세가 들어오지 않으면 생활이 어려워진다는 이야기였다. 매번 일을 그만두고 돈이 떨어질 때마다 손을 벌리는 아들 내외도 그가 책임져야 할 몫이었다. 전날 아침, 이제는 공무원 준비를 해보겠다는 아들의 선언도 떠올랐다. 그 선언은 그나마도 가끔 하던 일마저 앞으로는 하지 않겠다는 뜻이었다.

그런 상황에 월세도 들어오지 않고 전화도 안 되고 만나지도 못하자 그는 오기가 있는 대로 올랐던 것이었다. 그러면 안 되는 것을 알면서도 이럴 때를 대비해 권순향은 늘 여분의 열쇠를 가지고 있었다. 겁을 주는 의미에서 안에 들어가 짐을 복도로 잔뜩 끌어내놓을 생각이었다.

"그건 불법이에요."

"불법이건 뭐건, 사람 약을 올리는데 눈이 휙 돌지, 안 돌아?"

물려받은 유산도 없이 부자가 된 사람은 뭐가 달라도 다르다. 법보다 돈이 위에 있다는 것을 몸으로 안다. 돈이 없는 사람은 법에 호소하기도 어렵다는 것을 본능적으로 알고 있다. 세입자가 월세를 안 내서 불법적으로 쫓겨나도 소송을 거느니 사정하는 쪽을 선택하리란 것을 아는 양반이었다.

어쨌거나 문을 따고 들어간 시시비비는 차치하고, 무일은 그래서 어떻게 됐느냐고 물었다. '설마 문을 따고 들어갔는데, 월세를 못 낸 청년이 숨어 있어서 싸우다가 죽였다는 얘기는 아니겠지?' 하고 생각하면서. 우발적으로 죽인 사건이 자살로 마무리되기란, 식은 죽을 먹다가 목구멍이 삼도화상을 입고 사망에 이르는 일보다 어렵지 않은가.

"근데 그 자식이 숨어 있지 않겠어. 그것도 모자라 나를 보자마자 달려들었다고."

'뭐야' 하는 생각과 함께 무일은 인상을 썼다. 정말로 식은 죽을 먹다가 목구멍이 삼도화상을 입고 사망에 이르는 일보다 어려운 그 일이 이루어졌다는 것일까. 아무리 초동수사가 미흡하여 사건이 미궁에 빠지는 일이 많다고 해도 경찰이 그렇게까지 허술하지는 않을 텐데, 어떻게 사고사로 처리된 걸까. 무일은 생각을 그만두고 권순향의 이야기에 집중했다.

기어이 302호에 들어간 권순향은 처음엔 정말로 아무도 없는 줄 알았다. 혹시 돈을 못 줄 것 같으니까 도망을 갔나, 아니면 직장에 무슨 일이 있어서 미리 연락도 못하고 몇 달쯤 어디 해외라도 나갔나. 처음 집을 계약할 때 본 청년의 얼굴을 떠올리자 권순향은 후자에 가까울 거라고 생각했다. 청년은 더없이 말간 얼굴에 아주 순하고 진실되어 보였으니까. '그럼 할 수 없지' 하고 302호를 나오려는데 방문이 닫혀 있는 것이 보였다. 정말로 청년을 의심한 것은 아니고, 무슨 소리가 들렸던 것도 아니지만 권순향은 "그냥 열어야 할 것 같았어"라고 말했다. 아마 시간을 되돌려 그 순간으로 돌아간다면 절대 그 문을 열지 않겠지만.

결국 권순향은 그 문을 열었고, 구석에 숨어 있던 청년과 눈이 마주쳤다. 그동안 대체 무슨 일이 있었는지, 청년은 눈을 의심할 만큼 말라 있었고, 말간 얼굴은 거무튀튀해졌으며, 머리는 헝클어졌고, 순진했던 눈은 이상한 빛을 띠고 희번덕거렸다. 그렇게 괴물 같은 얼굴로 그는 느닷없이 권순향을 향해 달려들었다.

권순향은 집주인이라고, 이게 무슨 짓이냐고 소리지르려고 했지만, 청년이 득달같이 덤벼드는 바람에 넘어졌고, 그 위에 올라타 목을 졸랐기 때문에 아무런 소리도 내지 못했다고 한다. 권순향은 당시의 청년에 대해 이렇게 말했다.

"귀신에 씐 거야."

권순향은 이러다 자신이 죽을 수도 있다는 생각에 죽기 살기로 청년에게 대항했고 다행히 그 손아귀에서 빠져나올 수 있었지만, 도망 나오기도 전에 발목을 붙잡혔다. 청년은 어떻게든 권순향을 죽이려고 하는 사람처럼 다시 그의 목을 졸랐다. 엎치락뒤치락이 계속되는 와중에 권순향도 자신의 목숨을 지키기 위해 다급해졌다.

권순향은 당시의 상황을 최대한 세세하게 이야기하려고 했지만 김무일이 막았다. 가만히 두었다가는 동네에서 27대 1로 싸운 이야기보다 더 장황하고 허황되게 전개될 것 같아서였다. 어쨌거나 그 몸싸움 끝에 청년을 죽였다는 이야기니 어떻게 죽인 것인지가 중요했다. 더 중요한 것은 어째서 사고사로 처리됐느냐지만.

"목을 졸랐어. 정신을 차리고 보니까 드라이어 줄로 목을 조르고 있더라고, 내가."

정신없이 싸우다 보니 살인자가 되어버린 권순향이 죽어 자빠진 청년에게서 손을 떼고, 덜덜 떨며 뒷걸음질을 쳤다. 많은 생각들이 머릿속을 스쳤다. 자신이 이 집에 들어온 이유를 경찰이 믿어줄까. 청년이 갑자기 달려들었다는 것을 경찰이 믿어줄까. 모든 질문에 따르는 답은 '아니오'였다. 그리고 마지막으로 아들이 떠올랐다. 생활력도 없이 공무원 시험 준비를 하겠다는 아들. 생활비는 그렇다 치고 혹시 정말로 공무원이 되려면, 살인자 아버지는 곤란한 것이 아닌가 하는 생각이 들었다. 그때의 일을 떠올리며 권순향은 이렇게 말했다.

"그 자식이 공무원은커녕 저렇게 이혼한 밥버러지가 될 줄 알았더라면 그때 그냥 자백을 하는 건데."

아무튼 월세를 받으러 내려왔다가 느닷없이 살인자가 되어버린 권순향이 이런저런 생각에 뒷걸음질을 치다가 이내 그 집에서 빠져나오려고 뒤로 돌아선 순간, 그 남자와 마주쳤다. 권순향의 운명을 바꾸고 7년간 권순향을 죄책감이라는 사슬로 묶어둔 남자.

"남자요?"

"응. 언제 안에 들어왔는지 이만큼 키가 크고 시커멓게 차려입은 남자가 뒤에 서 있었어."

시커먼 양복에 시커먼 모자를 눌러쓴 남자는 놀랄 만큼 무덤덤했다. 이 집에 온 것을 보면 아는 사이일 텐데, 청년이 죽어 있는 것을 보고도 놀라지 않았다. 그는 상황을 파악하려는 듯 눈을 내리깔고 청년의 목에 감긴 드라이어 줄을 한참이나 응시했다.

이내 남자는 죽어 자빠진 청년의 옆으로 가서 무릎을 굽히고 앉아 손가락을 살며시 목 아래에 대어보았다. 권순향은 아직 맥이 뛴다는 말을 기대했으나, 남자는 고개를 가로저으며 청년의 완전한 죽음을 알렸다. 권순향은 바닥에 주저앉았다. 세상이 뒤흔들리는 충격을 그때 처음 느꼈다. 남자가 권순향을 향해 말했다.

"처벌받고 싶지 않지?"

그때 권순향의 나이 육십오 세. 남자는 고작해야 삼십대 중후반쯤으로 보였다. 어디 버르장머리 없이 반말을 쓰냐고, 평소의 권순향이라면 삿대질을 해가며 혼을 내줬을 테지만 그 상황에서 그런 생각은 전혀 들지 않았다. 눈물이 그렁그렁 매달린 채로 권순향은 간신히 고개를 주억거리는 것으로 대답을 대신했다. 남자는 권순향에게 다가와 그의 턱을 잡고 자신의 눈을 똑바로 보게 했다.

"그럼 당장 여기서 나가. 그리고 잊어. 아무 일도 없었던 거야. 처리는 어떻게든 될 거니까."

남자의 목소리는 위압적이었고 엄중했다. 권순향은 대체 이 상황이 뭔지 알 수가 없었지만, 후들거리는 다리를 두드려가며 겨우 일어나 현관 앞을 향해 정신없이 걸었다. 이유는 알 수 없으나 그 자리에서 얼른 일어나지 않고 여러 마디를 했다가는 남자 손에 죽을 거라는 확신이 들었다. 현관 앞까지 나와 신발을 꿰어 신는 권순향을 보면서 남자가 아주 여유작작한 태도로 말했다고 한다.

"두 번 다시 이 사건에 관심을 가지거나 누군가에게 말해서는 안 돼. 그걸 지키지 않으면……."

남자는 잠시 숨을 멈추고, 눈을 매섭게 빛냈다.

"너는 죽어."

5층인 자신의 집까지 권순향은 어떤 정신으로 도망쳐 왔는지 알 수가 없었다.

무일은 당황스러웠다. 갑자기 달려든 청년은 누구며, 그 남자는 또 누구란 말인가. 그런 일이 과연 정말로 있었던 일이었는지까지 의심이 들었다.

어쨌거나 권순향의 말에 의하면, 그는 즉시 도망쳐 왔고, 몇 시간 뒤에 아래층이 소란하여 내려가보니 경찰이 와 있었고, 다음날 목을 맨 시신이지만 사고사로 추정된다는 기사가 신문에 나왔고, 그 뒤로는 정말로 아무런 일도 일어나지 않았다는 것이다.

무일은 머리를 움켜쥐었다. 이상하고도 복잡한 사건이다. 하지만 정신을 차리고 정리를 해보면 어쨌거나 사건의 진범은 권순향이다.

피해자가 있고, 진범이 자백하면 일은 해결. 당연한 법칙이 아닌가. 무일은 알지도 못하는 사이에 남의 살인을 은폐한 그 남자가 대

체 누구인지 너무나 궁금했으나, 그것은 차치해두기로 했다. 진실
은 하나다. 권순향은 사람을 죽였고, 이제 자수를 하러 갈 것이다.
거기서 자신의 역할은 법률 대리인으로서 권순향에게 자수에 대한
정상참작을 받게 하여 최대한 형량을 끌어내리고 만족할 만한 수
임료를 받는 것이다. 그리고 그 실적으로 사무장의 사직서를 찢어
발기고 제자리에 앉혀둔 뒤, 지금까지 해왔던 것처럼 기획 소송으
로 돈을 벌면 된다.

"어쨌거나 자수하시겠다는 거니까 제가 도와드릴게요. 경찰서에
도 제가 함께 가드리고요."

"언제 가면 돼?"

"언제가 좋으시겠어요? 내일 가셔도 아마 그 자리에서 바로 구속
되지는 않을 거예요. 자수이기도 하고, 도주의 위험도 없으니까요."

"그럼 내일 가지. 이왕 마음먹었으니 빠르면 빠를수록 좋아."

"알겠습니다."

무일은 자리에서 일어났다. 이 행동은 권순향에게 보내는 메시
지였다. 상담이 끝났으니 이제 그만 일어나 나가라는 의미다. 권순
향에게 어이없는 이야기를 너무 오래 들어서 정신적으로 상당히
피곤했다. 어서 이 노인을 내보내고 혼자서 머리를 가라앉힐 시간
을 가져야 했다.

"조심해서 올라가세요. 그리고 나가시다가 우리 사무장님과 자
세한 일정을 조율하시고요."

사무장과의 자세한 일정 조율이란 바로 수임료에 관한 것이다.

착수금과 성공 보수 등의 이야기는 사무장이 하는 것이다. 한 가지 바람이 있다. 부디 지금의 이 상담이 상담료를 따로 받지 않고 이루어졌음을 기억해주길. 서비스로 상담을 해줬으니 월세를 깎아주거나 수임료를 더 주는 배려를 아끼지 않길.

권순향이 고개를 끄덕거리며 소파에서 일어섰다. 그의 얼굴이 파리하다. 말을 많이 해서 피곤한 건지도 모른다. 일흔두 살의 노인이 누군가의 앞에서 자신의 과오를 고백하는 것은 쉬운 일이 아니다. 그렇잖아도 늙은 육신이 더 구부정해 보여 안쓰러웠다.

"아저씨."

문득 궁금한 것이 있어 무일이 그를 불러 세웠다. 서른여덟, 무일에게 권순향은 할아버지에 가깝지만 그는 늘 아저씨라고 불렀다. 왜냐하면, 그래야 권순향이 좋아하니까. 권순향은 건물주니까. 조물주 위에 건물주. 건물주가 행복해야 나도 행복하지, 그런 계산이다.

권순향이 걸음을 멈추고 뒤를 돌아보았다.

"그런데 왜 갑자기 자수하시려는 겁니까?"

권순향이 쓸쓸하게 웃었다.

"죽을 때가 돼서. 그리고 아들 때문에."

그는 길게 말하지 않으려는 듯 그대로 문을 열고 밖으로 나갔다. 무일은 그의 뒷모습을 향해 소리쳤다.

"꼭 사무장님과 면담하고 가십시오!"

문이 닫힌 뒤, 무일은 자신의 자리로 돌아갔다. 컴퓨터의 마우스를 잡았지만, 아무것도 하지 않은 채 생각에 잠겼다. 죽을 때가 되었다는 말은 그 나이대의 많은 노인들이 하는 소리다. 그런데 아들 때문이라는 말은 정확히 무엇을 의미하는지 짐작되지 않았다.

그는 살인을 저지른 후 공무원 시험을 준비하려던 아들의 미래를 망칠까 두려웠다. 아무리 놀고먹는 아들이라도 아버지가 살인 자라는 사실을 알면 좋은 영향을 받을 리가 없거니와, 부모들이 가장 무서워하는 일, 그러니까 자식이 부모에게 실망하는 일이 벌어지게 된다. 어쩌면 감옥에 갇힌 채 절연당할지도 모른다. 그렇다면 아들을 위해 자수를 하는 것보다 이전처럼 사건을 덮고 여생을 보내는 것이 낫지 않을까.

사건도 이상하고, 권순향의 태도도 이상하다. 무일은 그런 생각을 떨칠 수가 없었다. 하지만 곧 고개를 저었다. 그러고는 스스로에게 다짐을 받듯 중얼거렸다.

"난 수임료만 챙기면 돼. 골치 아픈 일은 질색이야."

무일은 휴대전화를 꺼내 들었다. 그러고는 저장된 번호를 찾아 통화 버튼을 눌렀다. 신호음이 몇 번 이어진 뒤 상대방이 전화를 받았다.

"어이, 몇 시에 들어와?"

— 내가 몇 시에 들어가든 네가 뭔 상관이야?

"보고 싶어. 어디 가지 말고 빨리 들어와."

— 네가 왜 날 보고 싶어?

목소리가 빽 하고 하늘로 솟구친다. 이런 반응을 무일은 이미 예상하고 있었다.

"씻고 기다릴게."

— 네가 왜 씻고 날 기다……!

무일은 그대로 전화를 끊었다. 401호의 그녀, 권순향에게 말한 이 사건을 도와줄 순향빌딩 내의 경찰 신여주. 무일은 앞으로 신여주와 자주 엮일 것 같다는 예감에 입술을 끌어올리고 웃었다.

3

"이런 '돌은' 자를 봤나!"

은파경찰서 형사1팀 사무실에 신여주 형사의 고함이 빽 하고 울리자, 이등병 시절 청소하다 갑자기 호루라기를 불며 나타난 교관을 보기라도 한 듯 모두의 움직임이 돌연 멎었다. 많은 사람들의 시선 속에서도 여주는 책상 위에 집어던지다시피 한 휴대전화를 노려보며 씩씩거렸다. 안 그래도 아까부터 치킨집 기름 끓듯 속이 부글부글 끓고 있는데, 친구라는 녀석이 느물느물 농담 따먹기나 한답시고 성냥을 그어대니 불이 안 붙을 수가 없었던 것이다.

마침 사무실 안으로 들어오던 팀장 윤홍길이 흠칫 놀라며 어깨를 떨었다.

"뭐야, 쟨 또 왜 저래? 무슨 노른자?"

윤홍길의 물음에 사무실 입구 근처에 앉아 있던 팀의 막내 이상호 형사가 고개를 절레절레 저으며 일어났다. 비쩍 마른 몸에 피부는 햇빛을 본 적도 없는 사람처럼 하얬다. 눈가의 자글자글한 주름 때문에 다들 삼십대 후반으로 짐작하지만 사실은 스물여덟이었다.

"돌은 자, 미친놈이라고요."

그는 자신의 검지를 귀쪽에 대고 뱅글뱅글 돌렸다.

"점심에 삼 드셨다더니 열이 뻗치시나 봅니다."

"죽을래?"

이상호의 장난스러운 말투를 가르며 여주의 목소리가 날아들었다. 이상호는 어깨를 움츠리며 오른손을 들어 경례 자세를 취했다.

"충성."

윤홍길은 여주에게 무슨 일이 벌어졌는지 이미 알고 있는 것 같았다. 장난스럽게 구는 이상호의 어깨를 잡아 눌러 앉히고는 여주에게로 다가갔다. 책상 위에 던져진 휴대전화를 쓱 보았다.

"누군데 전화를 그렇게 받아?"

"걱정 마세요. 친굽니다."

"친구한테 화풀이하셨구먼."

"화풀이하기도 전에 저놈이 끊었습니다."

여주의 목소리는 불퉁했다. 입이 베란다처럼 툭 튀어나와 있었고, 눈 끝에 가시가 남아 있었다. 여주의 얼굴을 물끄러미 보던 윤홍길이 말했다.

"사도혁 형사한테 들었다. 점심 먹다 밥숟가락 던지고 나왔다며?"

"던지진 않았습니다. 거칠게 내려놨을 뿐이죠."

"어이구, 잘했네, 잘했어. 아주 기특해. 같은 형사끼리 밥그릇 다툼이나 해대서 풀라고 내보냈더니.”

윤홍길이 쯧쯧, 혀를 차며 고개를 가로저었다. 한 달 전 관내에서 세 건의 성폭행 사건이 연달아 벌어졌다. 피해자들의 진술로 동일 범임이 확인되었다. 처음엔 인적 드문 도로에서 범행을 벌였던 범인은 세 번째에는 집 안으로 들어가는 대범함을 보였다. 잡지 못하면 점점 더 피해자가 늘어날 것이 뻔했다.

형사1팀 신여주와 이상호가 2주간 집에 가는 것도 미루고 수사에 매달려 용의자를 특정하는 데 성공했다. 그런데 느닷없이 사도혁 형사가 끼어들었다. 형사1팀이 출동했을 때 용의자는 이미 사도혁 형사의 수갑을 팔목에 차고 있었던 것이다. 정보를 어디서 들었는지 알 수 없는 일이었다. 실적은 당연히 사도혁 형사의 몫으로 돌아갔다.

오늘 점심 식사는 사도혁 형사가 제안한 일이었다. 그때 일을 사과하겠다고 윤홍길을 통해 연락해왔다. 여주는 윤홍길의 입장도 있고 해서 정말 나가기 싫은 자리였지만 꾹 참고 나갔다. 사도혁 형사가 오라고 한 곳은 은파동에 위치한 삼계탕집이었다. 삼계탕이 나온 지 1분 만에 숟가락을 팽개쳤지만.

“넌 소띠냐? 왜 그렇게 들이받아. 그러다 뿔 부러진다.”

“신 선배는 뿔 부러져도 들이받으실 것 같습니다.”

이상호 형사가 또 끼어들었다. 여주는 날카로운 눈으로 그를 노려보며 왼쪽 다리를 들어 올리다 멈칫했다. 그 순간을 이상호가 놓치지 않았다.

"어, 지금 폭력 행사하시려고 했습니다."

윤홍길이 여주를 향해 쓰읍, 하고 경고하는 소리를 냈다. 여주가 다리를 도로 내려놓으며 말했다.

"내가 하지 불안증이 있어서 그래, 하지 불안증이."

그러던 여주는 돌연 화가 난다는 듯 이상호에게 말했다.

"야, 넌 내 편 들어라."

"왜요?"

"넌 내 후배니까."

"어, 이거 협박 아닙니까?"

투덕투덕 여주와 이상호의 말장난이 이어지자 윤홍길은 두 사람을 향해 혀를 찼다. 두 사람은 얼른 눈치를 보며 입을 다물었다.

"신여주. 너도 내 후배니까 내 편 들어주는 셈 치고 속 좀 썩이지 마라, 응?"

두 사람을 지나쳐 윤홍길은 자신의 자리로 돌아갔다. 여주는 입을 비쭉 내밀다가 이상호도 자리로 돌아간 뒤에야 윤홍길의 책상 옆으로 갔다. 재킷을 벗어 옷걸이에 걸던 윤홍길이 여주를 보았다. 여주는 아무도 듣지 않고 있다는 것을 확인한 뒤에야 나직한 목소리로 말했다.

"그냥 화해의 자리가 아니었습니다. 얼마 전에 저 외국인 불법취업 단속에 차출돼서 나갔던 거 기억하시죠? 그 식당 중 한 군데였습니다."

그 말에 윤홍길의 미간이 살짝 구겨졌다.

"우연 아니야?"

"우연이면 좋죠. 그 식당 사장이 사 형사님 장모님이 아니었다면 말이에요."

윤홍길은 기가 막힌다는 얼굴로 허 하는 소리를 낼 뿐, 아무 말도 하지 못했다.

처음엔 그저 틀어진 관계를 회복하려는 선배가 마련한 자리인 줄로만 알았다. 남의 실적을 채가고 미안해할 사람이 아니었지만, 그래도 나이가 드니 좀 바뀌었구나 하고 생각했다. 이상하다고 느낀 것은 음식이 나왔을 때였다.

음식을 가져온 것은 사장이었다. 여주가 사 형사를 따라 들어올 때부터 빨갛게 칠한 입술로 환하게 웃기에 그저 친절한 사장이라고만 생각했다. 그런데 과도한 친절이 삼계탕 안에 들어 있었다. 손바닥만 한 특품 전복이 세 마리나 들어 있었다. 가격표를 보니 만오천 원. 절대로 이런 구성에 매겨질 가격이 아니었다. 흘끗, 사 형사를 보니 느물느물 웃고 있었다. 여주는 젓가락을 들어 닭을 갈라보았다. 손가락 굵기의 삼이 예쁘게 자리 잡고 있었다.

산삼이었다.

"이 새끼가!"

이야기를 듣던 윤홍길이 벌게진 얼굴로 벌떡 일어섰다. 단속 명단에서 빼달라고 부탁하는 것보다 더 나쁜 의도가 삼계탕 안에 들어 있었다. 김영란법을 들먹이며 여주를 압박하는 것이 아마 사 형사의 다음 계략이었을 것이다. 수년 전 사 형사는 교통계 경사를 이런 식으로 협박해 청탁하려다 징계를 받은 적도 있었다. 장모가 얽힌 일이고 급하다 보니 예전 버릇이 나온 것이다.

윤홍길은 화를 참으려는 듯 '후' 하고 깊은 숨을 내쉬며 자리에 앉았다.

"알았어. 내가 정리할게."

"감사합니다."

고개를 숙이는 여주를 윤홍길이 물끄러미 보았다.

"그래도 고맙다. 조용히 해결하게 해줘서."

일을 공론화시켰다면 사 형사는 당연히 청탁에 대한 감사를 받아야 했고, 이번엔 징계나 좌천만으로 끝나지 않을 수도 있었다. 사 형사가 어떻게 되든 여주는 사실 상관이 없었다. 벌을 받아야 하는 사람은 당연히 벌을 받아야 한다고 생각하니까. 하지만 그걸로 끝나지 않는다. 사 형사 또래인 오십대의 형사들은 '가족은 허물도 덮어주는 사이'라고 생각한다. 삼십대인 여주의 관점은 그들의 반감만 살 뿐이었다. 그리고 그 반감은 1팀의 팀장인 윤홍길에게 향한다.

"팀장님."

여주가 부르자 윤홍길이 고개를 들었다. 윤홍길은 중심을 잘 잡는 사람이었다. 치기 어린 신입 형사 시절 이리저리 들이받는 여주를 잡아준 것도 윤홍길이었다. 불합리한 상부의 지시에 가장 앞에 나서서 거절의 의사를 밝히는 일에도 윤홍길은 빠지지 않았다. 당연히 동기들보다 승진이 늦었다. 여주는 윤홍길과 같은 팀에 배정된 이후 한 번도 그를 존경하지 않은 적이 없었다.

쉰하나의 나이에도 현장에서 뛰는 윤홍길 같은 형사가 되고 싶다고 늘 바라왔다. 그의 귀는 항상 열려 있었다. 기수별로 세워놓고 보면 까마득한 후배의 작은 의견도 소홀히 넘기는 법이 없었다. 존경하는 상사 밑에서 일하는 자신은 복 받은 거라고 생각해왔다. 선배로서 그는 한 번도 여주를 실망시킨 적이 없다.

"앞으로 휘어질 일이 있으면 팀장님께서는 꼭 부러져주세요."

물끄러미 올려다보는 윤홍길에게 여주는 쑥스러운 듯 웃으며 허리 숙여 인사하고는 자신의 자리로 돌아갔다.

책상 위에 던져진 휴대전화를 보았다. 무일로부터 문자메시지가 도착해 있었다.

— 늦으면 안 돼♡

휴대전화를 부술까, 김무일을 부술까 고민하면서 여주는 이번엔 대체 무슨 일인지 내심 궁금해했다.

4

　석호고등학교에서 신여주의 입학은 그야말로 여신급 아이돌의 대 탄생이었다고 볼 수 있었다. 하얀 피부에 찰랑이는 긴 생머리와 오밀조밀하게 잘 자리 잡은 눈, 코, 입. 거기다 165센티미터의 작지도 크지도 않은 키. 잘 뻗은 다리는 서울시 내의 고등학교 중 가장 촌스럽다는 불명예를 자랑하는 체육복 속에서도 빛났다. 오히려 여름 체육복 반바지 아래에서 빛나는 신여주의 다리를 보고 남학생들은 우리 학교의 체육복이 그렇게 촌스러운 것만은 아닐지도 모른다는 착시 현상에 시달렸다.

　그렇다고 해서 다른 여학생들의 질투를 샀던 것도 아니었다. 신여주는 그야말로 같은 반 여학생들의 워너비였다. 그렇게 예쁜 얼굴을 하고도 새침을 떨지 않았고, 매번 전교 1등을 차지하는 좋은 머리에도 겸손하게 굴었다. 애써 필기한 노트를 사수하려 드는 대신, 오히려 필기 못한 아이들에게 먼저 빌려주었다. 학급의 궂은일은 도맡아했고, 특유의 리더십으로 체육대회가 열리면 응원상은 꼭 신여주 반의 차지였다. 신여주가 만약 지금의 고등학생이었다면, '걸크러시'라는 별칭을 등에 매달고 다녔을 것이다.

때는 1996년. 대한민국에는 다섯 명 이상의 십대 청소년들로 구성된 1세대 아이돌의 열풍이 불고 있었다. 폭풍 같은 인기를 끄는 몇몇 팀의 아이돌을 벤치마킹하여, 기획사는 전국 중고등학교 앞을 맴돌았다. 예쁘고, 잘생기고, 끼 있는 학생들을 먼저 스카우트하려는 의도였다. 노래는 못 불러도 엄청난 음치만 아니면 일단 끼워넣고 보는 회사도 많았다. 그 당시 연예인들의 단골 멘트는 이러했다.

"길거리 캐스팅을 받았어요."

그런 기류가 신여주를 비껴 나갈 리 없었다. 신여주는 매일같이 연예 기획사의 명함을 한 손 가득 들고 교실로 들어와 아무렇지도 않게 쓰레기통에 버렸다. 그런 모습에 같은 반 여학생들의 호감이 날로 늘어나는 것은 어떻게 보면 당연한 일이었다.

또한 그런 신여주에게 남학생들이 추파를 던지지 않을 리가 없었다. 인근 고등학교의 학생들까지 신여주를 보러 왔다. 신여주는 처음엔 아주 정중하게 그들의 고백을 거절했다. 그러나 그런 무리에는 반드시 진상이 있기 마련이다. 끈덕지게 굴거나, 오히려 시비를 거는 녀석들도 있었다. 그때마다 신여주의 눈이 서늘하게 빛났다. 일을 조용히 처리하고 싶지만 어쩔 수 없다는 듯 냉정한 표정을 지었다.

그러고는 인정사정 봐주지 않고 그들을 집어던졌다. 은유 같은 것이 아니라, 말 그대로 집어던졌다. 나중에 알려졌지만, 신여주는 중학교 시절 도대회에 나가 우승을 거머쥘 정도의 유도 유망주였다. 발목 부상으로 유도 선수의 꿈은 접었지만, 화가 머리끝까지 치솟으면 그림 같은 업어치기를 선보였다나 뭐라나.

무일은 신여주의 업어치기 피해남 6호였다.

× × ×

기획 소송을 시작하면서 안정적으로 사무실을 유지할 수는 있었지만, 그동안 별별 일이 많았다. 그중 최악은 사무실을 개업한 지 두 달이 채 되지 않았던 시기에 있었던 일이었다.

호기롭게 사무실을 개업했지만, 로펌에 있을 때와 달리 과로할 일이 없다는 점을 제외하고는, 모든 면에서 바닥을 향해 치닫고 있던 상황이었다. 그때 벌어진 일로 무일은 모든 것이 싫어져 변호사 사무실 문을 닫고, 스펙 좋은 백수로 거듭날 것을 심각하게 고민했다.

무협소설 작가와 계약을 맺고 저작권 소송을 하려던 때였다. 마침 해당 작가의 작품을 가장 많이 유통시키던 악질 유저 하나를 지목했다. 아이디를 추적해보니 고등학생이었다. 적절하다고 생각했다. 고등학생들은 미래가 창창하다. 그러니 부모들이 소송을 한다는 이야기에 백이면 백, 합의금을 들고 찾아왔다. 어릴수록 입금되는 속도가 빠르다는 것이 그 세계의 법칙이었다.

그런데 사건은 무일의 생각처럼 쉽게 풀리지 않았다. 학생의 부모가 협박죄로 고소한 것이었다. 변 사무장의 의욕이 화를 불러일으켰다. 합의를 요구하는 변 사무장의 어조가 거의 협박식이었던 것이다. 이죽거리며 웃는 고등학생의 손에 그의 음성이 고스란히 녹음되어 있는 USB가 들려 있었다. 그때 변 사무장을 잘랐으면, 지금 일반 소송을 담당하라는 압력을 받는 일도 없었을 텐데. 하지만 그가 없었으면 지금 이 사무실이 존재하지 않았을지도 모른다.

그 사건으로 조사를 받기 위해 경찰서에 갔다가 여주를 만났다. 처음엔 형사인 줄도 몰랐다. 그냥 볼 일이 있어서 왔겠거니 했다. 고등학교를 졸업한 지 거의 20년이 가까웠지만, 여전한 미모를 보아하니 또 어떤 멍청이 같은 자식 하나를 집어던졌나 보다 하는 생각도 들었다.

그런데 형사라니.

'정복을 입으면 예쁘겠다'라는 생각을 멍하니 하다 정신을 차렸다. 신여주는 무일을 담당한 형사의 바로 옆자리에 앉아 그를 한심하다는 듯 쳐다보고 있었다. 딱히 인사를 하기도 뭐한 상황이라 고개만 까딱하는 걸로 대신했다. 신여주는 고개를 돌려버렸다.

지난한 과정을 거쳐 무일은 다행히도 무혐의 처분을 받았다. 협박이 아니라, 조금 강한 어조의 합의 조정이었을 뿐이라는 점이 받아들여진 것이다.

모든 것이 끝나고 나자 무일은 자신의 처지가 속상해 인근 포장마차에서 소주를 한 병 마셨다. 집으로 돌아가는 길에 변호사 사무실을 계속 운영해도 될지, 애초에 개업한 것이 잘못된 결정이었는지에 대해 진지한 고찰을 하고 있었다. 자신이 취했다고 생각 못했고, 두 발이 갈지자를 그리며 휘청대고 있는 것도 몰랐고, 앞서 걷던 여자가 자꾸만 힐끔거리는 것도 알지 못했다.

눈앞에 순향빌딩이 들어왔다. 그는 4층 투룸에 거주하고 있었다. 2층에는 변호사 사무실을 임대하고 있으니 원 플러스 원 개념으로 월세를 깎아달라고 흥정해서 입주한 것이었다. 권순향의 떼인 돈을 대신 받아준 덕분에 흥정이 제대로 먹혔다. 결론도 나지 않는 생각은 그만하고 집에 들어가 잠이나 자야겠다고 생각한 순간이었다.

"이야야얍!"

이상한 기합 소리가 들린 순간, 무일의 몸이 허공으로 붕 떴다. 정신이 들었을 때 그는 아스팔트 위에 큰대자로 뻗어 있었다. 늑골 쪽에 격통이 밀려드는데다 갑작스러운 일격에 숨도 쉬어지지 않아 무일은 컥컥대고 있었다.

이 느낌, 느껴본 적 있다. 순수하고 창창했던 그때, 한 여자애의 손아귀에 메다꽂혀졌던 그때.

무일은 기침을 하며 눈을 떴다. 한 여자가 날카로운 눈으로 그를 내려다보고 있었다. 무일은 고통을 이기려 숨을 몰아쉬면서 인상을 구겼다.

"신여주. 이 또라이가."

그를 치한으로 생각했다는 신여주의 사과는 그로부터 몇 분 뒤, 무일이 월세 계약서를 들고 나와 확인시켜준 뒤에야 이루어졌다. 그 일로 무일은 여주도 순향빌딩에 세 들어 산다는 것을 알게 되었다. 같은 건물에 살고 있으니 앞서가던 여주가 계속 따라오는 무일을 치한으로 오해한 것도 무리는 아니었다. 같은 건물에 살면서 한 번도 마주친 적이 없다는 것이 신기했다.

그 뒤로 가끔 만나는 사이가 되었으니, 무일이 피해만 본 것은 아닌 셈이었다.

× × ×

순향빌딩에서 큰 도로 쪽으로 나오면, 도로변에 주황색 천막을 친 포장마차가 늘어서 있었다. 어둠 속에서도 이곳만 불빛이 환했다. 누군가의 퇴근길을 밝히는 것은 또 다른 누군가의 출근이다. 무일은 세 번째 포장마차의 천막을 걷고 안으로 들어갔다. 상아색 폴로셔츠 단추를 목까지 채우고 빨간색 앞치마를 두른 뚱뚱한 파마머리 여자가 그를 반겼다.

"오랜만이네, 우리 변호사 아들내미."

"잘 지내셨죠?"

"네가 안 팔아주니까 장사가 돼야 말이지. 하도 안 와서 망할 뻔했어. 정말이라니까?"

여자가 너스레를 떨며 무일을 향해 빈자리를 가리켜 보였다. 무일은 구석에 세워진 냉장고에서 소주를 하나 집어 들고 빈자리에 앉았다.

여자의 이름은 임복녀. 무일과 가장 친한 동창인 부남의 어머니였다. 아들 친구인 무일을 복녀는 항상 아들내미라고 불렀다. 로펌에 근무할 당시 부남의 산재 처리를 도와준 이후 무일을 반기는 복녀의 목소리는 항상 높은 톤을 유지했다. 그녀는 이 자리에서 포장마차를 10년도 넘게 운영했다. 임대할 사무실을 찾는 무일에게 순향빌딩을 소개해준 것도 복녀였다.

"엄마, 이 자리에서 장사 오래했죠?"

"그렇지. 한 13년 정도 됐나?"

임복녀는 공중을 향해 눈을 희멀겋게 뜨고 손가락을 꼽아보았다.

"나 들어가 있는 순향빌딩 말이에요. 거기서 사람 죽은 적 있는데, 혹시 기억나요?"

"죽어?"

복녀가 눈을 휘둥그렇게 떴다. 또다시 눈을 희번덕거리더니 크게 몇 번 깜박였다. 무일은 그사이 소주병의 뚜껑을 돌려 따고 잔을 채웠다. 여전히 복녀는 기억도 희미한 과거를 공기 속에서 건져내려는 사람처럼 허공을 노려보고 있었다. 안주를 주문하고 나서 물어볼걸 하고 후회해도 이미 늦었다.

"아아."

마침내 복녀가 생각났다는 듯 고개를 끄덕였다. 채워진 술잔을 그대로 테이블에 둔 채 무일은 눈을 반짝였다.

"아마 5년인가, 6년 전쯤 됐지?"

정확히는 7년 전 사건이다. 하지만 사람 죽는 사건이 같은 빌딩에서 그렇게 자주 일어날 리 없으니 아마도 같은 사건일 것이다.

"그때 어땠어요?"

"어땠냐니?"

"시끄러웠을 거 아니에요. 사고사였다던데? 가족들도 오고 그랬어요?"

"정확히는 기억 안 나지만 그랬겠지. 근데 생각보다 그렇게 시끄럽지는 않았어. 경찰들이랑 구급차가 오고 그러니까 사람들이 관심 있었지. 흰 천에 덮여서 시체가 나간 다음에는 그걸로 조용해졌어. 그러고 나서도 한참 후에 가족들이 와서 짐을 뺐어. 이상한 게, 벌건 대낮에는 뭐 하고 밤에 와서 빼더라고."

"밤에요?"

"응. 그건 확실해. 나는 밤에 장사를 하니까 봤지. 그때 기자 한 명이 가족들과 맞닥뜨렸는데 아무 말도 안 해주더래. 그 기자가 여기서 기다리다가 그 가족들을 만났거든. 우동 한 그릇 시켜놓고 얼마나 오래 앉아 있었는지 내가 다 잠복하는 기분이었어. 그거 말고는 잘 몰라. 근데 왜?"

사실은 그 남자가 살해당한 거였고, 엄마가 소개해준 순향빌딩 건물주가 그 범인이라고, 무일은 차마 말할 수가 없었다. 어색하게 웃으며 고개를 젓는 무일을 보고 심각한 얼굴로 복녀가 속삭였다.

"혹시, 아들내미가 묵는 방이 그 사람 죽어 나간 방이야? 귀신이라도 나와?"

"아니에요."

손을 휘저으며 무일이 웃었다. 순진한 복녀의 모습이 귀여웠다.

복녀는 자신이 소개해준 방에 무슨 탈이라도 있을까봐 걱정했던
지, 아니면 다행이라고 하며 안심한 얼굴로 앞치마에 젖은 손을 닦
았다.

"양념닭발 주세요. 무뼈로요."

왜 무일이 오래된 일을 물어보는지 여전히 궁금한 듯 보였지만
복녀는 길게 물어보지 않고 불 앞으로 돌아갔다. 때마침 신여주가
포장마차 안으로 들어온 탓이었다. 무일이 가끔 여주와 포장마차
에서 술잔을 기울이는 것을 보았던 복녀가 어쩌면 두 사람의 관계
를 오해하고 있는지도 몰랐다. 하지만 일일이 설명할 마음은 없었
다. 지금은 그런 것이 중요한 게 아니었다.

5

"무슨 일이야, 또? 그냥 술 먹자고 불러낸 거면 죽는다. 나 오늘 피곤한데 겨우 나왔어."

포장마차에 들어오자마자 툴툴거리며 자리에 앉는 여주를, 주변에 있는 남자 손님들이 돌아다보았다. 그들이 여주에게 집적대다가 내동댕이쳐지는 모습을 떠올리며 무일이 자리에서 일어났다.

"이쪽으로 앉아."

"왜?"

여주가 그렇잖아도 큰 눈을 동그랗게 뜨고 물었다. 그럴수록 무일의 미간이 구겨졌다. 잡티 없는 피부 덕에 입술만 칠해도 화장한 것 같은 얼굴도 마음에 안 들고, 가뭄에 콩 나듯 정복을 입는 날 이외에는 매일같이 걸치는 짧은 재킷이 허리춤을 드러내는 것도 마음에 들지 않았다. 신여주는 왜 저렇게 무신경할까. 무일은 은근슬쩍 부아가 났다. 왜 부아가 치미는 것인지는 모르겠으나 신여주를 흘끔거리는 남자들이 신경 쓰이는 것은 아니라고, 무일은 자신을 납득시켰다. 아마 저치들이 업어치기 당할까봐, 그래서 그럴 테지.

"아, 앉으라고!"

"왜 저래, 진짜."

무일의 성화에 여주는 고개를 절레절레 저으며 자리를 바꿔 앉았다. 이쪽을 보던 남자 손님들이 무일과 눈이 마주치자 술잔으로 시선을 박았다. 그러고 나서야 무일은 자신이 그들을 찢어발길 듯 노려보고 있다는 사실을 깨달았다.

잠시 후, 복녀가 접시를 들고 와 두 사람의 테이블에 내려놓았다. 여주는 복녀에게 반갑게 인사하다 말고 그녀가 들고 온 안주가 뼈 없는 닭발이라는 사실에 눈을 매섭게 떠올렸다.

"이게 뭐야?"

여주의 항의는 무일에게로 향했다. 그녀는 껄렁한 자세로 젓가락을 들어 뼈 없는 닭발을 집어올렸다. 빨간 양념이 맛있게 배어 윤기가 흘렀다. 그 자태가 무일의 침샘을 자극했다.

"이걸로 내가 지금 이 신성한 소주를 마셔야 한다는 거야? 대체 뼈 없는 닭발이 무슨 의미가 있어? 이건 마치 자격증 없는 변호사의 변호 같은 거야. 치질 전문 의사가 암수술 하러 들어오는 거랑 같은 거라니까?"

대체 뭔 소리를 하는 건지 모르겠으나 어쨌든 신여주는 뼈 없는 닭발은 닭발로 칠 수 없다는 모토로 사는 여자였다. 알면서도 무일은 뼈 없는 닭발을 시켰다. 여주는 안주로 닭발을 좋아한다. 하지만 야밤에 포장마차에 앉아 입가에 벌건 양념을 묻혀가며 닭발을 쪽쪽 빨고 소주 한잔을 들이켜는 꼴은 보고 싶지 않았다.

"아무거나 먹어. 아니면 네가 돈 내고 따로 시키든가."

"에이씨, 쪼잔한 놈."

한마디 더 하면 뺏길세라 여주는 들고 있던 무뼈 닭발을 한입에 쏙 넣었다.

고교 시절의 여주는 선머슴 같은 면은 있었어도 지금처럼 거칠지는 않았던 것 같다. 남자들로 득시글대는 형사 일을 해서 그럴까. 그건 아니라고 생각한다. 아마 20여 년 전의 신여주 몸속에도 지금 같은 아저씨의 피가 흘렀을 것이다. 무일이 잘 몰랐을 뿐, 집어던져지던 순간에도.

"근데 무슨 일이야? 갑자기 왜 불렀어? 설마, 너?"

여주는 쩝쩝 닭발을 씹으면서 젓가락으로 무일을 가리켰다. 그녀의 젓가락에 빨간 양념이 그대로 묻어 있었다. 무일은 "혐오스러워지려고 그래" 하고 말하려다 말았다.

"청첩장 주려는 거 아니지? 나 이번 달에 적잔데?"

무일은 깊이 한숨을 내쉬었다. 적자면 결혼도 하지 말라는 것인가. 애초에 축의금을 많이 내지도 않을 거면서.

"그런 게 아니고."

"아냐? 참, 너 여자 없지?"

무일은 여주를 불러낸 것을 잠깐 후회했다. 여주는 잠시도 입을 가만히 두지 않고 또다시 말하기 시작했다.

"근데 왜 여자 안 만나는 거야? 이상형 없어? 아니지. 네가 이상형이니 뭐니 따질 때가 아니잖아. 조금 있으면 불혹인데. 걸리면 다만나야지."

그러는 본인도 조금 있으면 불혹에, 남자 없는 싱글이라는 사실을 잊은 것 같다.

"뭐 이런 여자만 아니면 된다, 그런 건 없어?"

"너, 딱 너!"

내내 참던 무일은 폭발하듯 여주를 가리키며 목소리를 높였다. 여주가 눈을 둥그렇게 뜨더니 이내 깔깔거리며 웃어댔다. 무일은 소주를 잔에 가득 채워 단숨에 들이켰다.

한참이나 웃던 여주는 느닷없이 생각난 듯 웃음을 딱 멈추고 정색하며 물었다.

"근데 무슨 일이라고?"

"빨리도 물어본다."

무일은 가방에서 파일 하나를 꺼냈다. 권순향이 보여준 신문 기사의 복사본이었다. 그것을 받아들고 여주는 천천히 기사를 읽었다. 여전히 닭발을 우물거리면서. 뼈 없는 닭발은 닭발도 아니라던 인간은 누구시더라.

"목맴에 의한 사망인데 사고사라. 사건 초기 기사인지 자세한 사정이 없네. 근데 이게 뭐? 가족들이 이제 와서 타살이라고 주장하는 거야? 너 이런 사건도 맡아? 오올! 김무일 많이 컸는데?"

여주가 눈을 가늘게 떠가며 그를 놀렸다. 하지만 이런 반응을 한

두 번 겪어본 무일이 아니었다. 무일은 기사를 톡톡 두드리면서 말했다.

"내일 너희 경찰서에 가게 될 것 같아. 네 도움이 필요하면 부탁하려고."

"이 사건 때문에? 무슨 일인데?"

그녀의 표정이 어느새 진지해졌다. 저럴 때는 형사다운 모습이 엿보였다. '멋있다'고 솔직한 감정을 말해주면 어깨를 으쓱해하는 꼴이 보기 싫어서 말하지는 않겠지만.

"이 남자, 사고사가 아니고 살해당한 거래. 직접 죽였다는 사람이 날 찾아왔어."

"엥? 자수하는 거야? 사고사로 처리됐는데 사실은 살인 사건이라……. 근데 왜 경찰서로 가지 않고 널 찾아가?"

"아는 사람이거든."

"누군데?"

여주가 눈을 반짝였다. 무일은 잠시 말을 멈추고 안쪽을 보았다. 복녀는 어묵의 국물을 낼 무를 써는 데 온통 정신이 팔려 있었다. 복녀가 들어서는 안 될 일이었다. 이 포장마차는 거의 동네의 미용실이나 다름없었다. 많은 소문들이 이 포장마차에서 번져나가는 것을 모르지 않는 무일이었다.

무일은 목소리를 잔뜩 낮추고 말했다.

"권순향. 우리 건물주."

"뭐?"

놀란 여주가 벌떡 일어섰다. 그 때문에 그녀가 앉아 있던 플라스틱 의자가 뒤로 훌러덩 넘어갔다. 복녀가 이쪽을 보았다. 무일은 아무 일 없는 척 닭발을 집어 들었고, 여주는 재빨리 의자를 바로 하고 앉았다. 또 농담 따먹기를 하다 싸우는 중이라고 생각하는지, 복녀는 다시 무를 써는 일에 집중했다.

놀란 여주는 정말이냐고 몇 번이나 되묻고는 입을 다물고 생각에 잠겼다. 사건에 대해 형사로서 생각하고 있는 중이리라. 무일은 그 생각이 깨어지지 않도록 조용히 기다렸다. 그리고 한참 만에 그녀의 입이 열렸다.

"아저씨 구속되면 우리 월세 계약은 어떻게 되는 거야?"

그럼 그렇지.

× × ×

"그래서 보자고 했구나."

소주잔을 가득 채워 단숨에 털어넣으며 여주가 말했다. 아직 여주의 앞에는 7년 전 기사의 복사본이 있었다. 무일은 권순향에게서 들은 이야기를 모두 여주에게 들려주었다. 갑자기 달려든 세입자 청년과, 그 일을 사고사로 처리한 어떤 남자에 대한 이야기가 나왔을 때는, 마치 영화 줄거리라도 듣고 있는 것 같다며 고개를 저었다. 복잡한 이야기는 아니었지만, 전달하는 무일로서도 이해되지 않는 이야기였다.

"근데 갑자기 왜 자수를 하시겠다는 거야?"

여주는 닭발 하나를 집어 질겅질겅 씹으면서 물었다. 저 여자는 조금 더 자신의 외모에 책임있는 행동을 해야 할 것 같다고 생각하며 무일이 답했다.

"나도 몰라. 너무 놀라서 자세히 물어볼 생각도 못했어. 나도 지금에야 궁금해 죽겠다. 그렇다고 이 시간에 전화해서 물어볼 수도 없고."

"내일이면 알게 되겠지."

그렇게 말하며 여주가 소주병에 또다시 손을 뻗었다. 어차피 자기 잔을 채우려는 것이다. 술잔을 주고받으며 어우렁더우렁하는 술자리를 원하는 것까지는 아니지만, 여주는 너무 스트레이트로 마시고 있다. 무일이 여주의 손에서 소주병을 낚아챘다.

"천천히 좀 마셔라. 누가 보면 실연당한 줄 알겠다."

"뭐래. 공짜 술은 있을 때 얼른얼른 마시는 거야."

"못 버니? 못 벌어?"

무일이 혀를 끌끌 찼다. 그러다 문득 어떤 생각이 강렬하게 머릿속을 스쳐지나갔다. 무일이 눈을 둥그렇게 떴다. 그것을 본 여주가 의미심장하게 웃었다. 그 웃음의 의미를 알면서도 무일이 물어보았다.

"이게 왜 공짜 술이야?"

"아까 네가 시킨 거라고 갑질했잖아."

"그건 내가 시킨 안주니까 내가 내는 거지. 술은 다른 얘기거든?"

"그럼 더치페이하자고? 네가 불러냈잖아!"

"난 보자고만 했지. 그럼 술이나 한잔하자고 한 건 너잖아."

"와, 겁나 지질해. 너 설마 날 길거리에 세워두고 얘기하려고 한 거야? 아니면……."

돌연 신여주의 얼굴이 음흉해졌다. 양손을 엑스자로 가슴 앞에서 교차하더니 몸을 슬쩍 뒤로 빼고는 무일을 노려보았다.

"방으로 날 불러들이려고?"

순식간에 무일의 얼굴이 열로 확 달아올랐다.

"뭐래. 떡 줄 사람은 그런 생각도 없거든? 내가 낼 테니까 거지 같은 소리는 좀 집어치울래?"

"정말? 히히. 이모! 여기 소주 한 병 더요! 오돌뼈 겁나 맵게 하나 주시고요!"

흡족한 주문을 마친 여주가 신이 난다는 듯 몸을 들썩였다. 그걸 보던 무일도 어이없어 피식 웃었다. 겉모습만 보고 여신이라고 따르던 고등학교 시절의 그 추종자들이 저 모습을 봐야 할 텐데. 여주를 흘긋거리던 남자들의 자리는 어느새 비어 있었다.

6

"요즘 바쁜 거 없지?"

"한가한 게 뭔지도 모를 만큼 1년 365일 바쁜 게 형사예요. 왜 안 바쁘겠니?"

"그래도 내일 자수하러 갈 때 네가 먼저 맞아주면 좋겠는데. 노인네가 인마, 얼마 안 남은 인생을 교도소에서 보내겠다는 큰 결심을 했는데 얼마나 긴장되겠냐. 아는 사람이 조사해주면 그래도 마음은 편안하지 않겠냐."

여주가 고개를 끄덕였다.

"사건은 내 마음대로 맡는 게 아냐. 그래도 내가 옆에 있으면 마음이 편하시려나. 그래 뭐…… 어찌되든 간에 내일 연락하고 찾아와."

무일이 고개를 끄덕였다. 내일 또 보게 되겠구나. 그런 생각이 머리를 스쳤다. 자기도 모르게 입가가 비죽 올라갔다. 하지만 그런 생각은 잠시뿐이었다. 그는 진지한 얼굴로 생각에 잠겼다. 말을 할까

말까 고민하다 이내 목소리를 낮추고 말했다.

"근데, 내일 자수하시면 바로 구속되는 건 아니지?"

여주가 고개를 갸웃거렸다.

"장담할 수는 없는데 바로 구속되진 않을걸. 왜?"

"우리 월세 계약 말이야. 다시 안 해도 될까?"

"아까 내가 말할 때는 속물 취급해놓고!"

미간을 찌푸리며 여주가 언성을 높였다. 권순향이 구속되면 계약은 어떻게 되는지 얘기를 꺼냈다가 한참 동안이나 천하의 냉혈한 취급을 받았다. 잘 알고 지내는 아저씨의 인생을 뒤흔드는 사건 얘기를 하다 말고 그게 할 말이냐는 힐난이었다.

"아니, 생각해보니 아저씨가 구속되면 그 아들이……."

권순향의 아들. 아버지의 재산을 믿어서인지, 걸핏하면 회사를 그만두더니 이내 놀기만 하는 남자. 예전에는 그나마 공무원 시험 준비도 하고 이력서도 돌리고 했다더니, 이혼 이후에는 사실상 '평생 실업자'를 선택한 사람처럼 살았다. 자세한 속내까지는 알지 못하지만 대충 보고도 각이 나오는 인간이었다. 저러다가 사업한다고 설쳐대겠지 하고 생각했는데 아니나 다를까 요즘 소문이 흘러나오기 시작했다. 역시나 사업을 하려 한다는 이야기였다.

그 남자가 사업을 하든 말든 상관은 없다. 그런데 무일이 신경 쓰지 않을 수 없는 문제가 생겼다. 이 건물을 팔아서 사업에 필요한 자금을 조달하려 한다는 이야기가 소문 끝에 붙어 나왔던 것이다. 물론 그 소문의 진원지는 이 포장마차의 복녀였다.

순향빌딩은 월세가 인근 시세보다 훨씬 낮게 책정되어 있다. 건물이 골목 안쪽에 있기 때문이긴 하지만, 그것은 1층의 상가들에게만 단점이었고, 살 곳을 찾는 사람들에게는 오히려 조용해서 인기가 많았다. 그것은 권순향도 아는 바였지만, 그는 월세를 몇 년째 올리지 않았다.

"노발라스 오발리제거든."

권순향이 어깨를 으쓱하며 한 말이었다. '노블레스 오블리주'라고 고쳐줄까 하다가 말았다. 노발라스든 노블레스든 중요한 것은 월세 가격이 아닌가.

그런 상황에서 권순향이 구속되면 자연히 그 아들이 건물 관리를 맡을 것이다. 아마 그는 계약 기간이 얼마 안 남은 세입자들부터 내보내거나, 월세를 대폭 인상할 것이다. 불 보듯 뻔한 일이었다. 그렇다면 차라리 권순향의 수감 기간을 고려해서 재계약을 맺는 게 어떨까. 무일이 머리를 열심히 굴린 뒤에 나온 생각이었다.

여주가 음흉한 눈빛을 빛냈다.

"굿 아이디어네."

"그렇지?"

"잘했어, 무일!"

큭큭거리며 두 사람은 서로 술잔을 부딪쳤다. 얼굴을 볼 때마다 못 잡아먹어서 안달인 사람들처럼 으르렁대지만 이럴 때는 합심이 아주 잘되는 파트너였다.

"그나저나."

여주가 테이블 위의 신문 기사를 당겨 다시 살폈다.

"좀 이상하네. 네 이야기를 들어보면 아저씨가 들어갔을 때 그 청년이 덮쳤다는 건데, 왜 그랬을까? 그리고 일 처리를 해줬다는 그 남자는 대체 누구야?"

"모르지."

무일은 고개를 저었다. 여주의 얼굴이 한층 어두워졌다.

"왜?"

여주는 생각에 잠긴 채로 중얼거리듯 말했다.

"살인 사건을 사고사로 만들어줬다면, 누구의 입김이 들어갔을까 하고……."

사고사로 처리한 것은 경찰이다. 두 가지 추론만이 가능하다. 사건이 사고사로 보이도록 의문의 남자가 너무나 완벽하게 작업했거나, 아니면 사건을 덮는 데 경찰이 관여했거나. 여주는 왠지 후자라는 느낌을 강렬하게 받았다. 그런 생각을 똑같이 하고 있는 듯 무일의 긴장한 시선이 여주에게로 향했다. 그때 그 시선 사이로 빨간 앞치마가 불쑥 끼어들었다.

"자, 오돌뼈. 근데 싸우려면 나가서 싸워."

"안 싸워요. 우리가 왜 싸워요."

무일이 웃으며 대답했다. 복녀가 두 사람의 얼굴을 번갈아 보았다.

"오늘은 왜 안 싸워? 사람이 갑자기 변하면 못써."

"아니면 말고" 하고 덧붙이며 복녀가 돌아갔다. 대체 싸우라는 걸까, 말라는 걸까. 무일은 고개를 내저으며 오돌뼈를 뒤적였다.

"내일 경찰서로 와. 오전이면 좋겠는데."

무일은 고개를 끄덕였다. 권순향이 자수하러 가는 데 동행하겠다고 약속은 했으나 껄끄럽기는 했다. 무엇보다 이곳 은파동의 관할서 형사들과는 안면이 있다. 기획 소송으로 몇 번 경찰서에 갔기 때문이다. 그들이 자신을 은근히 무시하는 것을 알고 있었다.

"알았어. 모시고 갈게."

"간만에 한동안 바쁘겠구나, 김무일."

"원래 바빴거든? 자수니까 1심에서 정상참작되면 적당히 마무리지어야지."

그 말에 여주가 소주잔을 탁, 소리가 나게 내려놓았다. 무일이 흠칫해서 여주를 보았다. 여주의 표정이 사나웠다.

"왜 그래?"

"정상참작이 아니라 그때 일을 밝혀서 정당방위를 인정받을 생각은 없어?"

"무슨 정당방위야. 그걸 주장하려면 7년 전에 했어야지. 그리고 벌써 7년이나 지난 일을 어떻게 밝히자고? 아저씨는 결국 사람을 죽인 뒤 도망쳤고 그 죄를 이제 받겠다는 거야. 변호사는 의뢰인의 말만 들어주면 된다고. 사건 배경을 밝히든 말든 그건 너희 형사들이나 검사가 하면 되는 거 아냐?"

여주가 아랫입술을 꾹 깨물었다. 그러면서도 무일을 향한 사나운 시선은 누그러지지 않았다. 무일은 미간을 찡그렸다.

알고 있다. 돈만 밝히는 변호사. 그 이름이 자신의 등 뒤에 붙어 다닌다는 것을. 하지만 형사 사건에 깊이 관여할 생각은 없다.

"내 장래 희망은 골치 안 아프고 돈 되는 일 하면서 가늘게 오래오래 사는 거야."

"소름끼치게 지질하네."

여주는 낮은 한숨을 내쉬었다. 무일의 말대로 변호사는 의뢰인을 변호하면 되는 것이고, 진실을 밝히는 것은 형사와 검사의 몫이다. 틀린 말은 아니다. 맞다, 맞지만 여주는 최소한의 인간적인 면을 이야기하는 것이었다.

여주는 소주 한 잔을 더 따라 쭉 들이켠 뒤 말했다.

"이제야 제대로 된 사건 좀 맡나 싶었더니 여전하네, 김무일. 변호든 수사든 인간 대 인간의 일이잖아. 진실은 어찌됐든 돈만 되면 된다는 거야? 그렇게 무책임하게 말하는 거 난 이해가 안 간다."

여주의 말에 무일은 아무런 대답을 하지 않았다. 시선을 아래로 내린 채 입을 다물고 있었다. 둘 사이에 어색한 기류가 흘렀다. 여주가 슬쩍 무일의 눈치를 보았다.

"야, 저기……."

"아, 진짜."

갑자기 무일은 짜증스럽게 머리를 쥐어뜯었다. 여주가 놀라 무일을 보았다. 무일이 울상을 지었다.

"겁나 매워, 오돌뼈."

여주는 생각했다. 그래, 말을 말자.

× × ×

포장마차에서 나온 두 사람은 순향빌딩을 향해 나란히 걸었다. 이미 자정이 가까워 있었다. 옆에서 걷고 있는 여주는 연신 입으로 바람을 불어댔다. 오돌뼈의 매운맛이 아직 입안을 공격하고 있는 모양이었다. 너무 매워서 무일이 더 이상 먹지 못하자, 눈물이 그렁 그렁해서는 맵다고 발버둥을 치면서도 여주는 그것을 마지막까지 먹어치웠다. 2리터짜리 물병을 다 비운 것은 물론이었다. 빵빵해진 배를 두드리면서도 여주는 연신 입바람을 불어댔다.

"근데 내일 아저씨, 되게 힘드실 거 같은데 재계약 얘기를 꺼내 도 될까?"

"내가 돈 되는 일만 한다고 비꼴 때는 언제고."

"이건 지극히 사적인 일이잖아."

"설득력 없는 인간."

무일은 고개를 절레절레 저었다. 그러고는 재빨리 덧붙였다.

"기회 봐서 말할 거야. 넌 하지 마. 내가 할게."

"어머, 오빠 멋져."

여주가 되지도 않는 콧소리를 내며 몸을 꼬았다. 다른 남자들 같 았으면 헤벌쭉댔을 터였다. 하지만 여주의 실체를 아는 무일에게 는 통하지 않았다. 무일은 흔들림 없이 무덤덤한 목소리로 말했다.

"넌 눈치 없이 아무 때나 들이댈 것 같아. 괜한 부스럼 만들지 말 고 가만히 있어."

"알았거든!"

여주가 팩 하니 무일을 지나쳐 앞서 걸었다. 정작 저럴 때가 귀엽다. 무일은 여주가 보지 못하게 피식 웃고는 그녀의 뒤를 따랐다.

아마 여주는 듣지 못했을 것이다. 토라진 척 정신없이 발을 구르고 있었으니까. 하지만 여주와 조금 떨어져 있던 무일은 분명 들었다. 그것은 끼익 하고 창문이 열리는 소리였다. 아마 깊은 밤이어서 여주가 내는 소리 말고는 조용했기 때문에 들을 수 있었을 것이다. 창문이 열리는 것은 일상적인 일이다. 뭔가 불길한 기운을 감지한 것은 아니었지만 반사적으로 무일은 고개를 들었다.

창문이 열린 것은 순향빌딩의 꼭대기 층이었다. 문이 열렸고, 어둠 속에서 사람의 형체가 앞으로 불쑥 나왔다.

"어……."

무일이 걸음을 멈추었다. 창문으로 내밀어진 몸이 점점 앞으로 기울었다. 순간적으로 무일은 여주를 보았다. 동시에 몸이 쑥 허공으로 빠졌다. 여주의 머리 바로 위였다. 머릿속이 하얗게 비었다.

"신여주!"

무일은 고함을 지르며 여주를 향해 달렸다. 앞서가던 여주가 웃음 띤 얼굴로 돌아보았다. 모든 것이 정지된 것처럼 무일에게는 아무것도 들리지 않았다. 오로지 여주만 보였다. 그녀에게로 달려가는 동안 심장이 오그라들었다. 두 다리의 힘줄이 파열할 것처럼 일어서는 것이 느껴졌다. 제때 여주에게 달려가지 못한다면 무일은 평생 자신을 용서할 수 없으리라 확신했다.

여주에게 도달하기 무섭게 무일은 여주를 끌어당겨 한 팔로 안고 왼쪽으로 굴렀다. 동시에 5층에서 떨어진 검은 형체가 땅바닥에 엄청난 속도로 처박혔다. 한 생명이 아스팔트 위에 뭉개지는 소리는 끔찍하고 처참했다.

7

　예상치 못한 충격에 여주는 무일의 한 팔에 안겨 아스팔트에 누운 채 신음했다. 무일은 얼른 팔을 풀고 일어나려는 여주를 부축했다. 아주 잠깐 비틀거렸지만 여주는 금세 정신을 차렸다.

　"괜찮아?"

　무일의 물음에 여주는 고개를 끄덕이면서 얼른 소리가 난 쪽을 보았다. 그제야 무일도 정신을 차리고 그쪽을 보았다. 검은 형체, 사람이었다. 무일과 여주가 동시에 그쪽으로 달렸다. 아주 잠깐 무일은 여주가 끔찍한 광경을 보는 것이 걱정되었다. 하지만 곧 그녀가 형사라는 것을 인정해야 했다.

　떨어진 사람에게 먼저 도착한 여주가 팔을 펼쳐 보이며 무일을 저지했다. 그녀의 얼굴은 가로등 불빛 아래서 냉정하게 빛났다. 무일이 멈춰 섰다. 여주는 조심스럽게 떨어진 사람을 살폈다. 엎드린 자세였다. 남자로 보였다. 움직임은 없었다. 이미 그것이 무엇을 말하는지는 예상할 수 있었다. 여주는 손가락으로 남자의 목 옆을 짚었다. 그러고는 무일을 향해 고개를 가로저었다.

"경찰에 신고해."

무일에게 지시를 내린 여주는 곧장 건물 안으로 뛰어 들어갔다. 다급한 발소리와 함께 건물 계단의 센서등이 차례로 켜지는 것이 보였다.

무일은 마음을 가다듬으려 머리를 흔들었다. 입술이 바짝 탔다. 하지만 그러고 있을 시간이 없었다. 휴대전화를 꺼냈다. 잠시 119에 신고해야 할까, 112에 신고해야 할까를 고민했다. 경찰에 신고하라던 여주의 말이 뒤늦게 떠올라, 정신을 차리고 112에 전화를 걸었다.

— 112 신고센터입니다.

"사람이, 건물에서 떨어졌습니다."

— 위치가 어떻게 됩니까? 몇 층인지 아십니까? 상태는 어떻습니까?

"여의도에 있는 순향빌딩입니다. 5층인 것 같습니다. 저기……죽은 것 같습니다."

신고 접수 요원은 침착했다. 무일을 다독거리는 한편 다시 한번 정확한 주소를 확인했다. 지금 출동 요청을 내렸으니 곧 경찰이 도착할 거라고 말했다. 무일의 신원을 묻고는 자리를 떠나지 말라고 말했다. 그러고는 떨어진 사람 가까이에 가지 말고, 아무것도 건드리지 말라는 말도 잊지 않았다.

전화를 끊은 무일은 건물 앞 계단에 가서 주저앉았다. 갑자기 다리가 풀렸다. 이게 무슨 일인가 하고 생각하는 동시에 남자가 5층에서 떨어졌다는 사실이 머릿속에 다시 떠올랐다. 5층에는 권순향의 개인 집밖에 없다. 창문은 5층 복도 쪽이었다. 그런 생각 끝에 남자의 모습이 새삼 눈에 들어왔다.

푸른빛을 띠는 실크 잠옷을 입고 있었다. 무늬가 없었지만 가로등 아래에서 광택으로 번들거렸다. 알고 있다, 저 체형이 누구의 것인지. 무일이 알고 있는 남자였다. 무일은 경악에 찬 눈을 휘둥그렇게 뜨고 자리에서 일어났다. 설마, 설마 하고 되뇌고 있지만 무일은 이미 그가 누구인지 알고 있었다.

그때 경찰차 두 대와 구급차 한 대가 요란한 소리를 내며 달려와 건물 앞에 섰다. 사복형사로 보이는 두 명의 남자가 뒷좌석에서 내렸고 다른 사람들은 모두 제복을 입은 순경이었다. 자리에서 일어서는 무일을 보고 사복형사 중 검은 재킷을 입은 남자가 가까이 다가왔다. 그사이 구급대원들은 추락한 남자에게로 일사불란하게 다가갔다.

"은파서 이상호 형사입니다. 신고자 분 맞으시죠?"

"네. 맞습니다."

"아시는 분입니까?"

무일의 어깨너머로, 이상호 형사가 떨어진 남자에게 시선을 던졌다.

"아는 사람…… 같습니다."

무일이 돌아다보았다. 어느새 출동한 감식반원들이 폴리스라인을 치고 엎드린 자세의 남자를 촬영하고 있었다.

"잠시만요."

이상호가 무일에게 말하고는 그쪽으로 다가갔다. 거의 본능적으로 무일도 그 뒤를 따랐다. 이상호가 가까이 가자 사진을 다 찍은 감식반원들이 그를 보았다. 이상호가 고개를 끄덕이자, 그들은 시신을 뒤집었다.

"헉."

무일이 자기도 모르게 입을 가렸다.

예상한 대로 권순향이었다.

그때 건물에서 신여주가 달려나왔다. 그녀는 모인 형사들을 보았고, 경악한 무일을 보았고, 그리고 권순향을 보았다.

× × ×

추락자의 사망을 확인한 여주는 곧장 5층으로 달려갔다. 엘리베이터가 없는 순향빌딩의 계단을 오르는 동안 누구와도 마주치지 않았다. 누가 고의로 밀었는지 아니면 자살인지 확인하기 위해 본능적으로 움직였다. 하지만 아무도 만나지 못했고, 권순향이 살고 있는 집의 문을 두드려보았으나 응답하는 이는 없었다.

떨어진 곳이 5층이었고 뒷모습으로도 이미 사망자가 권순향임을 예감하고 있었지만, 정작 시신을 목도하자 여주는 충격이 새삼

몰려드는 것을 느꼈다.

　새벽 1시가 훨씬 지난 시간이지만 순향빌딩 앞은 백야를 맞은 것처럼 환했다. 소란스러운 소리에 동네 주민도 여럿 나와 삼삼오오 모여 수군거렸다. 폴리스라인이 권순향의 추락 지점을 포함하여 둥그렇게 처져 있었다. 감식이 끝나고 시신이 부검실로 옮겨지면 다른 주민들을 고려해서라도 금방 제거될 것이었다.

　권순향의 시신은 흰색 천으로 덮였다. 하지만 그의 주변으로 냇물처럼 흐른 피는 가리지 못했다. 권순향은 자신의 빌딩 앞 아스팔트 위에서 차갑게 굳어가고 있었다.

　감식반원들이 권순향의 시신과 추락 지점, 그리고 그가 떨어졌을 걸로 추측되는 창문 근처와 복도, 그의 집까지 샅샅이 조사하고 있었다.

　"족적과 지문이 나왔습니다."

　족적과 지문을 반드시 찾아야 하는 곳은 권순향이 떨어진 5층의 복도 창 쪽이었다. 목격자가 있고 게다가 겨울인지라 떨어진 위치를 확정할 수 있어서 빨리 찾았다고 형사1팀장 윤홍길이 쓰게 웃었다. 한여름의 투신자살은 층을 확인하는 데만도 시간이 걸린다. 거의 모든 복도의 창이 열려 있기 때문이다. 층도 확인되었고 족적과 지문도 나왔다면 사망 원인은 명확해진다. 나오지 않을 경우 사건은 크게 달라진다. 전자는 자살, 후자는 살인 사건.

　"다른 흔적은?"

　"다른 지문은 없고 족적도 상대적으로 분명하게 나 있습니다. 그리고 한 명의 족적이 더 나오긴 했는데……."

윤홍길의 눈이 날카롭게 빛났다.

"그래? 어떤 족적이지?"

"그거 제 겁니다."

목을 움츠리며 여주가 말했다. 권순향의 추락을 확인하자마자 즉시 올라와 창 쪽을 확인했다. 족적이 그때 남았다. 윤홍길이 혀를 끌끌 찼다.

"잘하는 짓이다. 네가 제1 용의자야."

"죄송합니다."

다행히 여주가 권순향의 족적을 밟지 않았기 때문에 큰 문제는 되지 않았다. 윤홍길이 장난스럽게 여주를 노려보다가, 웃음을 거뒀다.

"족적 좀 보지."

윤홍길이 감식팀과 함께 창가로 다가갔다. 정전기 전사지를 이용해 족적이 채취되어 있었다. 사망 당시 권순향이 신고 있던 신발의 모양과 일치했다. 족적은 흔들림 없이 창을 향해 다가가고 있었다. 윤홍길이 증거물들을 확인했고, 여주도 그 옆을 지켰다. 여주는 단 한마디도 하지 않은 채 증거물들을 지켜보았다.

"음, 자살이 거의 확실하네. 시신에 몸싸움의 흔적도 보이지 않고."

먼지가 내려앉은 창틀은 새카맸다. 거기에 뚜렷이 권순향의 지문이 드러나 있었다. 약품을 발라 지문을 육안으로도 확인할 수 있게 해두었다. 윤홍길은 지문의 위치와 족적 간의 간격을 눈대중으로 짚었다.

"여기 서서 창문을 짚고 올라갔다고 보면, 거리가 얼추 맞아. 시신 수습하고 유가족한테 연락해. 혹시 모르니까 증거들은 철저히 검증하는 것 잊지 말고."

말은 그렇게 하지만 윤홍길은 이미 자살로 확신한 듯했다. 증거들을 철저히 검증하라는 소리는, 유가족들이 의혹을 갖지 않게 해서 재수사 요청 같은 일이 없도록 하라는 것이다. 물론 형사들에게 불미스러운 일이 있을까봐 그러는 것도 있지만, 유가족의 마음에 상처를 남겨서는 안 된다는 배려도 숨어 있다.

자살로 처리됐지만 자살이 아니라고 믿는 유가족의 남은 인생이 얼마나 괴로울지, 상상만 해도 심장이 오그라드는 고통이다.

윤홍길이 몸을 틀어 건물 계단 쪽으로 향했다. 여주는 그 뒤를 바싹 따라붙었다.

"왜 따라와? 현장 마무리하고 들어와."

"네, 그럴 겁니다. 그런데."

윤홍길이 걸음을 멈추고 뒤돌아보았다. 말끝을 흐리는 것을 보니 할 이야기가 있는 것 같아서였다. 빤히 응시하는 눈을 마주하며, 여주는 혀로 아랫입술을 핥았다. 긴장이 되어 자기도 모르게 주먹을 움켜쥐었다.

"자살이 아닌 것 같습니다."

윤홍길이 눈을 껌벅였다. 잠시 그의 시선이 현장 쪽으로 향했다.

"내가 뭔가 놓친 게 있나?"

"그건 아닙니다. 근데……."

여주는 간략히 사망자에 대해 이야기했다. 권순향은 2월 21일 같은 빌딩 안에 입주해 있는 김무일 변호사를 찾아가 7년 전 사고사로 처리된 청년을 죽인 진범이 자신임을 밝히고 자수하려고 했다. 그런데 21일에서 22일로 넘어가는 자정 무렵, 그가 살고 있는 빌딩의 5층 복도에서 추락해 숨졌다. 가급적 개인적인 견해는 넣지 않으려고 주의하면서 핵심만 말하기 위해 노력했다.

"그러니까, 자수하려던 사람이 자살할 리가 없다?"

"확정지을 수는 없지만요."

여주는 어디까지나 신중해야 한다고 생각했다. 인간이란 복잡한 존재다.

"좀 이상하긴 하네. 타살 가능성도 염두에 두고 수사해봐. 시신도 부검실로 넘기고."

"네, 알겠습니다."

"뭔가 발견되면 즉각 보고하고."

"네."

사망자가 여주와 안면이 있다는 이야기를 이미 들었는지 윤홍길은 위로하듯 여주의 어깨를 두드리고는 계단을 내려갔다. 여주는 그의 뒷모습을 응시하며, 팀장으로서 그가 진심으로 멋있다고 생각했다.

여주는 계단을 내려가기 시작했다. 2층쯤 내려갔을 때 아래에서 올라오는 사람이 있었다. 김무일이었다. 여주는 일부러 밝은 목소리로 장난스럽게 말했다.

"관계자 외 출입 금지입니다. 어딜 올라오십니까?"

김무일이 고개를 꺾고 여주를 올려다보았다. 무일의 표정이 굳어 있었다. 눈앞에서 사람의 죽음을 목도했으니 놀랐을 것이다. 그것도 잘 아는 사람의 죽음이다. 저런 표정도 무리는 아니었다.

"그럼 난 어디로 집을 올라가냐."

"아, 맞다. 넌 입주민이지. 자, 이리로 올라가십쇼. 괜히 궁금하다고 현장에 얼씬거리지 마시고요."

여주의 농담에도 무일은 웃지 않았다. 여주는 그다지 살가운 성격도 아닌 무일이 권순향을 마주칠 때마다 통통거리면서도 농담을 던지던 모습을 떠올렸다. 단순한 세입자와 건물주 관계를 넘어 사이가 좋았다. 게다가 죽기 직전 고백한 일도 있어서 머리가 복잡한 것은 당연할 것이다.

"이거 자살 아니다."

무거운 목소리로 무일이 말했다. 지나치면서 내려가던 여주가 걸음을 멈추었다. 무일의 얼굴을 올려다보았다. 형사로서 여주는 결론이 나지도 않은 일을 확정지어 말하는 것을 좋아하지 않았다. 모든 증거들이 명명백백히 드러난 뒤 판결을 받아도 뒤집히는 일을 숱하게 보아왔다. 그래서 아까 윤홍길 팀장에게도 타살이라고 강력하게 말하지 않았다. 하지만 왠지 지금은 그런 것들은 모두 잊고 싶다.

"알아."

8

여주의 대답에 무일의 표정이 조금 누그러졌다. 여주가 여전히 단순 자살로 보는지 확인하려 한 것 같았다. 무일이 가까이 다가왔다.

"혹시 그 아들 연락됐어?"

목소리를 낮춘 채였다. 경찰 관계자도 아닌 사람에게 자세한 이야기를 하는 것을 다른 형사들에게 보이면 여주의 입장이 곤란할까봐서였다.

"그렇잖아도 지금 내려가서 확인하려고."

권순향의 추락을 확인한 직후, 여주는 그의 집 초인종을 눌렀지만 불이 꺼진 내부에는 아무런 응답이 없었다. 아들은 외출 중인 것 같았다. 두 사람은 나란히 1층으로 내려갔다. 시신은 이미 이송된 후였고, 정문을 지키는 순경과 형사 두 명만이 남아 있었다. 구경을 나왔던 주민들도 이제는 거의 보이지 않았다.

"선배."

여주를 발견하고 이상호 형사가 다가왔다. 몸이 마르고 피부가 허여멀건했다. 그래도 강단 있는 눈빛은 역시 형사구나 하는 생각을 들게 하는 사람이었다. 나중에 여주로부터 그가 스물여덟 살이라는 말을 듣고는 깜짝 놀랐다. 서른여덟인 자신과 동갑내기가 아닐까 생각했던 것이다.

"시신은 부검실로 갔습니다."

"가족은? 연락됐어?"

"네. 아들하고 통화됐어요. 곧 경찰서에 도착할 겁니다."

"아들은 사건 당시 확실히 외부에 있었다는 거네."

무일이 중얼거리자 이상호의 시선이 잠깐 그쪽으로 향했다가 의문스러운 빛을 띠었다. 여주가 얼른 무일을 소개했다. 건물의 입주자이자 사망자와 아는 사이라는 말에 고개를 끄덕였다. 관심이 있을 만하다고 생각하는 것이다. 여주가 덧붙여 자신과 친구라고 말해주었다. 현장에서 떠나지 못하는 무일의 심정을 눈치채고는 계속 현장에 남을 수 있도록 배려해준 것이었다.

계속해서 여주가 이상호 형사에게 물었다.

"어디 있었대?"

"압구정 호프집에요. 10시에 들어가서 경찰한테 연락받기까지 계속 거기 있었답니다. 중학교 동창과 같이 있었다네요. 동창 인적사항도 받아놨어요."

"호프집에 연락해서 자리를 뜬 적은 없는지 정확히 조사해봐."

압구정에서 순향빌딩까지, 가까운 거리가 아니지만 뭐든 확실히 해서 나쁠 것은 없다.

"알겠습니다. 선배는 바로 서로 복귀하실 거예요?"

"응, 나는……."

그때 무일이 여주의 옷자락을 잡아당겼다. 여주가 말을 멈추고 무일을 보았다. 무일은 여주를 보지 않은 채로 묵묵히 정면만 바라보고 있었다. 여주가 눈치를 채고 급히 이상호에게 말했다.

"아, 나는 여기 정리되는 거 보고 집으로 갈 거니까, 먼저 들어가."

"여기는 제가 정리해도……."

"알잖아. 여기 내가 사는 건물인 거. 내가 더 잘 알아."

이상호는 잠시 고민하는 표정을 지었다. 현장과 여주의 얼굴을 재차 번갈아 보고는 고개를 끄덕였다.

"그럼 먼저 가겠습니다."

"그래."

이상호가 떠난 뒤 여주가 얼굴에 웃음을 거두고 무일을 돌아다보았다. 뭔가 할 말이 있어서 잡은 것일 테다.

"이제 좀 놓지?"

"잠깐 올라가서 나 좀 보자."

"내가 왜?"

"나 제1 목격자인데? 나한테 사정 청취 안 하나?"

"아" 하며 여주가 잠깐 고민했다. 사실 그렇다. 자신은 등을 돌리고 있어서 떨어지는 순간을 보지 못했다. 정확히 목격한 것은 무일이었다. 그의 이야기를 가장 먼저 들어야 옳은 것이다. 느닷없이 올라가자고 해서 까칠한 반응이 나온 것은 사실이지만, 뒤늦게 뭔가 할 말이 있을 것이라는 생각이 들었다. 조금 전 권순향의 죽음은 자살이 아니라고 못 박듯 얘기하던 무일의 표정이 떠올랐다. 경찰서가 아닌 곳에서 긴히 할 얘기가 있는 것이다.

무엇보다 아직 무일에게 고맙다고 말하지 않았다. 무일이 아니었다면 지금쯤 병원에 들어가 누워 있을 것이었다. 아니, 어쩌면 권순향과 나란히 부검대 위에 올려져 있을지도 모른다. 자살이든 아니든, 추락하는 사람이 행인을 덮쳐 함께 사망하는 사건이 뉴스에서도 심심치 않게 들려온다. 그 주인공이 자신이 될 뻔했다.

"아니면, 라면 먹고 갈래?"

이런 쓸데없는 농담만 아니면 참 믿음직스러울 텐데. 여주는 가차없이 손바닥으로 무일의 머리를 내리쳤다.

"아, 왜!"

무일의 고함이 조용해진 골목을 다시 뒤흔들었다.

×××

빈 컵라면 그릇이 수십 개씩 쌓여 있고, 제대로 분리수거하지 않은 쓰레기들이 담긴 봉투가 입을 벌린 채 파리를 유혹하고 있다. 드라마 주인공의 얼굴이 부옇게 보일 정도로 TV 화면엔 먼지가 앉아 있고, 싱크대에는 언제 쓴 것인지도 모르는 냄비와 그릇들이 말라간다. 냉장고 안에 있는 음식은 대체 정체가 뭔지 알 수도 없을 정도로 시커멓게 부패해 있거나 흰 곰팡이들이 가득하고, 화장실 바닥은 물때로 미끄럽다. 마구 벗어던진 양말이 먼지 구덩이 속에서 굴러다니고, 침대 위의 이불은 언제 빨았는지 누렇다. 걸어다니면서 옷을 갈아입어 바지는 현관에, 티셔츠는 화장실 입구에 던져져 있다.

그것이 여주가 상상한 무일의 집 안 풍경이었다.

하지만 실상은 정반대였다. 거실은 깨끗했고, TV가 있을 자리에는 책장이 자리 잡고 있었다. 냉장고까지 열어볼 수는 없지만 싱크대 개수대는 그릇 하나 없이 말끔했다. 소파에 앉으며 보니 구석구석 먼지 한 점 없었다.

구조는 자신의 집과 같지만, 뭔가 다르게 느껴졌다. 다큐 프로그램에 미니멀리즘 표본 가정으로 나올 것 같은 집이었다.

"뭐 줄까?"

"아냐, 됐어. 할 말이 있었던 거 같은데 뭐야. 자살 아니라는 거?"

여주는 본론으로 곧장 들어갔다. 지금 남의 집 청결 상태에 감탄할 때가 아니었다.

음료수라도 대접해야 하나 주방 쪽에서 서성거리던 무일이 소파로 다가와 여주를 마주 보고 앉았다.

"응, 너도 알잖아."

여주는 고개를 끄덕였다. 현장이 아니라서인지 자신의 생각을 편하게 말할 수 있었다.

"우선 아저씨는 잠옷을 입고 있었어. 자살하는 사람이 잠옷 차림인 게 자연스러워? 아니지. 보통 깔끔한 평상복 차림으로 자살을 시도하거든. 그럼 자다가 갑자기 자살을 시도했다는 건데, 자연스럽지 않아."

"현장에서는?"

"일단 팀장님은 자살 쪽으로 생각하는 것 같아. 족적이나 지문도 아저씨 것밖에 나오지 않았고."

"그거야 만들려면 얼마든지 가능하지."

신발을 신은 사람의 족적은 신발 밑창이다. 그것이 피해자의 것과 일치하는지를 본다. 그래서 정확하지 않을 수도 있다. 예를 들어 의식이 없는 피해자를 업고 피해자의 신발을 신은 뒤 복도를 걸으면 한 사람의 족적만 남는다. 피해자가 혼자 걸어가 투신한 것으로 꾸미는 일은 어렵지 않다.

"창밖으로 밀어서 떨어뜨릴 가능성도 있잖아?"

"그렇잖아도 내가 물어보려고 했어. 추락할 때 어떤 모습인지 봤어?"

무일은 그때의 장면을 떠올렸다. 애쓰지 않아도 정확히 떠오른다. 그만큼 충격적인 기억이었다.

"정확히 말할 수 있어. 상체가 지면과 거의 수평으로 나왔어."

"정말로 누군가 집어던졌다는 거네."

두 사람은 의견을 같이했다. 범인은 심야인데다 도로변에서 떨어진 곳이라 목격자가 아무도 없을 거라고 예상했을 것이다.

"그리고 우리는 알잖아. 자살할 리가 없다는 거."

"응. 아까 팀장님께도 그 얘기를 잠깐 했어. 자수하시려고 했다고."

"그래서 뭐래?"

"의혹이 간다고 하면서 정확히 조사하자고 하셨어. 아마 오늘 아저씨 집이랑 복도, 시신에서 채취한 증거들이 곧 취합될 거야. 자살로 위장하려고 아저씨를 집어던졌다면 적어도 혈액에서 수면제 성분이 검출되지 않을까."

무일은 다행이라는 듯 낮은 한숨을 쉬었다. 상부에서 자살이 아니라는 것을 믿지 않으면 그것부터 설득해야 하기에 수사가 어렵다는 것쯤은 무일도 알고 있기 때문이다.

돌연 여주의 표정이 무거워졌다.

"그런데 너무 타이밍이 기막히지 않아? 자수하려고 결심한 그때에."

"자수를 막으려고 한 걸까?"

"어떻게 알고? 대체 누가?"

"아저씨가 나 말고 누군가에게 자수 얘기를 또 했을까?"

무일의 말에 두 사람이 눈을 마주쳤다. 두 사람은 거의 동시에 말했다.

"아저씨 아들."

× × ×

경찰서 주차장은 민원인들과 직원들의 차로 만차인 때가 잦다.

그럴 때는 잠깐 일을 보러 들어오는 민원인들 사이에서 주차 전쟁이 일어나기도 한다. 경찰서라는 특성상 폭력 사태까지 벌어지지는 않지만 소란은 끝이 없다. 하지만 그 정도는 아무것도 아니다. 형사1팀의 사무실에 비하면.

여주는 사무실 안으로 들어가며 이제 이 소란에 자신이 많이 익숙해졌다고 생각했다. 새로운 사건으로 팀원들이 우르르 나가는 소리, 용의자를 옆에 앉혀두고 조서를 꾸미는 형사, 윗선의 전화를 받아 미해결 사건에 대해 변명하는 윤홍길 팀장의 목소리 등이 만들어내는 불협화음들. 이젠 조용하면 오히려 불안할 것 같다.

형사1팀은 주로 살인, 상해, 변사 사건을 담당하고 있다.

"선배, 출근하셨습니까?"

매일 출근길에 하는 대로 오늘 사무실의 분위기를 파악하려 안을 둘러보던 여주의 앞에 이상호의 지친 얼굴이 불쑥 들이밀어졌다. 딱히 냄새가 나거나 지저분한 것은 아니지만, 풀린 동공, 길게 내려와 있는 다크서클, 살짝 벌어진 입과 푸석한 피부, 평소보다 훨씬 더 정리되지 않은 느낌의 머리 스타일이 그의 피로를 증명하고 있었다. 스물여덟 막내 형사 이상호의 얼굴은 오늘, 마흔다섯까지 넘보고 있었다.

"오늘 비번이지?"

"지금 퇴근하는 길요. 그래봐야 사우나 가서 좀 자다가 나오는 정도죠, 뭐."

그는 어깨를 축 늘어뜨리며 터벅터벅 걸어가는 시늉을 했다. 여주가 웃으며 그의 어깨를 두드렸다.

"수고했다. 근데 어제 우리 건물주 사건 말이야. 부검 날짜 안 나왔지?"

자살로 쉽게 결정내릴 수 없는 사안, 즉 타살의 의심이 가는 사안은 가족의 동의를 받지 않고서도 부검이 가능하다.

"이미 결과 나왔다는 거 같은데요."

"뭐?"

국과수에는 하루에도 수십 구의 시신이 들어오고, 그 시신을 부검해야 하는 법의관은 턱없이 부족하다. 그 한정된 인원이 부검뿐만 아니라 정밀 조사를 통한 사인 규명과 부검 결과서 작성까지 소화해야 하므로 소견서가 나오는 데 적어도 한 시신당 2, 3주가 걸린다. 하룻밤 만에 사인이 뚝딱 나오는 일은 드라마에서나 가능한 일이다. 그런데 그 드라마틱한 일이 실제로 벌어졌다고?

"나온 거 같아요. 전 결과는 못 들었지만."

"그래?"

"팀장님께 물어보세요. 그럼 선배, 저 먼저 들어가볼게요."

"그래. 수고했다."

9

여주는 다시 한번 이상호의 어깨를 두드려주고는 윤홍길 팀장의 자리로 향했다. 그는 누군가와 통화를 하고 있었다. 여주는 예의상 몇 발짝 떨어진 곳에서 기다리며 생각해보았다. 국과수의 검시 결과가 궁금하긴 했지만, 결과가 벌써 나왔다는 사실에는 역시 고개가 갸웃거려진다.

그런 생각을 할 때 윤홍길이 전화를 끊었다.

"팀장님."

갑자기 불러 놀랐는지, 윤홍길의 어깨가 흠칫했다. 그는 책상 위에 올려져 있던 사진 한 장을 집어 서둘러 서랍 안에 넣었다. 사진 속 밝게 웃고 있는 얼굴이 눈에 익었다.

"지영이랑 통화하셨어요?"

지영은 윤홍길의 딸이다. 지난해 필리핀 유학을 가면서 윤홍길은 기러기 아빠가 되었다. 아내와 딸을 동시에 필리핀에 보내놓고 혼자가 됐다고 곧장 추레해질 사람은 아니었지만, 지금처럼 물끄러미 딸의 사진을 보고 있는 모습 앞에선 역시 마음이 짠했다.

윤홍길은 쑥스러운지 대답을 흐렸다.

"뭐…… 그냥. 이제 출근했어?"

"네, 어제 사건이요. 부검 결과가 벌써 나왔다고 들었습니다."

"아, 자네와 관련됐기도 하고, 빨리 받았어."

"결과는요?"

여기 있다는 듯 윤홍길이 책상 위의 프린트물을 손에 쥐었다.

"자살로 판명 났어. 직접 사인은 다발성 장기 부전. 다른 폭행의 흔적은 없고."

"혈액 검사는요?"

"깨끗."

자살. 그것은 여주의 예상과는 전혀 다른 결론이었다. 여주의 표정을 살피던 윤홍길이 들고 있던 서류를 넘겼다. 서류상의 결과는 윤홍길의 말대로 자살 추정이었다. 추락할 때의 충격으로 인한 다발성 장기 부전이 사망의 주원인으로, 정신을 잃게 할 만한 가격, 즉 다툼의 흔적 역시 없었다. 약물도 전혀 검출되지 않았다. 권순향의 정신을 잃게 해서 바깥으로 던져 추락시켰다는 가설은 사실상 무너졌다고 봐야 했다.

바깥을 내다보는 권순향을 범인이 밀어 떨어뜨렸다는 가정은 불필요한 것이었다. 만약 그랬다면 다른 사람의 족적이 발견되어야 옳았다. 사람의 땀이나 유분의 차이로 찍히지 않을 수도 있는 지문과는 달리 족적은 반드시 남기 때문이다. 그렇다면 정말 자살이 맞는 것이다. 추락 직전 창밖으로 나온 몸이 지면과 거의 수평이었다고 한 것은 무일의 착각일까.

부검 소견서를 읽는 동안 여주는 뭔가 위화감을 느꼈다. 그런데 그 이유를 뒤늦게 깨달았다. 검시 관련 사진이 없다. 원래는 상처 부위 등을 상세히 찍은 사진과 그에 따른 설명이 첨부되어 있어야 옳다. 상처가 없으면 없는 대로 피부 상태의 사진이 들어가야 한다. 그런데 이 서류에는 사진이 단 한 장도 없었다.

"팀장님, 왜 사진 첨부가 안 되어 있죠?"

"급하게 요청한 일이라 결과부터 왔어. 첨부 서류를 포함한 정식 소견서는 나중에 올 거야."

"알겠습니다."

뭔가 찜찜한 듯한 여주의 얼굴을 보고 윤홍길이 물었다.

"뭔가 걸리는 게 있나?"

"아닙니다."

걸리는 것은 있지만 그것을 증명할 방법도 없어 여주는 고개를 저었다.

"그런데 권두만은요?"

권두만은 권순향의 아들이다. 권순향이 자살이 아닐지도 모른다는 추측에 아들인 권두만의 알리바이 확인은 필수였다. 권순향의 추락 당시 여주가 급히 건물로 올라가 복도를 살폈을 때 아무도 없었고 초인종을 눌러도 반응이 없었지만, 그것이 권두만의 결백을 확증하는 것은 아니었다.

"알리바이 확인했어. 압구정 호프집에 있었다는 말도 맞고, CCTV 확인 결과 자리를 장시간 뜬 적도 없어. 사망자의 자택 수색에서도 이렇다 할 건 나오지 않았고."

여주는 고개를 끄덕였다. 자살이 아니라는 생각은 믿음에 불과할지도 모른다. 자수를 하려고 하다가 갑자기 두려워지는 일은 흔하다. 무엇보다 아들의 앞날이 걸려 있다. 하지만 이미 변호사에게 자백해버려 신고할 수도 있다는 생각에 극단적인 선택을 했는지도 모른다.

"이 사건은 자살로 종결하는 것이 합리적이야. 이의는?"

여주는 잠시 고민했다. 하지만 곧 대답했다.

"없습니다."

"그럼 종결 보고서를 올리도록 하지. 그건 이상호 형사에게 맡기면 되니까, 자네는 묻지 마 폭행 사건을 맡고 있는 서 형사에게 합류해."

"알겠습니다."

× × ×

"자살이라고?"

전화를 받는 무일의 음성에도 의혹이 짙게 깔려 있었다. 여주의 설명을 들으며 간신히 대답은 하고 있지만, 전혀 동의하고 있지는 않았다.

무일이 생각에 잠긴 채 여주와 통화를 이어가는 동안 노크 소리와 함께 변 사무장이 들어왔다. 그의 손에는 찻잔이 놓인 쟁반이 들려 있었다. 그는 심각한 얼굴로 통화를 하고 있는 무일을 보며 싱글벙글 웃었다. 요즘 일반 사건을 담당하는 무일이 몹시 맘에 드는 기색이었다. 남의 속도 모르고.

변 사무장의 시선은 무일에게서 떠날 줄을 몰랐다. 아마 집에 돌아가 요즘은 살인 사건에 대한 변론을 준비한다고 자랑스럽게 떠벌렸으리라. 게다가 단순한 살인 사건이 아니라, 무려 7년 전 사고사로 결론 난 일에 이제 와 범인이라고 자백했던 노인이 살해당했다고 마치 미스터리 영화라도 상영되는 것처럼 극적으로 이야기했을 것이다.

그런 변 사무장은 그 사건이 결국 자살로 판명 났다는 소식을 들으면 어떤 반응을 보일까. 무일은 궁금했다.

"그러니까 결국 자살로 확정됐다는 거지?"

일부러 목소리를 높였다.

아니나 다를까, 세상을 잃은 듯 변 사무장의 얼굴에서 핏기가 사라졌다. 저러다 쟁반을 놓칠 것 같다. 빨리 책상 위에 올려놔주었으면.

— 국과수 결과로는 다른 흔적이 전혀 없대. 족적도 없고.

"그렇다면 자살밖에 없네."

그렇게 말하면서도 무일은 마음이 개운치 않았다. 그러기는 여주의 목소리도 마찬가지였다. 하지만 조사 결과가 그렇다는데 어쩔 수가 있겠는가. 무일은 사실 이 일이 부담스러웠다. 차라리 이럴 시간에 저작권 소송을 몇 건 더 맡는 것이 이득이었다.

"일이 이렇게 끝나서 아쉽군. 너도 아저씨 빈소에 갈 거……."

순간 와장창 소리가 들렸다. 통화를 하느라 그 순간을 보지 못했으나 정신을 차리고 앞을 보니 찻잔들이 잔뜩 깨져 바닥에 나뒹굴고 있었다. 찻물에 섞인 파편들이 반짝였다. 그렇잖아도 불안하다 했더니만 그새 쟁반을 놓친 것이다.

"잠깐만, 내가 이따가 전화할게."

무일은 황급히 전화를 끊었다. 여주에게 아저씨의 빈소에 갈 거면 같이 가자고 하려 했는데 이게 무슨 난리인가 싶었다. 놓친 타이밍을 다시 잡을 수 있으려나 생각하며 무일은 변 사무장을 올려다보았다. 놀라서 그런 건지 변 사무장은 깨진 찻잔 세트를 치울 생각도 없이 황황한 눈으로 못 박힌 듯 서 있었다. 할 수 없이 무일이 무릎을 굽히고 앉아 손으로 깨진 조각들을 줍기 시작했다.

"괜찮으세요? 뒤로 물러나세요. 다칩니다."

그렇게 말하며 서둘러 파편들을 치우던 그의 손 위로 변 사무장의 두툼하고 털이 숭숭한 손이 얹혔다. 무일이 그를 쳐다보았다. 그러고는 흠칫 놀랐다. 변 사무장의 눈이 무서울 정도로 희번덕거리고 있었다.

"정말 자살이라고 생각하십니까?"

"아, 아니…… 경찰이 그렇다는데야……."

뭔가 개운치 않은 면이 있는 것은 사실이었다. 하지만 그것은 경찰의 영역이다. 변호사인 자신이 어쩔 수 있는 일이 아니라고 생각했다.

"그럼 7년 전 사건은요?"

무일이 변 사무장을 보았다. 변 사무장이 하려는 말이 무엇인지 감이 왔다.

"사무장님? 전 형사가 아닌데요."

"만약 권 사장님이 돌아가시지 않았다면 7년 전 사건이 재수사됐을 거예요. 그렇죠? 부정할 수 없죠? 그럼 권 사장님이 돌아가셔서 제일 이득을 볼 사람은 7년 전 그 남자겠네요."

"소설가도 아니고요."

"혹시 그놈이 어떤 경로로 권 사장님의 자수 결심을 알게 돼서 입을 막은 건 아닐까요?"

"제 말 듣고 계시죠?"

"변호사님은 궁금하지 않으세요?"

형광등 불빛을 받은 민머리처럼 변 사무장의 눈빛이 매섭게 빛났다. 농담처럼 변 사무장의 말을 흘려듣긴 했지만, 아주 틀린 말은 아니었다.

가장 마음에 걸리는 것은 역시 사건을 덮어주겠다고 했던 그 남자다. 애초에 그자는 왜 302호에 찾아왔던 것일까. 그리고 권순향이 살해하는 것을 보고 놀라는 대신 왜 그 살해 현장을 자살로 위장해주고 일을 마무리했던 것일까. 그자의 목적도 알 수 없었고, 어떤 인물인지 가늠도 되지 않았다. 무일은 낮은 한숨을 쉬었다.

"제가 아무리 의혹을 갖고 있다 한들 조사할 힘도, 의무도, 권한도 없어요."

"의뢰를 받으셨지 않습니까? 의뢰인께서 자신의 죄를 밝혀달라고 하셨잖습니까? 그것만이라도 해드려야죠. 재수사야 형사들이 하더라도 그 사건을 꺼내는 것, 거기까지는 해드려야 조의가 되지 않겠습니까?"

변 사무장은 진지했다. 그러고 보니 심심하다고, 더워서 에어컨 쐰다고, 추우니 난로 좀 틀어달라고 걸핏하면 내려오던 권순향을 상대한 것도 변 사무장이었다. 아마 그간의 정이 있었을 테니 그의 이상하리만치 허망한 죽음이 더 충격이었을지도 몰랐다.

생각해보면 무일도 권순향과 많은 시간을 가졌다. 조물주 위의 건물주라고 자주 농담을 하기는 했지만, 권순향의 요구를 들어준 것은 단지 그 이유 때문만은 아니었다. 엄청난 구두쇠인 권순향은 박스 같은 종이들을 모아 폐지 수거하는 노인들에게 주고, 가끔은 음료수나 과일을 같이 얹어주기도 했다. 무일은 권순향의 그런 은근한 다정함을 좋아했다.

자주 출근이 늦는 무일에게 잔소리를 격하게 할 때는 짜증이 났지만, 아버지가 없는 무일로서는 나쁘지 않은 일이었다. 여름날 멜론맛 아이스바를 사 들고 건물 입구에 나란히 앉아 지나가는 사람들을 쳐다보던 것도 둘이 함께했다.

무일은 변 사무장의 손을 힘주어 잡고 진지하게 물었다.

"수임료는 받았습니까?"

잡힌 손을 슬며시 빼며 변 사무장이 눈을 피했다. 사람의 죽음과 진실을 논하는 판국에 돈 이야기를 꺼내서 비난하는 것은 아니었다. 회피의 목적이 있는 눈길이다.

"후, 후불로 주신다고."

무일은 자리에서 벌떡 일어났다. 변 사무장이 고개를 꺾고 애처롭게 무일을 보았다.

"조의나 하러 갑시다. 빈소는 차렸겠죠?"

변 사무장이 시무룩한 얼굴로 고개를 끄덕였다. "걸레 가지고 올게요" 하며 맥없이 나가는 그의 어깨가 축 처져 있었다. 수임료를 받지 않았으니 사건 조사를 하지 않겠다는 뜻으로 받아들였을 것이다. 변 사무장이 나간 것을 확인한 무일은 휴대전화를 꺼내 들고 여주에게 문자메시지를 남겼다.

— 사건 기록 좀 봐줘. 아저씨가 말했던 7년 전 사건 당시 수사 기록.

무일은 문자에 권순향이 가져왔던 당시의 신문 기사를 사진으로 첨부했다. 바쁜 탓인지 답장은 바로 오지 않았다. 30분 정도 지났을 때 여주로부터 짤막한 문자가 도착했다.

— OK.

나설 생각은 없었지만, 아저씨에게 무슨 일이 벌어졌는지 정도는 알고 싶었다.

10

　부검도 끝났고, 경찰 내부에서 자살이라 결론도 났기 때문에 시신 인도를 해야 했다. 권두만은 즉시 장례식장을 예약해 빈소를 차렸다. 첫날부터 조문객들의 발걸음이 이어졌다. 건물 세입자들도 조문에 빠지지 않았다. 앞으로 권두만이 건물주 자리를 차고앉을 것이었다. 특히 1층과 2층에 상가를 임차한 세입자들은 오랫동안 장사를 해야 하는 입장이니 권두만에게 얼굴도장을 찍어야만 했다.

　무일이 아직도 입이 댓 발은 나와 있는 변 사무장과 함께 빈소에 들어섰을 때 권두만은 혼자서 빈소를 지키고 있었다. 하나뿐인 아들이라는 것은 알고 있었지만, 정작 혼자 앉아 있는 것을 보니 쓸쓸해 보이기 그지없었다.

　몇 번 마주친 적이 있어서 그런지 권두만이 무일을 알아보고는 살짝 묵례를 했다.

　무일은 정면에 놓인 영정사진을 물끄러미 보았다. 몹시 무뚝뚝

해 보이는 얼굴이었다. 왜 저런 사진을 골랐을까. 어쩌면 아저씨가 미리 영정사진을 준비해둔 건지도 모른다. 무일이 알았다면 조언을 해줬을 것이다.

'이런 사진이면 조문객들이 아저씨를 무서운 사람이라고 생각할 거예요'라고.

잘 모르는 사람들은 그를 구두쇠에 무뚝뚝한 노인이라고 생각할 것이었다. 잘 보면 웃는 것도 귀여운데, 가끔 던지는 썰렁한 농담이 재밌을 때도 있고. 하지만 이제는 그걸 사실이라고 증명해 보일 사람이 없다.

무일은 변 사무장과 나란히 영정 앞에서 두 번의 절을 올렸다. 그러고는 권두만과 맞절. 이후 악수를 건네는 권두만의 손은 차가웠다.

"와주셔서 감사합니다."

"갑작스러운 비보에 얼마나 상심이 크십니까. 좋은 곳으로 가셨을 겁니다."

"감사합니다. 식사하고 가시죠."

대화를 나눈 것은 변 사무장 쪽이었다. 권두만과 악수한 무일이 옆으로 비켜 있는 사이 변 사무장이 인사를 했다. 그동안 무일은 권두만의 안색을 살폈다. 피곤한 기색은 보이지만 슬픔에 가득찬 얼굴은 아니다. 울고불고하는 것을 상상한 것은 아니지만, 워낙에 갑자기 닥친 일이니 억눌린 슬픔이 드러나야 할 것인데, 억지로 참고 있는 걸로 보이지는 않았다. 하긴 애정이 끈끈한 부자가 아니었으니 그럴 수도 있을 것 같았다. 그는 이제 수십억을 호가하는 건물을 물려받는다.

두 사람이 접객실로 나가 자리에 앉자 금세 한 상이 차려졌다. 음식을 나르는 사람들의 가슴에 '부남상조'라는 상호가 새겨져 있었다.

"상주는 권두만 씨 혼자밖에 없나 봐요."

무일의 질문에 상조의 직원이 음식을 내려놓다 말고 살짝 뒤를 돌아다보았다. 상주의 개인적인 이야기를 전하는 것이 껄끄러웠는지도 모른다.

"혼자밖에 없으시대요. 사모님도 없으시고, 왕래하는 친척들도 없다는 거 같아요."

"그럼"이라고 하며 직원이 고개를 까딱해 보이고는 일어나 주방으로 들어갔다. 변 사무장의 반짝거리는 시선을 느끼며 무일은 애써 모른 척 다슬기 배춧국을 입에 떠 넣었다. 보통 상갓집에서는 육개장을 하는 줄 알았는데 다슬기 배춧국을 하는 집도 있구나 싶어 신기했다. 아저씨는 육개장을 좋아했는데. 어쩐 일인지 자신보다 아들인 권두만이 아저씨에 대해 더 모르는 것 같아 무일은 마음이 좋지 않았다.

식사를 이어가던 중 전화가 울렸다. 발신자는 여주였다. 여주에게 당시 사건 기록을 확인해달라고 한 것을 변 사무장이 알면 좋아죽을 텐데 하는 생각이 들어 일부러 작은 목소리로 전화를 받았다. 하지만 쓸데없는 노력이었다.

전화를 받자마자 건너편에 앉아 있는 변 사무장에게도 들릴 정도의 고성이 벼락같이 쏟아졌다.

— 야, 이거 뭐야? 뭔데 내가 알아보려고 하자마자 뒤에 사람이 따라붙어?

× × ×

무일에게 사건 기록을 봐달라는 부탁을 받기는 했으나, 여주 또한 7년 전의 사건에 대해 궁금증을 감출 수가 없었다. 자살이라는 결론은 이제 돌이킬 수 없다 하더라도, 대체 7년 전의 그 일은 무엇이었을까. 권순향은 죄책감 때문에 무일을 찾아와 자백을 하고 조사를 받게 해달라고 했지만, 여주는 그렇게 단순하게 여길 문제가 아니라고 처음부터 생각했었다.

우선 순향빌딩 302호에 살던 남자. 그는 왜 아무런 연락도 받지 않은 채 집에서 두문불출했을까. 권순향이 들어갔을 때 왜 갑자기 달려들었을까. 두 번째로 권순향이 몸싸움 끝에 남자를 죽였을 때 나타난 또 다른 남자. 그 남자는 누구고 왜 그 집을 찾아온 걸까. 그리고 왜 자살로 꾸몄을까.

순향빌딩 302호. 그 방에서는 대체 무슨 일이 벌어진 걸까.

여주는 KICS(형사사법정보시스템: 형사사법기관 간 정보를 공동으로 활용하는 시스템)에 로그인해 2011년 순향빌딩 사고사와 관련하여 공람을 요청했다. 다행히 7년 전 사건이라 자료가 전산화되어 있을 터였다. 공람을 요청한 직후 여주는 수사 지원팀에 전화를 걸어 빠른 승인을 부탁했다. 형사의 업무 특성상 수사 지원팀 팀장과는 안면도 있고, 자주 통화하며 좋은 관계를 유지해왔다. 덕분에 공람 승인이 곧장 떨어져 금세 자료를 확인할 수 있었다. 평소의 인맥 관리는 이럴 때 유용하다.

여주는 차분히 서류를 읽어나가기 시작했다.

"사인은 목맴에 의한 질식사."

아내와는 결혼한 지 1년이었고, 자식은 없었다. 교육자 출신인 어머니와 현직 교사인 여동생이 있었다. 가족들이 있는데도 이의 제기를 하지 않았다는 것은 죽음 자체에 의혹의 여지가 없다는 뜻이나 다름없다. 여주는 손가락으로 책상을 툭툭 치며 잠시 생각에 잠겼다.

'자세한 자료를 봐야겠어. 우선 카페인부터.'

그렇게 생각하며 자리에서 일어서려던 여주는 비명을 지를 뻔했다. 어느새 누군가 뒤에 와서 서 있었기 때문이었다. 여주는 숨을 헉 삼켰다. 심장이 순간적으로 돌이 되었다가 순식간에 바닥에 처박혀 펄떡이듯 뛰었다. 얼굴을 올려다보니 윤홍길 팀장이었다. 여주는 입을 가리고 한숨을 푹 내쉬었다.

"깜짝 놀랐잖아요, 팀장님."

"묻지 마 폭행 사건 수사팀에 합류하라고 했을 텐데."

그런 윤홍길의 시선이 여주의 어깨너머 모니터 쪽으로 흘깃 향했다.

"뭐 하고 있는 거지?"

"아, 사실은……"

여주는 윤홍길에게 간단히 설명했다. 순향빌딩에서 7년 전에 벌어진 사건을 알아보려고 한다는 얘기였다. 뭔가 이상하다고.

"지금이 90년대야? 형사가 감으로 수사하는 건 언제 적 방식이야? 우리가 쓰는 이 시간이 우리 건 줄 알아? 형사는 시간마저도 나라의 것이고 국민의 것이다. 공공재라고."

"하지만 진범이 따로 있다면 시간이 오래 지났어도 수사를 통해 밝혀내야 하는 것이 저희 일이잖아요."

"무슨 소리인지는 알겠어. 하지만 묻지 마 폭행 사건은 지금 서울 시민을 가장 불안하게 하고 있고, 해결해야 할 1순위 사건이야. 7년 전에 이미 종결된 사건이 아니라."

여주는 아직 끝나지 않았다고 말할 뻔했다. 하지만 그것은 윤홍길을 믿지 않는다는 말이고 나아가 경찰을 믿지 않는다는 뜻이었다.

"묻지 마 사건도 소홀히 하지 않을게요. 이미 수사팀과 어느 정도 커뮤니케이션을 끝냈습니다. 하지만 이 사건도 제가 좀더 알아보겠습니다. 납득될 때까지요."

"다른 녀석한테 맡겨. 이상호 형사가 있잖아."

"어느 정도라도 윤곽이 나와야 사건화할 수 있는 거잖아요. 지금은 자료만 살펴보는 거예요. 다른 일에는 차질 없도록 하겠습니다."

이렇게까지 나오자 윤홍길은 더 할 말이 없어 보였다. 뭔가 생각에 잠겨 고집스럽게 다문 입이 열릴 기미가 보이지 않았다. 여주의 행동이 탐탁지 않기는 하나 또한 그걸 막을 명분도 없기 때문이다. 담당 사건에 소홀히 하는 모습을 보이면 그때 책임을 물으면 될 일이다. 형사가 수상한 냄새를 맡고 달려들어보겠다는데 애초에 무슨 이유가 필요하겠는가. 윤홍길은 허락하지 않을 도리가 없을 것이다.

여주는 윤홍길이 또 다른 이유를 대기 전에 묵례를 한 뒤 도로 자리에 앉아 모니터를 향해 몸을 돌렸다. 윤홍길의 시선이 들러붙어 있을 뒤통수가 따가웠다. 윤홍길은 조금 더 그러고 있다가 별다른 말 없이 사무실을 나갔다. 문이 닫히는 소리가 들리기 무섭게 여주는 훅 안도의 숨을 내쉬었다. 커피 생각은 이미 사라져버렸다.

여주는 나머지 자료를 살피기 시작했다. 사망자를 발견한 이후 사고사로 결론을 내기까지 그리 오랜 시간이 걸리지 않았기 때문에 검토할 자료의 양은 생각보다 많지 않았다. 여주는 사건 현장 사진이 있을 다음 페이지를 열었다.

"이게 뭐야!"

제일 첫 번째로 발견 당시 찍은 사망자의 사진이 붙어 있었다. 그것을 보자마자 여주는 자기도 모르게 큰 소리를 내고 말았다. 천장에 목을 매단 남자는 옷을 한 오라기도 걸치지 않은 전라의 상태였다.

× × ×

남자는 목을 매달았다. 전라였고, 배 앞에 모은 양손이 빨랫줄로 결박되어 있었다. 특이하게도 발밑 양쪽으로 각각 의자 한 개씩, 총 두 개의 의자가 놓여 있었다. 목을 매달 때 보통 의자를 놓고 올라 가 뛰어내리거나, 의자를 걷어찬다. 하지만 이 남자는 양쪽에 의자 를 놓고 다리를 벌려 밟고 올라갔다가 다리를 오므리면서 목을 매 단 것으로 보였다. 가장 이상한 것은 결박된 손이었다. 이 손을 보 고도 형사들이 사고사로 취급했다는 것이 이해되지 않았다.

여주는 보고서를 잘 살피기 시작했다. 왜 사고사로 처리됐는지 오래지 않아 이유를 알 수 있었다. 남자는 성도착증이 있다고 했다. 목을 압박하고 두 손을 묶어 자위행위하는 것을 즐겨왔다는 것이 다. 이런 변태적인 성욕을 풀던 끝에 예상과 달리 사고가 일어난 것 이다.

여주는 갑자기 가벼운 두통이 일어 이마를 손으로 감쌌다.

사망자의 집에서 사망자 이외의 흔적은 발견되지 않았다는 부분 에 눈길이 멈추었다. 권순향의 지문도 없었다는 이야기였다. 의문 의 남자는 그렇다 치고, 분명 현장에 있었던 권순향의 지문도 나오 지 않았다는 것은 누군가 지웠다는 이야기밖에 되지 않았다.

사망자의 개인 컴퓨터에서는 변태적인 성행위 영상, 아동을 대 상으로 한 포르노 영상 등이 다량으로 나왔다. 불법 음란물을 공유 하는 커뮤니티에도 가입되어 있었고, 집 안에서는 여러 종류의 성 인용품들이 발견되었다. 침입과 타살의 흔적이 없고, 평소 사망자 의 행위로 볼 때 이것은 불의의 사고사라고 경찰은 판단을 내렸다. 가족들도 부검 의뢰를 하지 않아 결국 종결된 사건이었다.

어쩐 일인지 보고서에는 사망자의 직업 같은 개인 정보가 적혀 있지 않았다. 대신 유족의 주소와 전화번호가 있었다. 사망자의 아내와 여동생, 두 명의 연락처였다. 메모를 할까 생각하는데, 문자메시지 도착음이 울렸다.

— 지금 아저씨 빈소. 아들놈이 너무 멀쩡한데?

아들놈이 멀쩡하다는 것보다 빈소라는 말이 여주의 눈길을 끌었다. 아주 모르는 사람도 아니고 조문은 해야 할 것 같았다. 시간을 확인했다. 조문객이 몰릴 시간대를 피하려면 지금 출발해야 한다. 여주는 자료를 출력해 가방에 넣고 컴퓨터 전원을 껐다. 그러고는 가방을 챙겨 사무실을 나가려다 누군가 안으로 들어오는 모습을 보았다.

"이상호."

여주가 부르자 이상호 형사가 눈을 깜박거리며 어색하게 미소 지었다.

"너 퇴근한 거 아니었어?"

"아…… 네, 선배. 집에 갔다가 잠깐 뭐 좀 보려고요."

"그래?"

순간 머릿속으로 이상호가 지금 무슨 일을 맡고 있는지를 떠올려보았다. 고시촌의 상습절도 사건이다. 그 사건과 관련해 사무실에서 확인할 자료가 뭐지? 퇴근했다 돌아올 만큼 중요한 걸까? 그런 생각이 들었지만 자세히 묻지는 않았다. 이제 그도 그저 막내가 아니라 어엿한 형사다. 어떤 방식으로 수사할지는 온전히 그의 선택이다.

"퇴근한 뒤에도 열심이네."

"네……."

말끝이 왠지 흐리다. 그때 이상하다는 생각이 머릿속을 스쳤다. 오전에 만났을 때는 사우나에 간다고 하지 않았었나? 물론 생각이 바뀐 것일 수도 있다.

11

"그럼 잘 보고 가."

"네. 어디 가세요?"

"응. 어제 그 사망자 조문."

"아, 마음이 안 좋으시겠네요. 들어가세요."

"그래, 수고."

여주는 손을 흔들어 보이며 사무실에서 나왔다.

장례식장까지 운전을 해서 갈까 하다가, 지하철역을 향해 걸었다. 잘못하면 돌아오는 길에 퇴근하는 직장인들과 맞물려 꼼짝없이 도로 위에서 발이 묶일지도 모르기 때문이었다. 어쩐지 요즘 윤홍길 팀장이 날카로운 것 같다. 개인적으로 시간을 쓰다 괜히 불호령을 맞으면 안 된다.

지하철역이 보이기 시작했다. 여주는 교통카드가 지갑 안에 제대로 들었는지 확인하기 위해 가방을 열며 걸었다. 횡단보도 앞에서 걸음을 멈추고 지갑을 열었다. 다행히 교통카드가 들어 있었다.

여주는 신호등이 파란불로 바뀌기를 기다리며 발을 까딱거렸다. 교통량이 많은 사거리라서 그런지 신호 대기 시간이 길었다. 무심결에 주변을 둘러보다 근처에 있는 꽃집에 눈길이 갔다. 처음 보는 꽃이었다. 보라색의 꽃망울이 안개꽃과 잘 어울렸다. 활짝 핀 모습이 궁금했다. 장미류인가 하며 별생각 없이 그쪽으로 향했다.

꽃을 들여다보다 문득 꽃집 쇼윈도가 시선에 걸렸다. 순간, 여주는 긴장했다. 유리에 비친 여주의 뒤편에서 어떤 남자가 이쪽을 보고 있었다. 검은색 티셔츠에 청바지, 검은 모자를 깊이 눌러쓰고 있다.

분명 경찰서에서 나올 때 옆을 스쳐지나간 남자였다.

여주는 꽃을 보느라 숙였던 허리를 천천히 폈다. 손님을 맞이하러 나오는 주인을 향해 아무 일도 없는 듯이 미소를 지어 보이고 돌아섰다. 그사이 신호등에 파란불이 들어왔다. 여주는 주변을 의식하며 횡단보도를 건넜다.

아까 그 남자는 여주의 오른편에서 사람들 속에 파묻혀 있었다. 따라오는 건가? 대체 왜? 긴장하며 지하철역으로 들어가는 계단에 내려섰다. 계단의 중간쯤에서 여주는 별안간 걸음을 멈추고 뒤를 돌아보았다. 남자가 휴대전화를 꺼내 그 안으로 시선을 박았다.

여주는 다시 앞을 향해 걸었다. 가다가 슬쩍 뒤돌아보았을 때 남자는 아까보다 더 멀어져 있었다. 하지만 느낌으로 확신할 수 있었다. 미행이다!

여주는 2-1번 플랫폼에 섰다. 머리를 넘기는 척하며 보니, 남자는 2-4번 플랫폼에 서 있었다. 저 사람은 누구일까? 그런 의문이 들었지만 더 이상은 아무 생각도 할 수 없었다. 뒤편 승차장에서 여주가 가려는 방향과 반대로 가는 지하철이 진입한다는 안내 방송이 나왔다. 몇 초 후, 요란한 경고음을 내며 지하철이 들어왔다. 지하철이 멈춰 서자 기다리던 사람들이 조금씩 앞으로 걸어 나왔다.

그 순간, 여주는 돌연 몸을 돌려 반대편 지하철의 문안으로 뛰어들어갔다.

여주가 지하철에 올라탄 순간 문이 닫혔다. 바깥을 내다보니 남자는 아직 2-4번 플랫폼 쪽에 있었다. 놀라서 달려올 줄 알았는데, 남자는 이쪽을 보면서도 인파 속으로 몸을 숨겼다.

여주는 가방에 손을 넣어 휴대전화를 꺼내 들었다. 단축 번호를 누르는 손이 떨렸다. 누군가를 추적해본 적은 있으나, 그 반대의 상황이 생길 거라고는 생각해본 적이 없었다. 나름 긴장했던 것 같았다.

단축 번호를 누르자 신호음 뒤에 무일이 전화를 받았다. 그 목소리를 듣자, 왠지 안도의 기운이 온몸에 퍼져나갔다. 여주는 자신도 모르게 별안간 소리를 지르고 말았다.

"야, 이거 뭐야? 뭔데 내가 알아보려고 하자마자 뒤에 사람이 따라붙어?"

×××

　조문은 포기해야 했다. 아무리 아니라고 생각하려고 해도 미행을 당한 타이밍이 너무 기가 막혔다. 권순향과 관련된 7년 전 사건에 얽히자마자 벌어진 것이었다. 그것 말고는 미행당할 이유가 없다. 하지만 그 때문이라면 대체 왜? 누가?

　여주는 반대 방향의 지하철 종착역에서 내렸다. 와중에도 누가 따라오지는 않나 계속 주변을 살폈다. 지나치는 모든 사람들이 어떤 의도를 감추고 있는 것만 같았다. 행인들과 옷깃만 스쳐도 누군가 잡아채는 것 같아 깜짝깜짝 놀랐다. 출구까지 멀지도 않은 거리인데 한참이나 걸렸다.

　밖으로 나가자 무일이 차를 세운 채 기다리고 있었다. 여주는 이 사건을 혼자 파고 있다. 미행에 대해 윤홍길이나 이상호에게 말할 수 없었다. 누군가 따라붙었다는 전화에 무일이 여기까지 와주었다. 그런 무일을 보니 안심은 되었지만 이 순간에도 누군가 자신을 지켜보고 있을지 모른다는 생각에 여주는 자꾸만 주변을 살필 수밖에 없었다.

　여주는 조수석에 올라탔다.

　"대체 무슨 일인지 모르겠네."

　"그러게요. 아무래도 뭔가 있는 것 같지 않습니까?"

　"으악!"

　갑자기 뒤에서 들려온 목소리에 여주는 놀라 비명을 지르고 말왔다. 뒷좌석에 탄 변 사무장을 미처 보지 못했던 것이다. 변 사무장이 미안한 듯 번들거리는 민머리를 긁적였다.

"우리 사무장님 본 적 있지?"

"놀라게 해서 죄송해요."

비명을 지른 덕에 미안하고 무안한 것은 여주가 더했다. 여주는 어색한 웃음을 지으며 고개를 꾸벅 숙였다.

"아뇨. 제가 더 죄송하죠."

"어쨌든 출발하자. 가면서 얘기해."

무일이 급히 차를 출발시켰다. 종착역까지 왔기 때문에 변호사 사무실까지는 꽤 시간이 걸릴 것 같았다. 가면서 여주는 공람한 수사 자료에서 본 '정현' 사건의 내용을 요약해주었다. 일반인들이 생각할 때 상당히 기괴하면서도 변태적인 죽음이었다. 그 얘기를 들으며 무일은 미간을 찌푸렸다.

"사고사로 꾸민다 해도 그건 좀 과한데? 그런 수고를 할 필요가 있나?"

"나도 그게 의아해."

"이 사건 때문에 미행이 붙은 게 맞긴 해?"

여주가 눈을 동그랗게 떴다.

"이것 때문이 아니라면 누가 나한테 미행을 붙인다는 거야?"

"연예기획사 스카우터? 너무 늦어서 아이돌은 힘들겠지만. 아니면 네가 그 옛날에 업어치기했던 남자?"

"도착할 때까지 얻어맞을래? 아니면 여기서 세우고 맞을래?"

무일이 실실거렸다. 그 웃음을 향해 여주가 주먹을 휘둘러 보였지만, 덕분에 그제야 긴장이 완전히 풀리는 것을 느낄 수 있었다. 시답잖은 무일의 농담이 분노만 가져다주는 것은 아니었다.

"아저씨 사건 때문에 미행을 당했다고 치고. 그럼 네가 그 사건을 다시 파헤치려는 걸 아는 사람이 있어?"

그 질문을 받자 여주는 가슴이 답답해졌다. 주변 사람을 의심해야 하는 상황은 슬프고 괴롭다. 그럼에도 한 명의 인물이 눈앞에 선명하게 떠올랐다. 권순향의 죽음이 자살이라고 확신하던 태도. 국과수의 허술한 결과서를 받고도 이상하다고 말하지 않던 것. 그리고 여주가 7년 전 사건에 관심을 갖자 어딘지 모르게 불쾌해하던 모습. 팀장은 이례적이라고 할 정도로 빨리 나온 그 국과수 부검 결과를 정말로 인정하고 있을까?

"윤홍길 팀장님."

"그리고 또?"

"그리고……."

여주는 무일을 보았다.

"너."

"지금 날 의심해? 미쳤네. 머리가 어떻게 된 거야."

무일이 고개를 저으며 오른손 검지를 귀 옆에 올리고 빙글빙글 돌려 보였다. 여주가 그를 쥐어박기 위해 주먹을 드는 순간, 룸미러 속의 변 사무장과 눈이 마주쳤다. 변 사무장이 소리 없이 웃고 있었다. 피부에 소름이 오소소 돋았다. 사라졌던 긴장이 다시 느껴졌다.

"사무장님…… 왜 웃고 계세요?"

그 말에 무일이 흘끗 룸미러를 통해 변 사무장의 얼굴을 보고는 대수롭지 않은 듯 말했다.

"원래 이런 거 좋아해. 드라마에 나오는 사건 조사 같은 느낌적 느낌."

12

　무일의 변호사 사무실에 처음 와본 여주는 연신 주변을 두리번
거렸다. 생각보다 사무실이 훌륭했다. 사무장실과 변호사실이 따
로 분리되어 있는 것도 그렇고, 고객에게 내줄 음료도 커피를 비롯
해 각종 허브티까지 종류별로 마련되어 있었다. 변호사실에 걸린
자격증과 변호사협회 포럼 참석 사진까지 보고 나니 무일이 아주
멀쩡한 변호사처럼 보였다. 소파도 새것으로 교체한 지 얼마 되지
않은 것 같고 테이블도 흠 하나 없이 조명을 받아 반짝거렸다. 의외
다. 무일의 방도 예상과 달랐었다. 여주에게 무일은 왠지 생활도 대
충, 정리도 대충 할 것 같은 느낌이었다.
　그런 생각을 얘기했더니 기가 막힌다는 듯 무일이 쳐다보았다.
　"넌 대체 날 얼마나 엉망으로 아는 거냐?"
　여주가 키득거리며 웃는 사이 변 사무장이 차를 가지고 왔다.
　"아니, 생각보다 잘 꾸며놔서. 감사해요, 사무장님."

변 사무장이 밝은 얼굴로 고개를 끄덕해 보이고는 나갔다. 사건을 조사하는 느낌적 느낌을 좋아한다고 해서 여기 끼려고 할 줄 알았는데, 눈치가 빠르고 매너가 좋은 사람이다.

"하긴. 보증금 삼천에 월 오십짜리 후진 사무실치고는 내가 잘 꾸며놓기는 했지."

무일은 어깨를 으쓱해 보였다. 차를 마시던 여주의 손이 우뚝 멈췄다.

"오십?"

"응?"

아차 하는 마음에 무일은 순간적으로 못 들은 척했다. 하지만 소용없었다. 이미 여주의 눈이 번뜩였다.

"왜 이게 오십이지? 원룸이 오십인데? 이 사무실, 원룸 세 배는 될 텐데 왜 오십이야?"

"야, 인마…… 나는 투룸에도 살잖아. 원 플러스 원 몰라?"

말도 안 되는 변명이었지만, 무일은 열심히 둘러댈 수밖에 없었다. 입주할 때 권순향의 떼인 돈을 대신 받아준 대가로 싸게 들어왔다는 사실은 둘만의 비밀이기도 했고, 여주에게 알리고 싶지 않은 진실이기도 했다.

돈을 받아내는 방식이 합법적인 것이 아니었기 때문이다. 채무자의 회사는 물론이고, 내연녀의 집 앞에까지 진을 쳤다. 명백한 불법이다. 그래도 할 말이 없는 것은 아니다. 가난한 채무자에게 그렇게 했다면 쌍놈이라고 돌을 던져도 할 말이 없다. 그렇지만 그 채무자는 툭하면 골프를 치러 다니고, 내연녀와 함께 명품숍에 가서 철철이 온몸을 신상으로 휘감았다.

그럼에도 돈을 갚지 않았다. 배를 째라고 하는 것이 입버릇이었다. 자신의 앞으로는 아무 재산도 소유하고 있지 않은 악질적인 자식이었다. 권순향이 순진했던 것이다. 그는 권순향의 불법 증축과 법정 제한 금리를 상회하는 고리업을 물고 늘어졌다. 하지만 쪽팔리기는 싫었는지 내연녀의 집으로 변호사가 찾아가자 돈이 바로 입금되었다. 물론 그 변호사는 무일이었다.

그런 지저분한 것까지 여주에게 이야기하긴 싫다.

"원 플러스 원? 그럼 너 투룸은 얼마에 계약했는데?"

무일은 안타까움에 혀를 찼다. 이럴 줄 알았다면 평소에 투룸 월세를 알아두는 건데. 아저씨가 다른 집들에 얼마를 받는지 알 수가 없으니 둘러댈 수도 없다. 무일은 능글거리며 말을 돌렸다.

"대외비야."

여주는 의혹의 시선으로 무일을 노려보았다. 무일은 짐짓 모르는 척하고 차를 한 모금 마신 뒤 본론으로 들어갔다.

"그래서 넌 앞으로 어쩔 거야?"

"뭘?"

"아저씨 죽음은 자살로 결론 났고, 그 사건은 왠지 더 파면 싫어할 놈들이 있는 거 같은데?"

"응. 그래서 더 파보려고. 싫어한다는 건 뭔가 숨기는 게 있다는 거니까."

여주는 테이블 위에 올려둔 수사 보고서 복사본을 손가락으로 톡톡 두드렸다.

"우선은 유가족들을 한번 만나봐야 해. 정말 그렇게 죽을 만한 사람이었는지. 납득 안 가는 일이 있었거나, 사건 전후로 이상한 점은 없었는지. 아무래도 숨어 있었다는 게 마음에 걸려."

"그렇지만 가족들은 그 죽음에 이상한 걸 못 느낀 것 같던데."

"왜?"

무일은 포장마차의 임복녀에게서 들은 이야기를 했다. 사건 이후 가족들이 왔다 갔냐는 물음에 딱히 기억을 못하는 것을 보면, 울고불고하거나 억울하다고 경찰들과 드잡이를 하지는 않았던 것 같다. 짐도 밤에 와서 뺐다. 뭔가 의혹이 있었다면 도망치듯 짐을 빼기보다는 먼저 집에 들어와 흔적을 찾으려 하지 않았을까. 무엇보다 사고사로 결론 난 후 이의 신청이나 재수사 요청도 없었다는 것은 그 죽음에 대해 가족이 납득하고 있다는 이야기였다.

"그러네. 그래도 만나봐야지. 7년이나 지났으니 냉정을 찾고 돌아볼 수도 있잖아."

말려도 듣지 않을 모양새다. 한번 관심을 가졌으니 스스로 납득할 때까지 놓지 않겠지. 그가 본 신여주는 늘 그래왔으니까.

"고생이 많겠네."

무일의 말에 여주가 눈을 휘둥그렇게 떴다.

"왜 내가 고생을 해? 네가 갈 건데?"

여주 못지않게 무일의 눈이 더 커졌다.

"내가 왜?"

"너 의뢰받았잖아? 지금 아저씨 돌아가셨다고 입을 싹 닦겠다는 거야?"

"수임료를 선불로 안 주셨더라고."

안타깝다는 듯 혀를 차며 무일이 허공을 손으로 가르듯 가로선을 그었다.

"계약 결렬."

"와, 정말 철저한 자본주의자 새끼네."

"자본주의여, 영원하라."

장난스럽게 웃으며 무일이 팔을 높이 치켜들었다. 뻗어오는 여주의 주먹을 이리저리 피하느라 고생은 했지만.

씩씩거리며 무일의 얼굴을 노려보던 여주는 왠지 어떤 말을 해도 통할 것 같지 않은 불길한 예감이 들었다. 그렇다면 어쩔 수 없다. 최후의 수단이라도 써야 한다. 친한 사이라면 어떤 순간이든 상황을 반전시킬 수 있는 치트키. 바로 동정심.

여주는 불쌍한 얼굴을 하고 어깨를 늘어뜨렸다. 그러고는 최대한 가녀린 목소리를 냈다.

"알았어. 내가 갈게. 나 혼자 알아서 할 테니까 넌 하나도 신경 쓰지 마."

"응. 신경 안 쓸게."

정말 냉정한 자식. 여주는 자리에서 벌떡 일어섰다.

"그래! 나 죽어도 신경 쓰지 마라!"

"죽긴 네가 왜 죽냐?"

"나 쫓아오던 그 새끼가 나한테 무슨 짓을 할지 모르잖아!"

"그러니까 무서우면 그만둬. 어차피 이제 아저씨도 안 계시잖아."

"냉정한 놈. 그게 형사 앞에서 할 소리냐? 그리고 이제는 안 하고
싶어도 안 할 수가 없어. 내부의 적이 있을지도 모르니까. 날 가만
히 두겠냐?"

"내부의 적?"

여주의 얼굴이 돌연 어두워졌다.

"사실 아직 안 한 얘기가 있어."

사고사로 판단한 수사 내용을 확인하느라 놓친 부분이 있었다.
지하철 안에서 다시 찬찬히 복사본을 뜯어보다가 여주는 그 이름
을 발견하고 기절할 뻔했다. 차라리 진실에 눈을 감아야 하나 고민
할 정도로 충격적이었다.

여주는 말없이 수사 보고서의 한 지점을 가리켰다. 어리둥절하
여 그녀의 손가락을 따라가던 무일은 너무나 놀라 입을 다물지 못
했다.

담당 형사: 윤홍길

✕ ✕ ✕

그리하여 무일은 여주에게 받은 주소로 사망자 정현의 가족들을

찾아나섰다. 의뢰비를 받지 않아 이 사건에는 관심을 두지 않겠다고 한 것은 농담이었으나 직접 파고들 생각은 없었다. 물론 아저씨의 죽음이 억울한 것인지도 모른다는 생각이 마음에 걸렸다. 무엇보다 평생 빈둥거리며 놀기만 하던 그 아들놈이 빌딩을 갖게 된다고 생각하니 자다가도 벌떡벌떡 일어날 만큼 질투가 불길처럼 타오른 것도 사실이었다. 아무리 그렇다손 치더라도 위험을 무릅쓰고 진실을 밝힐 마음은 없었다. 무일은 평온한 일상이 흐트러지는 일을 원치 않았다.

하지만 이제는 이야기가 다르다.

여주는 사건을 잘못 건드렸다. 여주의 뒤에 사람이 붙기 시작했다. 지금은 미행 정도지만 앞으로 그 수위가 어떻게 될지는 모른다. 여주가 다치는 일이 있으면 무일은 누군지도 아직은 알 수 없는 그들에게 보여주고 말 것이었다. 니들은 지금 사람 잘못 건드렸다고.

무일은 무심결에 주머니에 손을 집어넣었다. 주머니 안의 물건이 만져졌다. 그의 입가에 미소가 떠올랐다. 그는 그것을 꺼내 들었다. 초콜릿맛 막대사탕이었다.

"자, 계약금."

어제 사무실에서 나가던 여주가 문득 걸음을 멈추고 주머니를 여기저기 뒤지더니 꺼내 내민 것이다. 사탕이 아니라 굴러다니던 단추가 나왔어도 계약금이라며 내밀었을 것이 분명했다. 무일은 여주의 손바닥 위에 올려져 있던 막대사탕을 어이없이 쳐다보았다. 슈퍼에서 이백 원이면 살 사탕. 무일은 자기도 모르게 웃으며 그 사탕을 집어 들었다.

"계약 완료."

알아본 결과 아내 성미라는 정현의 사망 1년 후 재혼하여 이민을 갔다. 현재는 캐나다에 있는 것으로 파악되었지만 연락처는 찾지 못했다. 사망 당시의 이야기를 들어보려는 것이니 이미 재혼한 성미라 쪽에 굳이 연락을 취할 필요는 없다고 판단했다. 부부만큼 서로를 모르는 관계도 없다. 게다가 죽음이 그런 형태였으니 아마 오만 정이 다 떨어졌을 것이다.

무일이 찾아가기로 한 곳은 정현의 여동생인 정희의 집이었다. 연락처는 바뀌었지만 수사 보고서에 적힌 주소지에 여전히 거주하고 있는 것으로 파악되었다. 안타깝지만 정현의 모친은 사건 2년 7개월 뒤 사망했다. 뇌졸중이었다.

정희는 정현과는 한 살 터울인 연년생으로, 현재 서른다섯이고 전업주부로 살고 있다. 결혼 이후에도 주소가 바뀌지 않은 것을 보니 어머니의 사망 이후 혼자 남은 정희가 유산으로 물려받아 신접살림을 차렸다고 봐야 할 것이었다. 그녀는 사건 이후 정현이 머물던 302호를 정리한 당사자이기도 했다. 뭔가 이상한 점이 있었다면 아마 아내 쪽보다는 정희가 훨씬 더 잘 알았을 것이다. 무일은 정희의 주소지인 서초동으로 이동했다.

주소를 비교해가며 걷다 보니 갈색 벽돌 담장을 두른 집이 나왔다. 미니장미 덩굴이 대문 위에 얽혀 있었다. 겨울인지라 가지만 앙상했지만 한창 철이면 분명 집을 더 돋보이게 했을 것이다.

시계를 보니 오전 11시. 적당한 시간이다. 남편을 배웅하고, 아이를 등원시킨 뒤 집 안 청소를 하고 TV 방송을 보며 늘어져 있을 시간. 적어도 다른 가족들의 눈치를 보지 않고 속 시원하게 죽은 오빠에 대한, 그러니까 충격적일 정도로 변태적 기행을 벌인 오빠의 죽음에 대한 이야기를 할 수 있는 시간이다.

무일은 초인종을 눌렀다.

"누구세요?"

목소리는 청량하고 쾌활했다.

13

무일의 생각과는 다르게 정희는 늘어져 있지 않았다. 정희는 지금 당장 약속 장소에 나가도 될 정도로 깔끔한 차림새였다. 동네 주부들과 브런치 타임을 갖고 막 돌아온 길인지도 모른다.

"김무일 변호사입니다."

커피를 가지고 오는 정희에게 명함을 내밀었다. 정희는 말없이 명함을 받아 주의 깊게 들여다보았다. 이래서 변호사는 안 된다. 여주와 같이 올 걸 그랬다고 생각했다. 대체 7년 전 사건을 왜 알아보러 왔냐고 묻는다면 변호사의 입장에서 할 말이 없다.

"그런데 변호사님께서 왜……."

드디어 그 질문이 나왔다. 어쩔 수 없다는 생각이 들었다. 거짓말을 할까도 생각했지만, 만약 7년 전 사건의 진범이 나왔다고 하면, 심지어 그 진범이 사망했다고 하면 동생의 입장에서는 대번에 경찰에 알아보려고 할 것이다. 그렇다면 여주와 자신이 사건을 파고 있다는 사실이 전해지고 만다. 어쨌거나 윤홍길이 여주와 같은 편이 아닌 것은 확실하기에 당분간 알려지지 않는 게 좋다.

하지만 거짓말을 할 자신이 없다. 허술하게 둘러대다간 신뢰를 잃기 쉽다. 진심으로 부탁하는 수밖에 없다.

"제 의뢰인의 일로 정현 씨의 사건에 대해 알아보고 있습니다."

순식간에 정희의 얼굴에 불쾌감이 가득해졌다. 친절한 태도는 사라지고 온몸으로 경계심을 드러내고 있었다. 오빠의 죽음이 그런 식이었으니 이야기하고 싶지 않은 것이 당연했다.

"무슨 의뢰인데 제 오빠 이름이 나오죠?"

"자세한 이야기는 해드릴 수 없지만, 7년 전 그 사건에 대해 조사를 좀 해달라는 의뢰였습니다."

정희는 미간을 찌푸렸다. 잠시 무슨 생각을 하는가 싶더니 차를 내왔던 쟁반을 들고 일어서서 무일을 내려다보았다. 무일은 그녀를 따라 일어나지 않을 수 없었다. 불쾌한 기색을 감추지 않고 정희가 말했다.

"무슨 일 때문에 그러시는지는 모르겠습니다만, 저는 오빠의 죽음을 더 이상 떠올리고 싶지 않아요. 오빠 일로 인해서 가족들이 얼마나 큰 고통을 받았는지 모르실 겁니다. 엄마는 그 일로 충격을 받아 돌아가셨어요. 결혼해서 이제야 겨우 저도 잊고 살 수 있게 되었고요. 더는 떠올리고 싶지 않아요. 그만 돌아가주세요."

정희는 그 와중에도 묵례를 하며 예의를 갖췄다. 하지만 너무나 차가운 태도였다. 정희는 주방 안으로 들어가려고 했다. 이 자리를 얼른 피하고 싶은 것이리라. 무일은 눈을 깊게 감았다. 어쩔 수 없다. 남의 상처를 끌어내리면, 적어도 그 상처가 나을 수 있게 도와주겠다는 각오 위에서만 가능하다. 무일은 생각했다. 나는 그 상처를 낫게 할 수 있는가.

무일은 감았던 눈을 뜨고, 주방으로 들어가는 정희를 향해 말했다.

"사고사가 아닐지도 모릅니다."

정희가 걸음을 멈추고 뒤를 돌아다보았다. 놀라는 그녀의 얼굴을 보면서 무일은 다시 정정하여 말했다.

"사고사가 아닙니다."

× × ×

이야기를 하면서 정희는 입이 마르는지 자주 물을 마셨다. 물을 마시지 않을 때는 자꾸 무릎의 바지 천을 잡아 뜯었다. 그날의 이야기를 하려니 긴장되는데다, 사고사가 아닐지도 모른다는 말에 충격을 받은 것 같았다.

정희는 그날 아침 회의 준비를 하고 있었다. 어머니로부터 전화가 걸려왔을 때에는 회의 시간이 임박해 받지 않으려고 했지만 그 벨소리가 왠지 불길하게 느껴졌다고 했다. 전화를 받자 어머니는 믿을 수 없는 소리를 했다.

— 오빠가 죽은 것 같다. 이상한 짓을 하다가 사고로 죽은 거라는데…… 믿을 수가 없어. 형사들 차를 타고 엄마가 지금 가고 있어.

근데 오빠가 무슨 원룸을 빌려서 살았대. 거기로 가는 거야.

어머니의 목소리는 심하게 떨리고 있었다. 전화를 끊은 뒤, 원룸의 주소가 문자로 왔다. 순향빌딩이었다. 원룸을 빌려 쓰고 있다는 이야기는 들어본 적이 없었다. 한 살 터울인 오빠와는 어려서부터 붙어 놀았다. 동네에 또래의 아이가 없어 오빠는 정희에게 친구이기도 했다. 그 관계가 커서도 지속되어 고민거리가 있으면 가장 먼저 전화를 걸어 의논하는 상대도 오빠였다.

그런 오빠가 원룸을 빌려 그런 생활을 하는지 알지 못했다. 결혼 이후 행복하다는 얘기만 하던 오빠였다. 회사에 일이 많아 신혼생활을 즐기지 못해 새언니에게 미안하다는 것이 가장 큰 고민거리인 사람이었다.

뭔가 착오가 있겠지. 그런 생각을 하며 차 열쇠를 들고 나갔다. 하지만 손이 덜덜 떨려 운전을 할 수가 없었다. 마음속 깊은 곳에서 불안감이 피어올랐다. 근래 몇 달 동안 오빠의 태도가 평소와는 좀 달랐다는 생각이 머릿속을 뒤덮었기 때문이었다. 정희는 지나가는 택시를 향해 손을 흔들었다.

"좀 달랐다는 건?"

"원래는 그런 경우가 별로 없었는데 연락이 자주 안 됐어요. 예전에는 가끔 전화가 안 돼도 부재중 전화 내역을 보면 전화를 다시 걸어왔거든요. 그런데 그때쯤에는 전화를 다시 해오는 일도 드물었어요. 무슨 일 있냐고 물어보면 회사 일이 바쁘다고만 대답했죠."

정희는 그 이야기도 경찰에 전달했다고 한다. 하지만 경찰은 대수롭지 않게 들었다. 정희가 순향빌딩에 도착한 직후였다. 오빠의 시신을 보기도 전에 경찰이 다가와 사정 청취를 해야 한다고 해서 경찰차 안에서 그런 대화를 나누었던 것이다. 그때까지 어머니는 만나지 못했다.

"처음엔 왜 그렇게 사람 말을 귓등으로 듣나 하고 불쾌했어요. 오빠가 평소와 달랐다는 이야기를 경찰들이 관심 있게 듣지 않았거든요. 경찰들이 오빠의 죽음이 그런 거라고 이야기해서…… 그제야 이해가 갔어요."

시신을 발견한 직후 이미 경찰들은 그의 죽음이 사고사라고 확정지어놓고 있었다는 얘기가 된다.

"자살이라면 당연히 회사 업무가 힘들어서 그랬을 거라고 생각했어요. 바빠서 집에도 잘 못 들어간다고 들은 적도 있고, 새언니와도 그 문제로 가끔 다퉜거든요. 그런데 왜 사고사라고 하지? 이상하다는 생각이 자꾸 드는 채로 오빠가 빌렸다던 원룸으로 들어갔어요."

정현은 흰 천에 덮여 있었고, 어머니는 넋이 나가 거실 한편에 주저앉아 있었다. 이미 시신 확인은 어머니가 한 뒤였지만 뭔가에 끌리듯 정희는 떨리는 손으로 흰 천을 걷었다. 나체 상태로 오빠가 눈을 감고 있었다. 이미 피부에서 생기라고는 찾아볼 수 없었다.

"나중에 경찰에게 발견 당시 오빠의 상태를 듣고 어이가 없었어요. 그리고 오빠의 컴퓨터에서 그런 영상들이 나오고……. 내가 모르는 오빠가 그 원룸에서 살았더라고요. 안다고 생각했던 내가 바보였어요. 오빠가 그런 사람이라니. 하지만 여동생들이 오빠에 대해 알면 얼마나 알겠어요."

그때가 생각나 머리가 아픈지 정희는 이마를 짚었다. 무일은 정희의 말을 주의 깊게 들으며 이따금 메모를 하다 물었다.

"평소에 일이 그렇게 많으셨나요? 정현 씨는 어떤 일을 하셨죠?"

이상하게도 수사 보고서에는 정현의 직업이 적혀 있지 않았다. 나이, 사는 곳과 더불어 사망자의 직업을 적는 것은 작성 시 기본 중의 기본이다. 그것을 왜 체크하지 않았을까?

무일이 아직 정현의 직업을 모른다는 사실이 이상했는지 정희가 큰 눈을 깜박였다.

"모르셨어요? 오빠 국정원 다녔어요. 국가정보원."

무일의 눈이 커다래졌다. 정희는 무일이 무슨 생각을 하는지 안다는 듯 웃었다.

"하지만 영화에 나오는 그런 일이 아니라 그냥 행정직이에요, 행정직."

× × ×

사랑했던 오빠의 죽음은 정희에게 엄청난 충격이었다고 했다. 하지만 슬픔에 잠길 정신도 없었다. 경찰은 오빠의 물건에는 손도 대지 못하게 했다. 원룸에 있던 것은 물론이고 본가까지 들어와 오빠의 컴퓨터를 가지고 갔다.

거기에서 수천여 개의 불법 음란 동영상이 발견됐다. 아니, 그랬다고 들었다.

"오빠가 원룸을 빌렸다는 얘기는 못 들어봤다고 했죠?"

"네. 엄마도 그렇고, 나중에 새언니에게도 물어보니까 전혀 몰랐다고 했어요."

경찰의 조사 결과에 따르면 변태적인 성적 성향을 충족시키려고 원룸을 얻은 거라고 했다. 원룸 곳곳에서 인터넷으로 구매한 성인용품들이 발견되었다. 개중에는 뜯지도 못한 새것도 있었고, 이미 수차례 사용 흔적을 보이는 것도 있었다. 음란 커뮤니티에 가입되어 있던 내역도 밝혀졌다. 그는 수시로 파트너를 찾는 글을 올렸다. SM도 가능하냐는 질문을 부끄러운 줄도 모르고 댓글로 달았다. 그래서 원하는 파트너를 찾았는지는 알 수 없었다.

그리고 발견된 동영상들 중에서 그의 죽음과 같은 장면이 나왔다. 그 이야기를 할 때 정희의 얼굴에는 수치스러움과 부끄러움, 알지 못했던 오빠의 모습에 대한 당혹감과 역겨움, 배신감이 뒤섞여 있었다. 여전히 저렇게 감정이 묻어나는 것을 보니, 당시 그녀가 얼마나 힘들었을지 짐작되었다.

"혹시 오빠 컴퓨터 아직 갖고 계세요?"

정희는 고개를 저었다. 무일 역시 사망한 지 7년이나 지난 사람의 물건을 가지고 있지 않을 수 있다고 생각했다. 어머니라면 몰라도 그녀는 여동생이다. 결혼까지 한 몸인데다 오빠의 죽음이 그녀로서는 상기하고 싶은 것이 아니었을 테니, 보관하는 것은 더 어려 웠을 것이다. 그런데 정희의 대답은 예상치 못한 것이었다.

"조사 후에 돌려주려 했는데 컴퓨터가 망가졌다고 했어요. 집에 있던 건 애초에 동영상 이외에는 아무런 파일이나 검색 기록도 없었고, 원룸에서 나온 게 망가졌다고 했죠. 그래도 필요하면 가져가라고 했는데, 필요 없다고 했어요. 버리려면 각서가 있어야 한대서 보내줬으니까 버렸겠죠."

무일의 가슴에 의혹의 안개가 짙어졌다. 조사 중 증거물을 망가 뜨리는 일은 흔치 않다. 유족에게 돌려주어야 할 물건이기도 하고, 어떤 범죄의 흔적이 남아 있을지 모르기 때문에 사건 현장만큼이나 조심스럽게 다루기 때문이다.

게다가 본가의 컴퓨터에는 음란 동영상 이외에는 아무런 기록이 없다고 했다. 사실일까? 경찰의 주장대로라면 음란한 취미를 즐기기 위해서 원룸까지 빌려 생활했던 사람이 굳이 본가에 와서까지 그런 동영상에 심취했을까? 어머니와 여동생이 사는 집에서 과연 그랬을까?

무엇보다 동영상 외에 아무 기록도 없는 것이 가능할까? 아무리 심각한 성도착증 환자라도 인터넷 검색을 하고, 물건을 주문하고, 뉴스를 보는 등 일상적인 생활을 한다. 그러면 당연히 기록이 남을 텐데. 경찰들의 말에 따르자면, 정현은 본가에 와서까지 음란 동영상을 보기 위해서만 그 컴퓨터를 사용했다는 것이다. 오로지 그 목적으로만.

무일은 고개를 돌려 정현이 사용했다는 방 쪽을 응시했다. 거실에서 가장 가까운 방이다. 방 문 위에 작은 채광창이 달려 있었다. 밤에 그 방에 불이 켜져 있었다면 거실에서 금방 알 수 있었을 것이다. 간만에 집에 온 아들의 방에서 밤늦게까지 불빛이 새어나온다면, 어머니가 한 번쯤은 문을 열어볼지도 모른다. 그런 가능성을 알고도 음란 동영상을 보는 것이 가능한가. 같은 남자의 입장에서 정현이 그랬을 것 같지 않다는 생각을 놓을 수가 없었다.

"고인의 유품인데 버리라고 하셨네요. 어머니도 허락하신 일이었나요?"

동생이라면 그럴 수 있어도, 어머니라면 죽은 아들의 유품을 자신의 손으로 태우는 한이 있더라도 버리라고 하지는 않았을 것 같았다.

의외로 정희는 고개를 끄덕였다.

"그때 상황이 너무 정신없었어요."

"상황이요?"

"네. 오빠 시신이 발견되고 그날 저녁에 바로 인터넷에서 뉴스가 터졌어요."

그때의 기억이 되살아나는지 정희가 고개를 절레절레 저었다. 생각만 해도 머리가 아프다는 듯 또다시 이마를 짚었다.

"오빠 사건이 특이하잖아요. 얼마나 자극적인 제목을 달았던지. 경찰이 제게 해준 이야기가 다 기사화되어 나왔어요. 그 와중에 본가에 경찰들이 온 영상이 뉴스에 나왔는데 모자이크가 어설퍼서 동네 사람은 누구나 우리집이라는 걸 알아볼 수 있었어요. 우리집은 교육자 집안이고 전 그때 현직에 있었어요. 소문이 도는 건 순식간이었죠. 아무도 저에게 뭐라고 하지 않았지만 쏟아지는 눈빛이 더 잔인했어요. 흔히들 그러죠. 얼굴을 들 수가 없다고. 그걸 제대로 체감했죠. 휴직계를 낼 수밖에 없었어요. 결국 복귀는 못했고요."

무일은 정희가 얼마나 고통스러웠을지 짐작할 수 있었다. 하지만 겪지 않은 사람은 그 고통의 진짜 통증을 알 수 없다. 어떤 말로도 위로를 할 수 없어 침묵을 지킨 채 고개를 끄덕이면서도 무일은 다른 생각에 빠져들었다.

사건이 터진 바로 그날 저녁에 자극적인 제목을 단 뉴스가 보도되었다. 그때쯤이면 타살이 아닐지 조사해야 했을 시간이다. 발견 당시 손이 결박되어 있었던 만큼 타살의 가능성이 제로라고 볼 수 없었기 때문이다. 사망자의 본가까지 찍힌 영상이 보도되기에는 너무 빠른 속도다. 심지어 7년 전의 일이다. 지금만큼 인터넷 뉴스의 보도가 경쟁적이지 않을 때였다.

14

"국정원?"

그날 저녁, 여주는 변호사 사무실에 들러 무일이 유가족을 만난 이야기를 들었다. 이 사건에서 국정원이라는 단어가 나올 거라는 생각은 해보지도 못한 터라, 여주는 자기도 모르게 목소리를 높이고 말았다.

사망자 정현의 실체가 '원룸에 살던 수상한 청년'에서 '국정원 직원'으로 밝혀지자 여주는 더욱더 사건에서 손을 뗄 수 없었다. 무일은 고개를 갸웃하며 말했다.

"정희 씨는 오빠가 단순한 행정직이라고 했어. 사건과는 관련이 없을지도 몰라."

무일이 그렇게 말하자 생각에 깊이 잠겨 있던 여주는 고개를 저었다.

"국정원 직원이 맡은 임무를 가족들한테 제대로 말했을 것 같아?"

국정원 직원의 업무는 기밀에 해당한다. 물론 말하는 사람도 없지는 않을 것이다. 국정원이라는 비밀스러운 이미지 때문에 오히려 행정직이나 건물 관리직들이라면 자신의 임무를 부풀리거나 포장해서 말할 수 있다. 반대로 톱시크릿에 해당하는 임무를 맡은 사람들이라면 철저히 침묵할 수밖에 없다. 정현은 아마도 후자일 거라는 생각이 들었다.

"그 원룸 말야. 정말로 그런 용도로 쓰였던 게 아닐 확률이 높아."

여주의 말에 무일이 대답했다.

"나도 그렇게 생각해. 너무 노골적이라 더 의심스러워."

"거의 백 퍼센트라고 봐도 무방할 거야."

왜냐고, 무일이 물었다. 여주는 경찰대학 시절 들었던 수업을 떠올렸다.

주로 과거 FBI에서 쓰던 방법이다. 알려져서는 안 되는 인물의 죽음이 발생하거나, 혹은 FBI가 죽음을 발생시켰을 때, 유가족의 이의 제기를 막는 방법이 바로 죽은 자에게 오명을 씌우는 것이다. 치욕스러울수록 효과적인데, 그들이 주로 쓰는 방법은 성적 취향을 변태적으로 만드는 것이었다. 그러면 유가족들은 이야기가 퍼져나가는 것이 두려워 얼른 죽음을 수습하고자 한다.

게다가 이번에는 사망자의 가족이 교육자다. 주변의 평판에 누구보다 신경 쓰는 사람들이다. 일을 꾸미자 가족들이 스스로 나서서 사건을 잊히게 만들었던 것이다. 생전 정현은 봉사도 열심히 하고 운동도 좋아했으며 누구보다 가정에 성실했던 남자였으나, 죽음 이후 드러난 실체가 평소 그의 품행을 간단히 지워버렸다.

여주는 FBI가 조작한 실제 사건들과 정현 사건과의 공통점을 무일에게 설명했다. 무일의 얼굴에서 점차 핏기가 사라졌다.

무일이 돌연 벌떡 일어났다. 신음을 흘리지 않기 위해 입을 가리는 사람처럼 손바닥으로 입을 틀어막았다. 그의 가슴께가 크게 들썩였다.

"역시 사건을 잘못 건드린 거야."

여주가 앉은 채로 그를 올려다보았다. 그녀는 고집스럽게 입을 다문 채 올곧은 시선으로 무일을 응시했다. 여주가 아무런 반응이 없자 무일이 힘주어 말했다.

"그만해야 해."

"뭘?"

"이거 위험하다고. 진짜 국정원이 관련되어 있는 거면, 그날 그 남자는 정현을 죽이러 왔다가 아저씨가 먼저 죽인 걸 보고 사건 현장을 조작한 거야. 그리고 이번에는 아저씨가 죽었지. 일을 다시 꺼내려고 하니까 죽인 거라고. 이 사건은 절대 파헤쳐서는 안 되는 거야."

"그래서?"

아무렇지도 않은 듯한, 오히려 무일의 말이 이해되지 않는 듯한 여주의 태도에 그는 화가 날 만큼 답답해서 주먹을 움켜쥐었다.

"그래서라니? 죽을지도 모른다고. 그들에게는 그 사건이 판도라의 상자인 거야. 게다가 너희 팀장도 연관되어 있는지도 몰라. 팀장만이 아니라 전부 너의 적일지도 모른다고. 네가 혼자 감당할 수 있을 것 같아?"

무일의 흥분한 말투와는 달리 여주는 부드럽게 웃었다.

"너무 크게 생각하지 마. 내가 그 판도라의 상자를 열 수 있을지는 아직 몰라. 혼자 깔짝거리다가 지방 한직으로 나앉을지도 모르지."

"차라리 지방 한직이면 다행이지. 지방 어디에 묻히느니."

자기도 모르게 중얼거린 무일이 입을 다물었다. 끔찍한 상상이었다. 반면 여주의 얼굴은 무덤덤했다.

"꼭 해야겠어?"

"응."

"왜?"

여주가 다시 부드럽게 웃었다. 여주는 아주 차분한 태도로 테이블에 올려두었던 차 열쇠와 휴대전화를 가방에 집어넣고 가방을 어깨에 둘렀다. 그녀는 자리에서 일어나 무일과 마주 보았다.

"형사니까."

그 순간 무일은 권순향의 사건을 여주에게 의논했던 그 밤을 깊이 후회했다.

× × ×

그날 이후 여주는 무일의 변호사 사무실을 찾아오지 않았다. 무일은 자신의 복잡한 마음을 들킨 것 같았다. 그런 일 따위 무섭지 않다고, 오히려 여주를 독려하고 함께 여기저기 들쑤셔야 했을까?

그러면 위협의 칼이 자신을 겨눌 것이다. 그런 생각이 들면 다시금 발을 빼고 싶어진다. 무일은 대단하게 이룬 것은 없지만, 자신이 쌓아온 평화로운 일상을 지키고 싶었다. 여주도 그런 마음을 알아서 더 이상 그에게 아무런 연락도 하지 않는 것이리라. 하지만 그 사건에서 빠졌다고 해서 무일의 마음이 편해진 것은 아니었다. 여주가 아직 거기에 있기 때문이다. 누가 보아도 위험한 목적지로 점점 걸어 들어가고 있었다. 무일은 여주가 브레이크를 밟을 여자가 아님을 알고 있었다.

미행은 단순한 일이 아니었다. 여주의 눈에 띌 정도로, 한 나라의 안보를 책임지는 국가정보원에서 미행을 그렇게 허술하게 했을 리 없었다. 그것은 경고였다. 모두 지켜보고 있으니 더는 사건에 가까이 들어오지 말라는 무언의 경고.

"요즘은 형사님께서 통 안 오시네요."

차를 가지고 들어온 변 사무장이 조심스럽게 말을 꺼내며 무일의 안색을 살폈다. 아무래도 둘이 단단히 싸웠다고 생각하는 것이다. 무일은 냉정하게 말했다.

"여기 올 일이 뭐 있나요? 예전에도 자주 오지 않았잖아요."

"네" 하면서도 변 사무장은 밖으로 나가지 않고 말끝을 흐렸다. 무일이 변 사무장을 올려다보았다. 변 사무장이 머뭇거리다 물었다.

"저작권 소송 다시 알아볼까요?"

아마도 진짜 묻고 싶은 말은 권순향의 죽음을 더 이상 파헤치지 않을 거냐는 것이리라. 무일은 잠시 생각하다가 무거운 어조로 대답했다.

"부탁드립니다."

변 사무장의 얼굴에 눈에 띄게 실망하는 기색이 어렸다. 하지만 변 사무장도 눈치는 있었다. 사실 무일이 그 일에 발 벗고 나서야 할 의무는 없다. 죽음에 의혹이 있다면 형사가 수사할 일이었다. 그래도 조금은 맥이 빠졌다. 그 일을 맡아 재미있었던 것도 부인할 수는 없지만, 여주와 함께 사건에 관해 이야기할 때 무일의 눈은 빛났다. 변호사의 사명감을 잃어가던 지난날의 그가 아니었다. 보기 좋았는데, 그런 말을 하려다가 그만두었다.

변 사무장이 쟁반을 들고 나가려던 그때, 창밖에서 덜컹덜컹하는 소음이 들려왔다. 무일이 고개를 돌려 바깥을 내다보니 사다리차의 사다리가 하늘을 향해 뻗쳐 있었다.

"누가 이사 가나 보죠?"

무일의 물음에 변 사무장이 창밖으로 시선을 돌렸다가 말했다.

"아, 이사는 아니고요. 5층에서 짐 내리는 겁니다. 권순향 씨 장례도 다 치렀겠다, 짐 정리한대요. 참 빠르죠."

"그러네요."

자식이 죽으면 부모는 그 방을 차마 치우지 못한다. 죽을 때까지 그 미련과 회한이 떠나지 않는 경우도 많다. 그러나 대부분의 자식은 부모의 사망이 아무리 급작스럽더라도 정리가 빠르다. 헌옷센터와 재활용센터 등을 불러 신속하게 정리, 폐기한다. 그리고 금방 빈자리에 새로운 물건들을 집어넣는다.

할 수 없는 일이다. 부모는 제 몸을 나눠 자식을 태어나게 했지만, 자식은 뱃속에서도 부모의 영양을 받아먹고 몸을 찢고 나온다. 애초에 같을 수 없는 애정이다.

변 사무장이 창가로 가까이 다가가 아래쪽을 내려다보았다.

"벌써 짐들이 꽤 내려갔네요. 아침부터 내렸을 텐데 이제야 아셨어요?"

"아, 그런가요?"

생각에 취해 있느라 못 본 것 같았다. 생각하지 않으려고 해도, 나와는 상관없는 일이라 여기려 해도 잘 멈추어지지 않았다.

"어? 변호사님, 형사님이 왔는데요?"

"여주요?"

"네, 신 형사님."

무일이 얼른 창가로 다가가 아래를 내려다보았다. 여주의 차였다. 여주는 사다리차를 올려다보고 있었다. 이상호 형사가 뒤따라 내렸다.

무일은 자리로 돌아가 앉았다. 헤실헤실 풀어지는 표정을 애써 다잡았다. 여주가 들어오면 몰랐다는 듯 맞이할 생각이었다. 사건에 관한 고민 정도는 들어줘야지, 그런 다짐도 했다. 당연히 자신을 만나러 왔으리라 생각했기 때문이다.

"형사님 올라오시면 차라도 내드려야겠네요. 너무 간만이니까 비싼 차 드려야지."

"뭐 좋은 손님이라고."

웃으며 나가는 변 사무장을 향해 퉁명스러운 투로 말했지만 무일도 내심 궁금했다. 왜 다른 형사들과 함께 왔을까. 그리고 고민도 되었다. 정말 무일의 도움이 필요하다고 부탁하면 어떻게 대답할까.

이런저런 생각을 하다 문득 시계를 올려다보았다. 아무리 걸어 올라오는 것이라지만 사무실은 2층이다. 여주가 들어왔어도 벌써 들어왔어야 할 시간이었다. 무슨 일인지 어리둥절해할 때 변 사무장이 노크도 없이 문을 열고 들어왔다.

"형사님이 여기 오시는 게 아니었는데요?"

"그럼요?"

"지금 권순향 씨 아들을 데리고 가는데요, 권두만 씨요."

"네에?"

놀람과 동시에 무일은 창가로 가서 아래쪽을 내려다보았다. 여주가 차의 뒷문을 열고 있었고, 이상호와 나란히 차량 쪽으로 걸어가 올라타는 권두만이 보였다. 수갑을 차지는 않았지만 이상호가 바짝 붙어 있는 것으로 보아 예사로운 상황은 아니었다.

'무슨 일이지?'

무일이 휴대전화를 꺼냈다. 여주의 이름을 찾아 통화 버튼을 누르려는 순간, 그의 손이 멈추었다. 무슨 일이냐고 물을 자격이 없었다. 인간은 명분 없이 의욕만으로 최선을 다할 수 없고, 자격 없는 인간은 명분이 있든 없든 아무것도 할 수 없다.

15

뒷좌석에 앉은 권두만의 얼굴을 여주는 룸미러를 통해 지켜보았다. 그 얼굴에는 불만이 가득했다. 아버지의 죽음과는 관계없는 자신을 체포해 생긴 불만일까, 아니면 이미 얘기가 끝났다고 생각했는데 계속 귀찮게 해서 생긴 불만일까. 전자라면 다행이지만, 후자라면 권두만과 이렇게 하기로 얘기를 끝낸 그 사람들은 누굴까.

경찰서 앞마당으로 차가 진입했다. 이번엔 권두만 옆의 이상호를 보았다. 이상호는 믿어도 될까? 알 수가 없었다. 여주는 깊은 한숨을 내쉬었다. 이상호가 시선을 눈치채고 물었다.

"왜요?"

"아니, 그냥 답답해서."

여주는 고개를 저었다. 답도 나오지 않는 생각을 계속해봐야 소득도 없었다. 그러니 당장 할 수 있는 일을 해나갈 수밖에 없었다.

"네. 제가 참 '유도리'도 없이 답답하게 잘생겼죠? 죄송해요."

이상호의 실없는 농담을 한쪽 귀로 흘리고는 주차장에 차를 세웠다. 여주가 운전석에서 내려 뒷문을 열고는 권두만을 내리게 했다. 권두만은 여전히 인상을 찡그리고 있었다.

"들어가시죠."

권두만과 함께 걸음을 떼던 여주는 뒤를 돌아보았다. 이상호가 따라오지 않고 있었다. 그는 창문 밖으로 상체를 빼낸 채로 소리쳤다.

"담배 한 대만 피우고 가겠습니다."

그 말에 쯧 하고 여주가 혀를 찼다.

"담배 좀 끊어!"

"넵!"

장난스럽게 이상호가 거수경례를 붙였다. 못 말린다는 듯 고개를 저으며 여주는 본관을 향해 걸었다. 출입문에 다다라 여주는 안에서 나오는 인물을 발견하고는 발걸음을 멈칫했다. 윤홍길 팀장이었다. 윤홍길은 권두만의 얼굴을 보고 놀란 듯 눈을 둥그렇게 떴다. 옆에 선 여주를 보자 상황 파악이 된 것 같았다. 윤홍길은 여주를 노려보았다. 눈빛이 서늘하게 빛났다.

"뭐야?"

"권두만 씨요. 지난번 권순향 씨 사망 사건과 관련해서 물어볼게 있어서요."

"이미 알리바이를 확인하지 않았나?"

"제가 새로운 이야기를 들었거든요. 그걸 근거로 긴급체포했습니다."

"새로운 얘기? 그게 뭐지?"

"정확해지면 말씀드리겠습니다."

기가 차다는 듯 윤홍길이 웃었다.

"우리 서에 언제부터 형사팀장에게 보고 안 된 수사가 있었어? 신여주, 일에 원칙도 없어?"

여주는 깍듯하게 고개를 숙였다. 하지만 과거 사건에 윤홍길이 관련되어 있다는 걸 안 이상 어쩔 수 없다. 만약 문제가 생긴다면 책임질 각오는 되어 있다.

"죄송합니다. 하지만 아직 완전히 종결되지 않은 건이라 제 선에서 확인 정도는 가능하다고 생각했습니다."

윤홍길은 큼 하며 헛기침을 했다. 마음에는 들지 않지만 더 저지할 명분이 없었다. 그는 권두만 쪽으로 고개를 돌렸다. 권두만과 윤홍길의 시선이 교차되었다. 그 순간을 신여주도 놓치지 않았다.

"그럼 이만 들어가보겠습니다."

"어째서 긴급체포한 건지는 모르겠지만, 조사가 끝나는 대로 보고해. 이미 자살로 보도 자료를 배포한 건인데 문제가 일어나서는 안 되니까 말이야. 알겠어?"

알겠다고 대답하는 대신 여주는 고개를 살짝 숙여 보이고는 권두만을 데리고 사무실 안으로 걸어 들어갔다. 윤홍길은 절레절레 고개를 저으며 주차장을 향해 걸었다. 그러다 그의 걸음이 돌연 멈추었다. 그는 인상을 쓰고 본관 건물을 노려보았다. 대답을 하지 않는 태도가 어딘지 모르게 찜찜했다.

여주는 조사실로 들어갔다. 간단한 조사라면 책상 옆에 보조의 자를 두고 앉혀 이야기를 들어볼 수도 있지만, 아무나 듣게 해서는 안 되었다. 그를 조사실에 두고 여주는 다시 나와 사무실 구석에 비치된 냉장고에서 자양강장제를 하나 꺼내들었다.

"저도 같이 들어갈게요."

고개를 들자 이상호 형사가 언제 들어왔는지 그녀를 보고 있었다.

"아니야. 나 혼자 할게. 그냥 궁금한 것을 물어보는 정도야."

"그래도."

"곧 종결될 사건이야. 인력 낭비할 생각 없어. 팀장님 눈치도 보이고."

여주는 단호한 어조로 거절했다. 이상호는 조금 눈치를 보다 자기 자리로 돌아갔다.

여주가 조사실로 들어가자 권두만은 아까보다 한층 더 불쾌한 얼굴이었다. 여주는 말없이 그의 앞에 드링크제를 놓았다.

"한 모금 하시죠. 오시느라 고생하셨는데."

권두만은 참고 있던 분통을 터뜨렸다.

"이런 건 됐고요. 왜 또 날 끌고 온 겁니까? 갑자기 찾아와서 사람들 다 보는 앞에서 망신 줄 때는 그만한 이유가 있겠죠? 들어봅시다. 같잖은 소리면 각오하시고."

여주는 미소 지으며 권두만의 건너편에 앉았다. 여자 형사를 대할 때 참고인들이 거칠게 굴거나 용의자들이 위협적인 분위기를 조성하는 것에는 이미 익숙했다. 여주는 느긋하게 파일을 열고 응시하다 그의 앞에 내밀었다.

"권순향 씨가 사망하던 날 밤, 호프집에 있으셨다죠?"

그 얘기였냐는 듯 권두만이 어이없어하며 웃음을 터뜨렸다.

"이미 그 얘기는 수십 번도 더 했는데요. 확인 안 했어요?"

"했습니다. 그래서 권두만 씨를 이렇게 모시고 온 거고요."

그의 눈이 그제야 비로소 둥그렇게 떠졌다.

"권순향 씨의 사망 시각, 분명 권두만 씨는 그곳에 없었습니다. 호프집에 계셨죠. 자리를 뜬 적도 없다는 건 제가 직접 확인했습니다."

"그런데요?"

여주가 권두만을 향해 몸을 조금 기울였다.

"그날 왜 거기에 가셨던 겁니까?"

"뭐, 뭐요?"

돌연 권두만의 목소리가 커졌다. 아무렇지 않은 척해보려 했지만 당황한 것이 여실히 드러났다. 그의 시선은 곧지 않았으며, 목소리는 떨렸다. 아픈 곳을 찔린 자들의 전형적인 표정이다. 질릴 정도로 보아왔다. 여주는 상체를 다시 의자에 기대고 여유로운 태도로 돌아와 서류를 뒤적였다.

"그날 함께 계셨던 친구 분께 확인했더니, 권두만 씨가 먼저 만나자고 하셨다더군요. 약속이 있다고 했는데도 오늘 반드시 만나야 한다고 하셨죠?"

평소 권두만은 집에서 두문불출하는 타입이었다. 그는 한동안 친구들과 연락을 모두 끊고 지내왔다. 그랬던 그가 그날 갑자기 나오라고 하여 술을 샀다는 것이었다. 약속이 있다고 했지만 오늘 반드시 만나야 한다고 우겨서 친구는 할 수 없이 선약을 취소해야 했다. 사회에 적응하지 못하고 오랫동안 겉돌던 친구라 마음이 쓰여서라고 했다.

"그런데 정작 약속 장소에 나가니 술만 마실 뿐, 별 얘기는 없었다고 하던데요."

이렇게라도 만나야 얼굴이라도 한번 보고 술이라도 마신다는 별시답잖은 이야기를 했다고 했다. 약속까지 취소하고 온 친구는 기분이 나쁘고 맥이 빠졌지만, 그냥 함께 술잔을 기울였다고 했다.

"왜 그날 꼭 만나야 했던 겁니까?"

그 질문을 듣는 순간 권두만은 숨도 쉬지 못하는 사람 같았다. 하얗게 질린 얼굴로 빠르게 눈을 깜박여댔다. 여주는 그의 반응을 하나도 놓치지 않으려 계속 주시했다.

"그, 그거까지 내가 얘기해야 해? 그, 그냥 만난 거야. 간만에 연락했는데 갑자기 약속이 있다고 하니까 심술이 나서……."

여주는 한숨을 쉬며 팔짱을 꼈다.

"그럼 한 가지만 더 묻죠. 평소에는 두문불출하던 권두만 씨가 아주 간만에 외출을 했습니다. 그런데 그사이에 아버지가 추락사했습니다. 무슨 생각이 들었습니까?"

"무슨 생각이 드냐! 당연히 놀랐지!"

"그게 다입니까? 그럼 질문을 바꿔보죠. 아버지가 자살하실 만한 분이셨습니까?"

"죽을 날 받아놨으니까!"

권두만의 목소리가 울렸다. 그 순간 정적이 흘렀다.

"그게 무슨……."

"시한부 선고 받았다고! 재발해서 이제 손 못 쓴다고 했다고!"

권순향이 한때 암이었다는 것은 여주도 알고 있었다. 5년도 더 된 일이었고, 그 정도 지나면 보통 완치된 것으로 본다. 그래서 그가 환자라는 생각은 한 적이 없다.

흩어지려는 생각을 여주는 간신히 모았다.

"치료도 안 된다고 했다는 거죠? 어느 병원이죠?"

자신의 말을 의심하냐는 듯 권두만이 노려보았다.

"서샘병원."

여주는 휴대전화의 메모 기능에 '서샘병원'을 입력했다.

"권두만 씨가 생각할 때 아버지는, 치료 불가 판정에 좌절해 자살할 만한 분이셨나요?"

"그걸 내가 어떻게 알아? 난 몰라! 그딴 건 모른다고. 난 그냥 그날 놀러 나갔고, 아버지가 자살했든 아니든 나랑 상관없어."

후 하고 여주는 한숨을 쉬었다. 이런 아들을 데리고 평생을 살았을 권순향이 갑자기 불쌍해지기 시작했다. 여주는 파일에서 복사한 서류 한 장을 꺼내 내밀었다. 그것은 통장의 거래 내역으로 권두만의 친구에게서 받은 것이었다.

"그럼 이것도 상관이 없는지 한번 보시죠."

권두만은 서류를 집어 들었다. 그의 눈이 흔들리기 시작했다. 권두만의 이름으로 입금된 오백만 원의 내역이 있었다.

그의 친구는 권순향이 죽었다는 소식을 듣고 깜짝 놀라 빈소로 찾아갔다. 권두만은 그 친구에게 두 사람이 만난 것이 자신의 요청에 의한 것이었음을 비밀로 해달라는 부탁을 했다. 괜히 경찰에 이리저리 끌려다니고 싶지 않고, 불필요한 오해를 받고 싶지도 않다는 것이 이유였다.

그리고 그날 저녁 그의 계좌에 돈이 입금되었다. 오백만 원. 권두만의 이름이었다. 계좌를 알려준 적은 없었다. 하지만 그는 돈을 돌려줄 생각도 하지 않았다. 처음엔 돈이 탐나서였다. 하지만 점점 찜찜한 기분이 들었고, 결국 경찰에 연락하기에 이른 것이다.

"이, 이게 뭐야……. 난 돈 같은 거 준 적 없어."

입금 내역에서 자신의 이름을 확인한 권두만은 완전히 당황했다. 아까처럼 여유작작한 태도는 찾으려야 찾아볼 수 없었다. 사실 여주도 그 돈을 권두만이 줬을 거라고 생각하지 않았다.

권순향은 일자리를 찾지 않는 권두만을 못마땅해했다. 자신의 재력이 아들의 의욕을 꺾어놓는다고 생각했다. 그래서 최소한으로 쓸 용돈 이외에는 아들에게 돈을 주지 않았다. 그 동네에 사는 사람들에게는 이미 유명한 이야기였다. 그러니 오백만 원이나 되는 돈이 권두만에게 있을 리가 없었다.

무엇보다 입을 다물게 하려고 돈을 송금하면서 자신의 이름을 떡하니 찍는 바보는 없다. 그런 검은돈이라면 현금이 오가야 맞는 것이다.

"그날 꼭 누군가를 만나야 했던 이유가 뭡니까. 왜 돈을 줘서까지 비밀로 해달라고 한 거죠?"

"아냐. 난 돈 준 적 없어. 계좌번호도 모른다고!"

국정원이라면 가능한 일이다. 여주는 그 생각을 입 밖으로 내지 않았다. 눈앞의 이 멍청이가 어디까지 알고 있는지를 알아내야 했다.

16

"그럼 대체 왜 거짓말까지 해서 친구를 만났죠? 알리바이를 만들려고 한 거 아니에요? 당신이 아버지를 죽였어요?"

"아냐!"

고개를 젓고는 있지만 이미 그 부정에는 힘이 없었다.

"좋습니다. 말하지 마세요. 저는 지금부터 권두만 씨의 계좌 추적에 들어갈 겁니다. 직접 송금된 내역이 있다면 권두만 씨는 그대로 구속될 겁니다. 그리고 수사를 받겠죠. 재산을 상속받기 위해 아버지를 청부 살해하고 알리바이를 조작한 혐의로."

"아냐! 난 아버지를 죽이지 않았어. 어차피 아버지가 돌아가시면 내가 물려받을 재산인데 내가 왜!"

역시 돈을 받았다. 친구에게 송금한 것은 몰랐으면서도 계좌 추적에 들어간다는 말에 발끈하는 것을 보면. 아마도 집을 비워주는 대가였을 것이다. 하지만 집에 돌아오기도 전에 아버지가 추락사했다는 사실을 경찰로부터 들었을 것이다. 대체 무슨 일이 벌어진 건지 혼란스러웠겠지. 하지만 어쨌거나 아버지는 죽었고, 그 재산이 상속된다. 어떤 인간은 자신에게 이익만 남는다면 아무것도 파헤치고 싶어하지 않는다.

"그럼 말해요. 누가 집을 비우라고 한 거죠?"

이번에는 부정하지 못했다. 소리를 지르지도 못했다. 둥그런 눈만 껌벅거리다가 입술을 고집스럽게 다물었다.

"계속 아버지를 죽이거나 청부 살해하지 않았다고 하지만, 권두만 씨는 알리바이를 일부러 만들어냈고, 그때 만난 친구에게 송금한 내역이 있어요."

"그건 내가 아니라고 말했잖아."

송금 내역을 들고 여주는 권두만을 향해 팔랑팔랑 흔들어 보였다.

"이걸 증거라고 하죠. 무턱대고 아니라고 하는 말은 아무것도 아니거든요. 그리고 권두만 씨는 아저씨, 아니 권순향 씨의 죽음으로 크게 이익을 봤죠. 그런 것을 범행의 동기라고 합니다."

"난 아니야!"

권두만이 벌떡 일어섰다. 그의 눈빛이 떨리고 있다. 그는 이제 알았을 것이다. 그날 누군가의 지시에 의해 집을 비우지 않았다면, 아버지는 죽지 않았을지도 모른다는 것을. 그 죽음을 자살로 받아들였던 까닭은, 무엇보다 자신의 잘못이 아니라고 믿고 싶었기 때문이라는 것을.

여주는 자리에서 일어섰다. 이제 한 가지는 명확했다. 그들은 권순향을 죽여야 할 만큼 숨겨야 할 비밀을 가지고 있다.

여주는 손목시계의 시간을 확인한 다음 말했다.

"당신은 긴급체포당했고, 앞으로 47시간 15분 동안 여기 더 잡혀 있어야 합니다. 그동안 전 권두만 씨의 구속영장이나 청구하려고요."

"난 아니라고!"

답답하다는 듯 그가 소리를 지르며 벌떡 일어섰다. 울기라도 할 것처럼 목소리가 메어 있었다.

"구속영장이 기각되지 않길 빌어야 할 거예요. 입을 막기 위해 그들이 무슨 일을 할지 모르니까. 권순향 씨가 당한 것처럼."

권두만은 자리에 털썩 주저앉았다. 여주는 가차없이 조사실의 문을 열고 밖으로 나갔다. 그가 아버지를 죽게 했다는 죄책감으로 고통받길 바랐다.

인간이라면.

× × ×

어둠이 깔린 길을 걸으며 여주는 깊은 생각에 잠겼다. 밤이 깊어 집으로 돌아가는 길은 조용했고, 도로마저 한적했다. 이제는 확실히 알게 되었다. 누군가 권순향을 죽이기 위해 그날 밤 권두만이 집을 비우도록 했다. 그리고 권순향을 살해한 뒤 자살로 위장했다. 하지만 살해 쪽으로 수사 방향이 틀어질 경우에 대비해 권두만에게로 용의점이 좁혀지도록 상황을 꾸몄다. 결국 권순향은 뭔가를 숨겨야 하는 세력으로부터 살해당했고, 그 뭔가는 7년 전 사건의 진실이리라.

모든 열쇠는 7년 전 사건이 쥐고 있다.

권두만도 걱정이었다. 48시간이 완료되면 그를 방면해야 한다. 아버지를 죽일 만한 동기를 갖고는 있으나 그는 죽이지 않았다. 청부 살해라면 그에 따른 비용을 지불해야 하나, 권순향이 죽기 전의 그는 그럴 만한 재력도 없었으니, 아마 찾아보아도 뭉텅이 돈이 빠져나간 흔적까지는 없을 것이었다. 그러니 영장 청구를 해봤자 기각될 것이 뻔하다. 경찰서에서 나온 권두만은 안전을 보장받을 수 있을까. 이번에야말로 완벽히 자살로 위장하여 없애려 하지 않을까.

권순향을 그렇게 만든 침입자와 권두만에게 외출을 시킨 의문의 남자가 동일인이라면 그를 잡아야 했다. 그를 잡아야 7년 전 사건과 지금의 사건, 그리고 국정원이 하나의 선으로 연결될 수 있을 것이다. 여주는 이런 생각들을 무일과 함께 나누지 못한다는 사실이 새삼 안타깝고 아쉽게 느껴졌다. 그리고 머릿속을 채우고 있는 고민들을 그에게 조금은 털어놓고 싶다는 생각도 들었다. 고작 며칠이었지만 함께 사건을 다루며 이전보다 그를 가깝게 느끼게 되었던 것이다.

생각에 잠겨 있던 여주가 문득 고개를 들자, 횡단보도의 신호가 파란색으로 바뀌어 있었다. 그녀는 서둘러 걸음을 떼었다. 내일은 권두만을 어떻게 할지 생각해보아야 한다. 그 순간이었다.

"여주야!"

여주는 자신의 이름을 부르는 목소리가 누구의 것인지 알았다. 맞은편에서 무일이 반갑게 손을 흔들고 있었다. 여주는 그가 자신을 기다리고 있었음을 알아챘다. 어차피 순향빌딩으로 가려면 자신이 무일의 쪽으로 길을 건너야 했는데, 바보같이 이쪽으로 걸어오는 그의 모습이 보였다. 여주는 손을 흔들며 그에게로 뛰어갔다.

그때, 도로에 바퀴가 거칠게 마찰하는 소리가 들리며 환한 불빛이 쏟아졌다. 거대한 트럭이 돌진해오는 모습은 마치 슬로가 걸린 비디오를 보는 것 같았다. 트럭이 무일과 자신을 향해 달려오고 있었다.

여주는 몸을 날려 무일을 덮치듯 안고 굴렀다. 이내 두 사람은 바닥에 처박혔다.

정신을 차렸을 때 여주는 아스팔트 위에 나동그라져 있었고, 그런 그녀의 품 안에 무일이 안겨 있었다. 여주가 몸을 날리지 않았다면 두 사람은 차에 치이고 말았을 것이다. 바닥에 처박힐 때의 충격으로 여주는 신음을 하며 몸을 일으켰다. 뒤늦게 상황을 파악한 무일이 벌떡 일어나 여주의 팔을 잡고 살폈다.

"괜찮아? 괜찮냐고! 다친 데 없어?"

하지만 여주는 얼른 답하지 못했다. 그녀는 주변을 둘러보았다. 반대편 차선 너머 가로수에 트럭이 처박혀 있었다.

×××

"한 번만 하자!"

"싫어. 저리 안 가?"

"아, 죽은 사람 소원도 들어준다는데 그거 하나 못 들어주냐? 그냥 눈감고 딱 한 번만 하자고!"

"그럼 죽은 다음에 오든가!"

"하자, 그냥!"

병원과는 전혀 어울리지 않는 대화가 복도에 쩌렁쩌렁 울리고 있었다. 사람들이 오묘한 대화를 나누는 두 남녀를 흘깃거리며 지나갔다. 나이가 지긋해 보이는 중년 여성은 고개를 절레절레 흔들며 노골적으로 혀를 찼다. 등에 꽂히는 따가운 시선을 애써 피하며 여주는 목소리를 낮춘 채 무일에게 으르렁댔다.

"야, 단어 선택 잘해라. 사람들이 이상하게 보잖아."

응급실 출입구 바로 앞 복도에 선 채로 여주와 무일은 벌써 10분째 승강이를 벌이고 있었다. 팔짱을 낀 무일의 어깨너머로 간호사가 나오다 말고 도로 들어가는 것이 보였다. 언성을 높이고 있는 두 사람에게 경고를 주려다 목소리가 잦아들자 도로 들어간 것 같았다. 무일에게서 아무런 대답이 돌아오지 않아서, 여주가 재차 말했다.

"넌 언제까지 그렇게 입만 내밀고 있을 거야?"

"넌 언제까지 고집만 쓸래? 의사가 입원하라잖아."

생각해보면 황당한 일이었다. 달려오는 트럭을 가까스로 피했다. 트럭에는 털끝만큼도 스치지 않았다. 그런데 바닥에 너무 세게 처박힌 게 문제였다. 심지어 여주가 구르는 바람에 무일의 밑에 깔리고 말았다. 늘 호리호리한 몸매라고 생각했는데, 무일이 그렇게 묵직했는지 처음 알았다. 밑에 깔려본 적이 있어야지. 샌드위치처럼 아스팔트와 무일 사이에 끼여 여주의 허리가 삐끗했다. 심지어 아스팔트에 머리도 부딪혔다. 병원에 도착할 때까지는 큰 문제가 없다고 생각했는데 속이 울렁거리기 시작했다. 가벼운 뇌진탕 증상일 수 있다고 했다.

의사가 입원 검사를 제안했지만, 그럴 시간이 없었다. 권두만을 이상호 형사에게 맡기고 왔다.

무일은 여전히 입을 굳게 다문 채로 여주의 가방을 빼앗아 들며 병원 현관을 향해 걷기 시작했다. 여주가 재빨리 무일의 뒤에 따라붙었다.

"야, 내가 너 구했다? 알지?"

"구하느라 다쳤잖아! 그러니까 입원하자고!"

"어차피 검사 결과 이상 없다잖아."

그 말에 무일이 걸음을 우뚝 멈추었다. 날카로운 시선이 여주를 반으로 갈라버릴 듯 달려들었다. 건드리지 말아야 할 걸 건드렸다. 그러나 이미 늦었다. 여주를 향해 홱 돌아서는 기세가 하도 차가워 서늘한 바람이 부는 것만 같았다. 여주는 목을 움츠리며 시선을 피했다.

타박은 금세 날아들었다.

"검사? 검사 좋아하네. 달랑 엑스레이 하나 찍어놓고!"

"엑스레이면 됐지, 뭐."

"어지럽다며? 허리 한 군데 찍고서 끝이야?"

"아이고, 내 몸은 내가 잘 알아요."

"니가 의사야?"

기어이 무일의 목소리가 쩌렁, 병원을 울렸다. 천장 높이가 얼마나 되는지 가늠해보려는 사람처럼 높게도 뻗어 올라갔다. 순식간에 사람들이 걸음을 멈추고 두 사람에게로 시선을 쏟았다. 여주는 또다시 죄송하다는 듯 고개를 이리저리 숙였다. 그제야 사람들의 시선과 걸음이 두 사람과 무관하게 흘러갔다.

그러나 다른 사람이 뭐라고 하든 무일은 여전히 여주를 노려보고 있었다. 오히려 긁어 부스럼이다. 더 화나게 한 것 같았다. 여주는 입술을 가만히 물고 무일의 눈치를 보았다. 소리를 지른 무일의 어깨가 씩씩대느라 위아래로 올라갔다 내려갔다를 반복했다.

여주는 생각했다. 그동안 숱하고 숱하게 무일을 화나게 했을 때, 무엇으로 풀었는가. 가장 성공률이 좋았던 것은 무엇이었나. 답은 금세 나왔다.

여주는 양어깨를 으쓱 올리며 눈을 동그랗게 뜨고 빠르게 깜박였다. 그러고는 히죽 웃었다.

"웃어?"

무일의 눈이 더 날카로워졌다. 통계의 실패인가. 어쭙잖게 계획된 애교는 정답이 아님을 깨달았다. 여주는 슬쩍 잽을 날렸다.

"지금 나 걱정해주는 거야?"

무일의 이마가 더욱 구겨졌다. 하지만 어쩐 일인지 이번에는 화를 내지 않았다. 몸을 휙 돌리더니 주차장을 향해 저벅저벅 걸었다. 너무 정곡을 찌른 건가. 여주는 싱긋 웃으며 무일의 뒤에 바짝 붙었다.

"누나가 걱정됐져요?"

"저리 안 떨어져?"

"귀여워서 그러지."

화를 버럭 내듯 무일이 별안간 돌아섰다. 덕분에 여주가 그의 가슴에 얼굴을 박을 뻔했다. "어이쿠" 하는 여주를 보며 '이 얼굴이 문제다'라고 무일은 맥락 없이 생각했다. 매번 화가 나지만 이 얼굴 때문에, 미안해하며 어떻게든 넘어가보려는 저 어이없이 예쁜 얼굴 때문에 제대로 화도 내보지 못했다.

"됐거든?"

무일은 다시 혼자 휘적휘적 걸어나갔다. 마음 같아서는 어딘가에 확 버리고 가고 싶었다. 하지만 여주는 졸래졸래 따라올 것이고, 자신은 그녀를 또 경찰서든 집이든 원하는 곳으로 데려다줄 것이었다.

그런데 이상한 일이었다. 여주의 발소리가 들려오지 않았다. 천천히 돌아보았다. 그러고는 경악했다. 여주가 배를 움켜쥔 채 바닥에 주저앉아 있었다.

"무일아…… 나 속이 울렁거려……."

무일은 여주를 향해 미친듯이 달려갔다.

17

고집의 결과는 처참했다. 여주는 그렇게나 거부하던 CT와 MRI 를 찍었다. 그러고는 입원까지 해야 했다. 경과를 보지 않고는 퇴원 시킬 수 없다는 의사의 통보를 받았기 때문이었다. 뇌진탕이었다.

"꼴좋다."

펄럭거리는 환자복을 입고 침대에 올라앉아 있는 여주를 보며 무일이 놀렸다. 여주는 그저 시선을 피할 뿐, 지금의 창피함을 상쇄 할 그 무엇도 찾지 못하고 있었다. 괜찮다고 고집 쓰다가 쓰러져 입 원한 꼴이라니.

"입원 안 하겠다고 고집부리는 동안 다인실은 다 나가서 일인실 까지 입성하셨네? 아주 부르주아야, 부르주아?"

"가해자가 병원비 내겠지!"

"아아, 가해자가 내줄 거니까 이 기회에 펑펑 써보시겠다? 국민 의 지팡이께서?"

무일의 이죽거림을 이길 방법이 없다. 여주는 그저 조금이라도 빨리 화제를 바꿔야겠다고 생각했다.

"트럭 운전사는? 어떻게 됐어?"

× × ×

트럭 운전사는 여주와는 달리 다인실에 안착해 있었다. 그는 갈비뼈 골절과 전신 타박상을 입었다고 했다. 적어도 4주 이상 입원해야 한다는 진단이 나왔다. 여주는 입원실 문 앞에 선 채 트럭 운전사를 보고 있었다.

눈이 마주쳤다고 생각한 것도 잠시, 트럭 운전사는 고개를 돌리고 몸을 웅크렸다. 사과도 해명도 하지 않는다.

여주는 병실의 벽면에 걸린 환자들의 이름표를 보았다. 들어가는 입구부터 왼쪽과 오른쪽에 세 개씩 놓인 침대 순서대로 이름표가 붙어 있었다. 최영택, 그것이 트럭 운전사의 이름이었다.

"저, 교통조사계 김영제 경사입니다."

조심스럽게 말을 걸어오는 목소리에 여주는 고개를 돌렸다. 정복을 입은 경찰관이 그녀를 향해 미소 짓고 있었다.

주사 한 방으로 뇌진탕 증상은 상당히 호전됐으므로 여주는 김영제의 사정 청취에 응했다. 음료수 자판기가 놓인 휴게실에 자리 잡은 여주는 김영제로부터 트럭 운전사 최영택의 진술 내용 일부를 전해 들을 수 있었다.

최영택은 졸음운전이었다고 진술했다. 모든 것은 자신의 잘못이라고 인정했다고 한다. 보험사를 통해 처리하겠다고 했으니 치료비는 전혀 걱정하지 말라고 김영제가 말했다. 여주가 형사임을 아직 모르는 그의 눈에 그녀는 교통사고 피해자에 지나지 않았다. 별안간 당한 사고로 당혹스러울 그녀에게 듬직한 경찰로 보이려는 듯 그는 처리에 관한 설명을 열렬히 해나갔다.

여주에게 그의 설명은 불필요했다. 병원비도, 보상금도 그녀에겐 중요하지 않았다. 문제는 정말로 졸음운전이었는가였다. 아니라고 생각했다. 분명 트럭 운전사는 여주와 눈이 마주쳤고, 그럼에도 점점 가속했다. 그것만은 분명했다. 여주는 아랫입술을 깨물었다.

"전 피해 보상은 받을 생각이 없어요. 알아서 처리해주세요."

이건 사고가 아니라 사건이라고, 더 조사해야 한다고 교통경찰관을 붙들고 늘어지지 않았다. 고의가 분명했다. 그리고 고의를 가득 담아 자신을 향해 돌진하던 트럭에는 악의가 동승하고 있었다.

하지만 증거가 없는 이상 트럭 운전사가 자백하지 않으면 증명할 수 없는데다, 가속페달을 밟은 채 조는 경우가 비일비재하기 때문에 고의라고 주장한다 해도 받아들여지지 않을 것이었다. 무엇보다 지금은 조심해야 한다는 생각이 들었다. 정말 악의를 내포한 고의였다면 위험하다. 자꾸만 저들의 눈에 띄는 것은 좋지 않다.

"저 조금 피곤해서……. 이만 가봐도 되겠지요?"

피할 생각은 아니다. 다만, 이 사건은 교통조사계에서 처리할 일이 아니었다.

×××

"지금 뭐 하는 거지?"

가끔은 그런 생각이 든다. 제대로 진지해지고 싶다고. 하지만 무일은 그런 시간을 허락해주지 않았다. 병실로 돌아오자 무일이 보호자 침대에 이불을 깔고 있었던 것이다.

"보시는 그대로. 간호사 선생님께서 꼭 보호자가 있어야 한다고 하시잖아."

"말 같잖은 소리. 당장 안 나갈래?"

"확인해보시든가. 나도 이 딱딱한 침대에서 자기 싫거든?"

여주는 무일을 노려보았다. 무일도 턱을 들고 서서는 당당하게 그 시선을 받았다. 묻지 못할 것 같냐, 그런 생각이 들어 여주는 무일의 눈을 똑바로 응시한 채 간호사실과 연결된 인터폰 버튼을 눌렀다. 버튼 옆의 램프에 초록색 불빛이 들어오고 몇 초 지나지 않아 응답이 들려왔다.

"네, 간호사실입니다."

"선생님, 신여주 환자인데요. 제가 꼭 보호자가 있어야 하나요?"

"…… 아, 네! 보호자 분이 계셔야 해요."

대답 직전 3초간의 침묵이 상당히 미심쩍었다. 게다가 말끝에 웃음기가 걸려 있다. 형사 생활의 노하우를 모두 끌어다 붙이지 않아도 모종의 계략이 있음을 알 수 있다.

"제가 사지육신이 멀쩡한데 굳이요?"

"아, 그게…… 침대에서 낙상하실 수도 있고…….”

"간호사님? 제가 사실 형사……"

'형사입니다. 거짓말하시면 큰일나요'라고 말하려던 계획은 무일의 손에서 구겨져버렸다. 무일이 얼른 종료 버튼을 눌렀기 때문이다. 여주는 눈을 가느다랗게 뜨고 무일을 째려보다가 이내 한숨지었다.

"마음대로 해라."

그녀는 침대에 누워버렸다. 이불을 덮고 천장을 올려다보는 동안 무일의 발걸음 소리가 들리더니 시야에 있던 천장이 어두워졌다. 불을 끄고 돌아온 무일은 아무 말 없이 보호자 침대에 누웠다. 여주는 고개를 살짝 들고 아래를 내려다보았다. 긴 무일의 다리가 보호자 침대를 벗어나 허공에 들려 있었다.

"침대 불편하면 올라와."

문득 들려온 소리에 여주는 황당했다. 일인실에서 들려오는 여자의 목소리, 하지만 자신이 낸 소리가 아니다. 무일이 여주를 흉내내며 말하고 있었다. 여주는 인상을 썼다.

"허튼짓하면 죽는다."

무일이 낄낄거리며 웃었다. 여주 역시 기가 막혀 그만 풋 웃고 말았다. 풀썩거리는 소리가 들려 무일이 올려다보니 여주가 돌아 누워 있었다. 그 등을 보자 무일의 입가에서 웃음이 사라졌다. 생각하지 않으려 했는데 아까의 상황이 선연하게 떠올랐다. 눈을 감으면 여주와 자신을 향해 달려드는 트럭의 모습이 보였다. 상상만 해도 피가 식는 것 같았다. 무일은 다시 눈을 떴다. 여주가 아니었다면 자신은 어떻게 되었을까. 만약 그 자리에 여주가 혼자 있었다면 어떤 일이 벌어졌을까. 여주의 귀가를 기다리지 않았다면, 아마 그녀를 잃었을지도 모른다. 무일은 이 사건이 트럭 운전사의 실수라고 생각할 수 없었다. 그것은 여주도 마찬가지인 듯했다.

위험하다. 미행 때와는 차원이 다른 위협이었다. 이 이상 파고들려면 목숨을 걸어야 할 것이라고 말하는 듯했다. 무일은 어떻게 해야 좋을지 알 수 없었다. 한 치 앞도 보이지 않는 짙은 안개 속에 서 있는 기분이었다. 혼자라면 돌아서서 걸으면 된다. 하지만 여주가 그 앞으로 나아가려 하고 있다.

"자꾸 상기시켜서 미안한데, 이거 위험한 일이야. 알지?"

"알아."

"그만두는 게 좋아."

"알아."

"아는데 그냥 가보겠다는 거지?"

"응."

여주의 대답은 무덤덤하고 간결했다. 사람은 때로 거대한 두려움 앞에서 오히려 아무런 감각을 느끼지 못하기도 한다. 어쩌면 애써 그 두려움을 모르는 척하는 것일지도.

"권순향 아저씨 암 말기였대. 재발이었는데, 치료도 안 된다고 통보받았다더라."

어둠 속에서 들려온 여주의 말에 무일은 말문이 막혔다. 상체를 일으켜 여주를 보았지만 표정이 보이지 않았다. 재발됐다는 것도, 치료 불가 판정을 받았다는 것도 모두 처음 듣는 이야기였다.

"아저씨 아들이 그러더라. 그래서 자살하신 걸 수도 있다고."

"나보다 더 모르네. 시한부 선고를 받았다고 자살하실 분이 아니야. 자수하실 분이지."

그동안 이해되지 않았다. 왜 굳이 덮여 있던 자신의 죄를 밝히려고 하셨던 걸까. 이제는 알 수 있었다. 사는 동안 내내 맺혀 있었던 것이다. 그것을 스스로 풀고 깨끗하게 죽음을 맞이하고 싶었던 것이다.

"우선 아저씨의 죽음에서부터 시작해보려고 해. 권두만이 누군가의 부탁을 받고 집을 비운 걸 확인했어. 웃긴 건 그날 만난 친구 계좌에 권두만의 이름으로 돈이 입금됐다는 거야. 여차하면 권두만이 알리바이를 위해 친구를 만났고, 그 입을 막기 위해 돈을 준 것처럼 조작하려 한 것 같아. 지금 권두만을 경찰서에 잡아뒀어. 곧 내보내야 하지만. 어쨌거나 이제 아버지를 죽이는 데 자기도 일조한 사실을 알았을 테니 충격 좀 받았겠지."

"그래."

무일은 길게 말하지 않았다. 일부러 담담하게 말하며 사건에 대한 두려움을 피하려는 여주의 마음이 느껴졌다. 하지만 확인하고 싶었다. 정말로, 돌아설 수는 없는 건지. 그것이 진실에 대해 눈을 감는 일이라고 해도 말이다.

"신여주."

잠시 조용했다. 잠들었나 싶을 즈음, 여주의 대답이 나직하게 들려왔다. 여주는 여전히 등을 돌린 채였다. 무일이 물었다.

"내가 너 지켜주면 안 되냐?"

또다시 침묵. 심장으로 유입되는 혈류가 한층 속도를 높였다. 순향빌딩에서 다시 만난 뒤 집어던져지던 그 순간부터 어쩌면 내내 하고 싶었던 말은 이것인지도 모른다. 고요한 시간이 길어지고 있다. 공기가 흐르는 소리마저 들려올 것 같다. 청각이 예민해진다.

한참 만에 침묵이 깨어졌다. 그리고 분위기도 깨졌다.

"전국체전 유도 금메달리스트. 태권도 5단, 합기도 7단, 검도 4단. 지켜줄래?"

"미안하다."

잠시, 신여주가 어떤 여자인지 잊었음을 무일은 후회했다.

18

'남자랑 잤다······.'

뭔가 어감이 이상하긴 하지만 그것은 사실이었다. 동침. 그 이상
도 그 이하도 아니었지만, 어쨌거나 한 방에서(비록 병실이긴 하지만)
밤을 보냈다. 거기다 상대는 김무일이었다.

한때, '저놈은 절대 아냐!'라고 생각했던 바로 그 김무일.

여주는 무일을 집어던졌던 고등학교 시절을 떠올리고는 풋 하고
웃었다. 그래. 그런 적도 있었다. 무일은 남자애들과 어울리지 않고
혼자 다니는 편이었다. 여주에게 그런 무일은 자기 잇속만 챙기는
얌체처럼 느껴졌다. 그러면서도 주변에 여자애들이 끊이지 않던,
멀쩡한 얼굴로 시답잖은 농담이나 해대던 남자애. 혹시 남자친구
를 사귄다고 하더라도 저놈은 절대 아니라고 생각했다.

순향빌딩에서 다시 만난 무일은 예전 그대로였다. 변호사라는 직
업을 이용해 최대한 편하게 돈을 버는 인간. 하지만 자꾸 마주치고

가까워지면서 여주는 좀 다른 생각을 하게 되었다. 그는 선을 정확하게 지키는 사람이었다. 무일은 좋은 일을 하겠다고, 친절을 베풀겠다고 그 선을 쉽게 넘어서는 이들과는 달랐다. 그저 선 밖에서 상대방을 지그시 바라보는 게 바로 김무일이었다. 자신의 귀가를 기다리던 무일을 발견했을 때 여주는 그런 생각을 다시금 확신했다.

언젠가 무일과 술잔을 기울일 때 여주는 '저놈은 절대 아냐!' 하고 머릿속으로 되뇌었다. 그러나 인정한다. 고등학교 시절의 그것과 지금의 그것은 결이 전혀 다른 감정임을.

지금의 것은 다짐에 가까웠다.

'난 절대…… 우리 엄마 같은 사람을 만들지 않을 거야.'

여주는 대나무 같은 아버지를 존경했다. 승진이나 인사고과 같은 것에 신경을 쓰는 법이 없었다. 항상 자진하여 위험한 사건을 파고들었다. 경찰이 되는 순간부터 목숨은 국민의 것이라고 입버릇처럼 말했다. 그런 아버지를 존경하고 사랑했다. 그건 엄마도 마찬가지였다. 그래서 엄마는 아버지를 잃을까봐 항상 두려워했다.

엄마는 아버지가 들어오지 않는 날에는 잠을 이루지 못했고, 가끔 그 시간이 길어지면 쓰러지는 날도 있었다. 혼자서 엄마를 입원시켜놓고 아버지에게 알렸지만 병원에 입원한 엄마는 아버지에겐 우선순위가 아니었다. 아버지는 늘 스스로를 국민에게 고용된 일꾼이라고 생각했고, 엄마는 그런 아버지의 국민이 되지 못했다.

가족들에게 소홀한 것에 대해 미안하다는 말을 하신 적은 있다. 하지만 그 사과마저도 결국에는 '그럼에도 나는 경찰이다'라는 말로 끝났다. 그것은 '미안하지만 어쩔 수 없다'는 뜻이었다.

아버지는 마약을 거래하는 현장에서 조직원의 칼에 찔려 숨을 거뒀다. 엄마의 두려움은 결국 현실이 되었다. 엄마는 버티지 못하고 쓰러졌다. 뇌출혈이라고 했다. 아버지의 장례를 치른 지 3개월 만에 엄마의 장례를 치렀다. 여주는 그때 완벽한 혼자가 되었다. 원망하지 않았다. 그런 두 사람을 사랑했으니까.

아버지는 평생 국민을 바라보았고, 어머니는 아버지를 바라보았다. 남은 사실은 그것뿐이었다.

경찰이 되고 나서 아버지에 대한 사랑은 존경이 되었다. 여러 가지 경로를 통해 아버지의 업적은 많이 들었다. 마지막 작전에서는 칼에 찔린 상태에서도 밀항하려는 조직원을 놓아주지 않았다는 이야기가 마치 신화처럼 전해져 내려오고 있었다. 아버지 같은 형사가 되고 싶다고 생각했고, 그래서 아버지 같은 사람은 되지 않겠다고 다짐했다.

화장실 쪽에서 물소리가 이어지고 있었다. 무일은 보호자 침대에 없었다. 일인실에 딸려 있는 화장실에서 샤워 중인 모양이었다.

이 일이 어쩌면 자신들의 인생을 송두리째 뒤흔드는 사건이 될지도 모른다는 생각이 머릿속을 떠나지 않는다. 이 일은 어렵다. 어디서부터 어디까지 연관되었는지, 무엇이 문제인지 알지도 못하고, 경찰서 내부에 적이 있을지도 모르기 때문에 최대한 조용히 수사해야 한다.

진실이 정의의 편인지조차 결코 알 수 없는 상황이다. 무엇보다 무일은 애초에 이 일에서 빠지고 싶어했다. 그래서 앞으로 신경을 끊겠다는 무일을 이해했고, 그를 비난하지도, 강요하지도 않았다. 하지만 여주는 형사다. 그리고 형사는 법을 어기는 사람이 누구라도 눈을 감아서는 안 된다. 아버지로부터 배운 그것은 여주의 신념이 되었다.

'나는 조사를 계속해나간다. 하지만 무일에게 도움을 구해서는 안 된다.'

여주는 마음속으로 기준을 세웠다.

그때 화장실의 문이 열렸다. 무일이 어디서 얻은 수건인지 젖은 머리를 털며 나오고 있었다. 수완이 좋은 인간이다. 사막에 데려다놔도 어려움 없이 정착할 것이다.

"세금으로 일하는 경찰이 어디서 감히 늦잠이야? 당장 안 일어나?"

어제 입원하라고 닦달하던 인간은 어디로 갔는지, 이제는 늦잠을 잔다고 타박을 주고 있다. 여주는 헝클어진 머리카락을 손가락으로 벅벅 빗어내리며 상체를 일으켜 앉았다. 무일이 말했다.

"빨리 준비해. 나가자."

"응? 어디?"

"경찰서."

"왜? 나 쉬었다가 출근할 건데."

우선은 집으로 돌아가 할 일을 정리할 생각이었다. 이 사고를 어떻게 처리해야 할지 아직 마음을 정하지 못했다. 하지만 트럭 운전

기사에 대해서는 철저히 조사해볼 작정이다. 그가 어떤 경로를 통해 사고를 청부받았는지는 반드시 알아봐야 했다.

"검사 안 받는다고 난리칠 때는 언제고? 넌 쉴 자격도 없어. 가서 일이나 해. 나도 함께할 테니까."

"응?"

함께한다니?

"나는 그렇다 치고, 넌 경찰서엔 왜 가?"

"넌 권순향 아저씨 사건과 7년 전 사건을 엮어서 공식적으로 조사할 권한부터 갖춰."

"어떻게?"

"그건 네가 알아서 할 일이고."

"그럼 넌?"

"난 내 자격을 갖춰야지."

무슨 생각을 하는 걸까. 눈을 동그랗게 뜨고 쳐다보는 여주를 향해 무일이 의미심장하게 웃어 보였다. 그 미소가 멋있었다. 가슴이 두근거렸다. 여주는 자신도 모르게 이불을 움켜쥐었다. 머릿속 어딘가에서 경고음 같은 것이 들렸다.

'저놈은 절대 아냐!'

× × ×

무일이 조사실의 문을 열고 들어가자, 권두만이 깜짝 놀라며 고개를 치켜들었다. 안색이 별로 좋지 않았다. 불편한 의자에 계속 앉아서 휴대전화도 뺏긴 채로 흰 벽만 쳐다보고 있으려니 고통스럽기도 할 테지만, 무엇보다 자신 때문에 아버지가 죽었을지도 모른다는 생각에 마음이 복잡했을 것이다. 경찰서에 들어온 지 하룻밤 만에 핼쑥해진 얼굴을 보니 그 마음이 짐작되는 바였다.

여주가 자리를 비운 동안, 나머지 조사는 이상호 형사가 맡아 진행했다.

"당신……."

권두만이 무일을 알아보는 듯했다. 오며 가며 본 적이 있을 것이었다. 무일은 아무 말 없이 권두만의 맞은편에 앉았다. 그는 지갑을 꺼내 자신의 명함을 내밀었다.

"저한테 의뢰하십시오."

"뭘?"

"반말은 사절입니다."

무일이 날카로운 시선을 두만에게 던졌다. 두만은 눈을 껌뻑거렸다.

"당신도 이용당했다는 거 알고 있습니다."

두만의 얼굴이 일그러졌다.

"제가 한번 알아볼 생각입니다. 아저씨의 죽음에 관해. 그런데 전 경찰이 아니라서 이 일에 끼어들 자격이 필요합니다. 그러니 제가 권두만 씨의 법률 대리인을 맡겠습니다."

"뭐, 뭘 알아본다는 거야. 아버지가 죽은 건……."

"아저씨는 자살하신 게 아닙니다. 그건 권두만 씨가 가장 잘 알고 있을 테죠. 아저씨가 자수하려던 거, 알고 계셨죠? 들은 적이 있을 텐데요."

권두만은 잠깐 생각하다가 고개를 끄덕였다.

"그 일을 저에게 의뢰하셨었어요. 자수 후 재판을 받을 때 도와달라고 했죠. 제 의뢰인이셨단 말입니다."

권두만은 놀란 기색을 감추지 않았다. 자수하려는 것은 들었지만 변호사에게 찾아간 것까지는 몰랐던 모양이다.

"그래서 전 아저씨의 의뢰에 대해 끝까지 책임을 다할 겁니다. 하지만 제 의뢰인이 돌아가셨으니 아들인 당신이 그 의뢰를 이어받아주시기 바랍니다. 하시겠습니까?"

권두만은 입을 꾹 다물고 눈만 껌벅거리고 있었다. 이 미련한 인간은 알고 있었다. 아버지가 자살한 게 아니라는 것을. 하지만 두려워서 아무것도 모르는 척했다. 한심하다. 한심하고 미련한 인간이 자신의 의뢰인이 되는 것은 영 재수가 없지만, 무일은 이런 인간에게도 권리가 있다고 생각했다. 아버지의 죽음이 누구로부터 비롯된 것인지를 알 권리.

"아버지가 죽은 건…… 난 억울해요. 그냥 난……."

"의뢰하시겠습니까?"

"하, 하겠습니다. 그럼 절 변호해서 누구랑 싸우시는 겁니까?"

'국정원'이라고 속 시원히 말해주고, 경악하는 이 한심한 인간의 얼굴을 보고는 싶지만, 지금 이 자리에서 그걸 말했다가는 의뢰고 뭐고 한 달음에 집으로 돌아가 재산 정리를 하고 도망칠 인간이었다. 무일은 웃었다.

"그건 지금부터 찾아보죠."

"그럼 의뢰비는……."

흠 하고 무일이 고민하는 시늉을 했다. 권순향은 의뢰만 하고 의뢰비는 주지 않고 죽었다. 이 남자는 의뢰를 어쩔 수 없이 받아들인 셈이다. 돈을 받으면 좋지만, 받을 만한 상황은 아니다.

"의뢰비는 받았습니다."

누구한테 받았다는 건지 알 수 없어 권두만은 답을 구하듯 무일을 보았다. 무일은 주머니에서 막대사탕을 꺼내 보였다. 언젠가 여주가 무일에게 준 사탕이었다.

무일은 사탕을 흔들어 보이고는 다시 주머니에 집어넣었다.

"곧 나가게 해드리죠."

무일이 휴대전화를 들었다. 어딘가로 전화를 걸려는 그를 지켜보던 권두만은 잠시 머뭇거리더니 용기를 낸 듯 입을 열었다.

"저……."

번호를 누르던 무일이 의아한 눈으로 권두만을 바라보았다.

"만약 제가 그날 자리를 비우지 않았다면, 아버지가 돌아가시지 않았을까요?"

간절한 눈이었다. '산 사람은 살아야지. 그러니까 나 때문이 아니라고 대답해달라'고 그 눈은 말하고 있었다. 그 질문에 무일은 자신의 마음이 한층 더 차가워지는 것을 느꼈다. 권두만은 내심 알고 있었다. 죽을 것까지는 알지 못했어도, 자리를 비워달라는 부탁을 받아들일 때 이것이 아버지를 곤란하게 만들리라는 것을.

아무 노력 없이 죄책감을 덜어내고자 하는 그 질 낮은 양심 앞에서 무일은 문득 궁금했다. 만약 죽은 권순향이 이 모습을 본다면 슬플까, 아니면 이 보잘것없는 양심이라도 기쁠까.

권두만이 아니었더라도 아마 그 일은 벌어졌을 것이다. 그날, 그 시각이 아니었더라도 그들은 권순향을 그냥 두지 않았을 것이었다. 권순향이 묻어둔 그 사건을 수면 위에 올리려 했으니까. 그들은 그런 자들이니까. 하지만 무일의 차가워진 마음은 모든 설명을 정제했다.

"글쎄요."

무일은 권두만의 표정을 보지 않았다. 냉정하게 시선을 거두고 통화 버튼을 눌렀다. 어딘가로 전화를 거는 얼굴이 무서울 만큼 진지했다.

"저는 권두만 씨의 법률 대리인 변호사 김무일입니다. 제 의뢰인께서 지금 아무 이유 없이 계속 여기에 잡혀 계시는데 추가 조사 사항이 없다면 48시간 전이지만 이만 돌아가고 싶은데요?"

19

"이만 돌아가셔도 좋습니다. 다른 형사에게 전해두죠."

전화를 받은 것은 여주였다. 변호사인 무일과 형사로서 통화한 것은 처음이라 신선한 기분이었다. 그녀는 의미심장하게 웃었다. 하지만 곧 그 웃음이 사라졌다. 이제 든든한 지원군을 얻었으니 장수는 앞에 나서서 칼을 휘두를 일만이 남았다.

여주는 큰 눈을 치켜뜨며 문에 붙은 푯말을 올려다보았다.

경찰서장실.

권순향 사망 사건과 7년 전 사건을 엮어 공식적으로 수사하는 일을 자신이 맡아야 했다. 아무래도 팀장의 눈치를 보고, 다른 사건에 투입되면서 이 사건의 진실을 찾아내기란 어려운 일이었다. 팀장을 설득해야 맞는 것이지만, 그가 국정원과 관련되어 있을 가능성이 없지 않고, 무엇보다 그는 7년 전 사건의 담당자다. 조작 여부에 대한 조사의 승인을 그에게 요청할 수는 없다.

여주는 크게 숨을 들이켜고, 이내 노크를 했다.

"들어와요."

경찰서장은 결재할 서류들을 검토하고 있었다. 잘 차려입은 깨끗한 정장, 한 치의 어긋남도 없이 정돈된 책상, 적막할 만큼 고요한 사무실은 사건 현장과 형사 사무실의 번잡함과는 거리가 한참 멀었다. 여주는 조심스럽게 문을 닫은 뒤 그가 사인을 마칠 때까지 기다렸다.

"아니, 이게 누구야. 신여주 경위!"

사람 좋아 보이는 웃음을 만면에 가득 띠며 경찰서장이 벌떡 일어나 다가왔다. 그의 손짓에 따라 여주는 사무실 중앙에 놓인 소파로 향하며 고개를 숙였다.

"너무 오랜만이구나. 일 잘하는 형사가 되니 같은 경찰서 내에 있어도 얼굴 보기가 힘드네."

"그동안 인사 못 드려 죄송합니다."

경찰서장은 연신 친근함을 유지하고 있었으나 여주는 그럴 수가 없었다. 이 경찰서 내의 권력 순위대로 줄을 세우면 맨 앞에 서 있을 경찰서장은 아마 여주가 어디에 있는지 보이지도 않을 것이었다. 아버지와의 친분이 아니었다면 아마 그는 이 경찰서에 신여주라는 사람이 형사로 있는지조차 몰랐을 것이다.

경찰서장과 여주의 아버지는 경찰대학 동기였다. 마약 밀매 현장에서 아버지가 목숨을 잃었을 때, 그 청천벽력과 같은 일을 당한 열다섯 살 여주와 여주의 어머니를 위해 장례식이 끝나도록 내내 자리를 지켜준 것도 그였다. 아버지를 죽음에 이르게 한 일본도가 사실은 서장을 향했던 것임을, 그 앞을 아버지가 막아선 것임을 알게 된 것도 그의 고백 덕분이었다.

"인사는 무슨. 내가 무슨 자격이 있다고. 그 친구 갈 때 내가 너는 꼭 챙기겠다고 약속했는데, 지금은 내 일에 바빠 네가 어떻게 지내는지 챙겨보지도 못했다."

"아닙니다. 늘 감사하게 생각하고 있습니다. 저, 사실 오늘은 드릴 말씀이 있어서 찾아왔습니다."

여주는 들고 온 파일을 경찰서장에게 내밀었다.

"이 사건에 대해 재수사 요청이 들어올 겁니다. 제가 맡고 싶습니다."

경찰서장은 여주의 얼굴을 쳐다보다가 파일을 열었다. 맨 앞장에는 7년 전 사건의 기사 사본이 있었다.

"사고사?"

"네. 그때는 사고사라고 결론이 났지만, 얼마 전 당시 사망자를 죽였다고 자백한 남자가 나타났습니다. 그런데 그가 갑작스레 죽었고, 그 아들이 재수사 요청을 할 예정입니다."

"무슨 소린지 모르겠군. 아버지가 살인자였다고 이제 와서 재수사 요청을 한다?"

여주는 조금 더 자세히 이야기했다. 7년 전의 기묘한 사건과 이를 은폐한 남자. 그리고 자수 직전 죽은 권순향과 누명을 쓴 그의 아들.

경찰서장은 잠시 생각에 잠겼다.

"하지만 미제 사건 전담반이 있잖아. 재수사 요청이 접수되면 그쪽으로 이관되는 게 맞아."

"사고사로 종결되었기 때문에 미제 사건이 아니라서 그쪽으로는 접수가 안 됩니다."

"그렇겠군. 그렇지만 자네도 알듯이 팀에 떨어진 사건 배분은 팀장 권한이야. 팀장하고 얘기를 했어야지, 이렇게 라인을 무시하는 건 안 돼."

"알고 있습니다, 죄송합니다. 하지만 팀장님은 저를 다른 사건에 배치하고 싶어하십니다. 사실 돌아가신 권순향 씨와 개인적으로 아는 사이라 반드시 제가 담당하고 싶습니다. 부탁드립니다."

여주는 고개를 숙였다. 팀장은 물론이고 국정원과 관련된 이야기를 아직 경찰서장에게 할 수는 없다. 그 이야기를 듣는다면, 국가기관 간의 관계 때문에 경찰서장이 흔쾌히 이 사건을 담당하라고 할 리가 없다.

"자네, 다른 이유가 있군."

여주의 어깨가 흠칫 떨렸다. 서장은 자애로운 미소를 띠고 있지만 눈빛에 힘이 어려 있었다. 이제는 일선에서 물러났어도 형사 출신인 만큼 꿰뚫어보는 눈은 여전했다. 여주는 입안이 마르는 것을 느꼈다.

"물어봐도 이유를 말할 것 같지는 않군. 이유도 알 수 없는데 결재 라인까지 무시하고 이 사건을 맡겨달라……. 내가 자네를 믿어도 되나?"

여주는 고개를 치켜들었다.

"믿어주십시오."

"그 녀석도 그날 그랬지. 내가 말렸거든. 위험하니까 광수대와 같이 출동해야 한다고. 그런데 그러면 놓친다고 고집을 썼어. 그래서 결국 나한테 후회만 남겼지. 자네는 정말 믿어도 되나?"

"······믿어주십시오."

후, 하고 경찰서장이 웃었다. 한 발짝도 물러서지 않는 여주의 눈빛에서 어쩌면 그 시절의 친구를 보고 있는지도 몰랐다.

"전화해놓지."

"감사합니다."

"약속 지키게. 내가 친구 앞에서 얼굴도 못 들게 하는 일을 만들지 말란 말이야."

× × ×

권두만의 이름으로 재수사 요청이 곧장 접수되었고, 경찰서장의 지시에 따라 사건 담당으로 신여주가 지목되었다. 일 처리는 깔끔하면서도 빨랐다. 하지만 그와 비례하는 속도로 신여주는 형사팀 내에서 고립되어갔다. 형사팀장을 제치고 바로 경찰서장실로 올라가 사건을 맡겨달라고 부탁한 일은, 천 리를 가는 발 빠른 소문의 양상을 띠고 금세 퍼져나갔다.

"네가 아주 윤 팀장님을 병신으로 만들어놨던데?"

눈을 쌍그렇게 뜬 사도혁 형사가 복도에서 여주를 마주치기 무섭게 빈정거렸다. 이전에 장모님 관련 청탁을 넣으려다 가볍게 무시당한 일로 '이때다' 싶은 얼굴이었다. 하지만 빈정거리는 것은 사도혁 형사만이 아니었다. 다른 형사들 역시 여주를 향한 가시를 숨기지 않았다. 그 가시는 '얼마나 잘되나 보자'라는 무언의 악의로 여주를 찌르고 있었다.

각오한 일이었기에 아무 항변도 하지 않은 채 입술을 굳게 다무는 것으로 대응해나갔다.

"팀장님, 죄송합니다."

여주는 옥상 흡연실로 가는 윤홍길 팀장의 뒤를 따라 올라갔다. 이유가 어쨌든 많은 후배들 앞에서 제대로 깔아뭉갠 형국이기에 한 사과였다.

윤홍길은 담배 연기를 한숨처럼 길게 뿜어냈다.

"형사가 수사하겠다는데 뭐가 잘못이겠어."

말은 그렇게 하지만 평소같이 다정한 시선을 주지는 않는다. 여주는 고개를 숙였다.

"진심으로 사과드려요. 반드시 제가 맡고 싶어서 마음이 급해 벌인 일이에요. 용서하시고 마음을 풀어주세요. 그리고 이 사건을 팀장님께서 직접 도와주셨으면 좋겠습니다."

어이가 없다는 듯 윤홍길이 인상을 쓰고 여주를 보았다.

"7년 전 담당 형사가 팀장님이신 걸 알고 있습니다."

윤홍길의 눈빛이 살짝 흔들렸다. 여주의 생각을 읽어내려는 듯 눈을 들여다보던 윤홍길이 한참 만에 입을 열었다.

"그러니까 지금 네가 하고 싶은 말은, 나더러 직접 수사가 잘못 됐다는 것을 인정하라는 얘긴가?"

"그 사건에 대해 가장 잘 알고 계시는 분이니까 말씀드리는 겁니다."

윤홍길은 대답하지 않고 담배를 다시 입에 물었다. 그의 시선이 어지러운 도심 속 어딘가로 향했다. 무슨 생각을 하는 걸까. 여주는 궁금했지만 대답을 재촉하지는 않았다. 권순향이 죽던 날 여주는 7년 전 사건에 관해 윤홍길에게 말했었다. 하지만 윤홍길은 자신이 알고 있다는 말을 하지 않았다. 그 이유가 궁금했다. 여주는 그에게 표정으로 말했다. 내가 당신을 의심하고 있다, 존경하는 당신을.

"그래서 날 제낀 거군."

"팀장님, 이 사건을 조사하면서 저 죽을 뻔했습니다."

"교통사고 말인가? 그거 졸음운전이라고 들었어."

"사고 아닙니다. 분명 고의였습니다."

"그럼 그 사건이나 조사해보지그래."

"팀장님."

"사과를 하려던 건지 뭘 하려던 건지 모르겠군. 나는 먼저 내려갈 테니 잘해봐."

윤홍길은 아직 다 타지도 않은 담배를 재떨이에 비벼 끄고는 휴지통에 집어던졌다. 그는 가차없이 몸을 돌려 출입구로 향했다. 걸음에 조급함이 묻어났다. 그 등을 향해 여주가 말했다.

"그 사건을 알고 있던 권순향이 죽었어요. 그 아들 권두만은 명청히 있는 사이에 아버지를 죽인 패륜아로 모든 증거가 꾸며져 있었고, 전 죽을 뻔했고요. 모르시겠어요? 이 사건의 뿌리를 찾아내지 않으면, 근처에 있는 사람들이 점점 다칠 겁니다. 팀장님도 예외는 아닐 수 있다는 거예요."

윤홍길의 걸음이 잠시 느려졌다. 멈추는가 싶었지만 아무 대꾸도 하지 않고 그는 출입구를 향해 걸어가기만 했다. 하지만 그 태도에서 머뭇거림이 느껴졌다. 여주가 외쳤다.

"국정원."

드디어 윤홍길이 걸음을 멈췄다. 일그러진 그의 얼굴이 여주에게로 향했다. 그는 충분히 당황하고 있었다. 이상한 빛을 내뿜는 시선이 흔들렸다. 여주는 낮은 한숨을 내쉬었다.

"역시 그렇군요. 그럼 꼭 알아보세요. 혹시 알고 계시는 것이 있다면 그게 팀장님의 목을 조이지는 않을지요. 적어도 권순향이나 권두만처럼 당하지는 마시라는 겁니다."

결국 윤홍길은 아무 말도 하지 않고 옥상을 벗어났다. 쾅 소리가 나도록 출입문을 잡아당기는 모습에서 그의 초조함이 드러났다.

20

"잘했군."

이야기를 들은 무일이 서류에서 시선을 떼며 고개를 끄덕였다. 변 사무장에게 부탁하여 사건 당시 보도된 기사들을 모조리 긁어모아 읽던 중이었다. 7년 전 수사 자료가 워낙 부실하여 기사들에 혹시라도 신선한 이야기가 있을까 했으나 기대를 한참이나 벗어나 실망하던 참이었다. 대부분의 기사들이 자극적이었다. 사망자의 고학력과 변태적 성욕을 엮어 치부를 드러내는 일에 지면을 할애했다. 어떤 기사는 유족들의 사진을 엉성한 모자이크로 내보냈다가 여론의 뭇매를 맞기도 했다. 주변 사람이 보면 누구인지 알 정도의, 노골적으로 무성의한 모자이크였다. 그나마 유가족 측에서 이의를 제기하지 않아 서둘러 마무리되었기 때문에 그 사건은 금세 사람들에게서 잊혀갔고, 언론사들 역시 새로운 사건들로 관심을 돌렸다.

"잘했어?"

"잘했어. 살살 긁어서 힌트 좀 얻어오라고 했더니, 제대로 선전포
고를 하고 오셨어. 아주 잘했지 뭐야."

싱글거리는 얼굴이 여주를 비난하고 있었다. 여주는 앙다문 입
술을 삐죽거렸다.

"그래서 넌 앞으로 뭘 할 건데?"

"나? 나야 내 의뢰인을 위해 사건 조사를 해야지."

"권두만? 권두만을 궁지로 몰아넣으려고 했던 사람 찾으려고?"

무일은 어깨를 으쓱해 보였다. 무일에게 의뢰인은 권두만뿐만이
아니었다. 감히 의뢰비로 막대사탕을 내민 여자, 신여주도 그의 의
뢰인이었다. 물론 본인은 그것을 모르는 것 같지만.

여주가 볼멘소리를 했다.

"나 경찰서에도 내 편은 하나도 없거든? 공유 좀 하고 상부상조
하면 안 될까?"

무일이 어깨를 으쓱거렸다.

"일일이 말 안 해도 좀 알아들을 수는 없는 거니."

"뭐래, 진짜."

여주는 짜증스러운 듯 소파에 몸을 묻었다. 그러고는 사무실 안
을 둘러보았다. 오늘따라 분위기가 좀 이상하다고 생각했는데, 꽃
이 여기저기 장식되어 있었다. 책상 앞의 화병에도 그렇고, 상담 테
이블에도 꽃이 놓여 있었다. 무엇보다 여주에게 변 사무장이 대접
해준 차도 평소처럼 커피가 아니라 히비스커스차였다. 빨간색의

차가 새콤하게 혀를 자극했다.

"근데 오늘 무슨 날이야? 사무실 분위기가 새로운데?"

무일이 고개를 들고는 히죽 웃었다.

"나의 매력 발산?"

헉 소리를 내며 여주가 몸을 뒤로 물렸다.

"느끼하니까 페로몬 날리지 좀 말래?"

그 말에 오히려 무일은 팔을 날개처럼 퍼덕였다. 여주가 점점 인상을 쓰자 무일이 낄낄거리며 크게 웃었다. 여주도 어이가 없어 웃음을 터뜨렸다.

무일은 책상 위에 늘어져 있던 서류를 정리하고, 몇 개의 서류만 가방에 넣고 일어섰다. 여주도 남은 히비스커스차를 단숨에 들이켜고는 자리에서 일어섰다.

"포장마차 가서 야식으로 국수나 한 그릇 때리자."

"얘가 정신 못 차리는 소리 하고 있네. 변호사님은 바쁘시거든."

"어디 가는데?"

"내 의뢰인 건드린 놈 때리러."

여주가 그게 누구냐고 물었지만 무일은 대답하지 않았다. 그저 여주의 양어깨를 잡고 다정하게 말할 뿐이었다.

"넌 여기서 좀더 쉬고 있어."

"내가 여기서 왜 쉬어?"

"내 페로몬을 맡으면서랄까?"

"아, 미친놈. 더러워. 저리 꺼져."

여주가 소리를 지르며 테이블 위에 있던 티슈 상자를 집어던졌다. 티슈 상자는 간단히 무일의 손에 잡혔다. 무일은 인사라도 하듯 티슈 상자를 흔들며 사무실에서 나갔다. 기분 좋은 웃음이 그의 얼굴에 걸려 있었다.

문이 닫히자 무일이 나갈 때까지 흘겨보던 여주의 얼굴에 미소가 번졌다. 상황은 심각한데 그래도 이렇게 웃을 일이 있으니 숨통이 트이는 것 같다. 김무일은 역시 못 말려. 그런 생각을 하던 여주는 사무실이 조용해지자 바깥의 기색을 살폈다. 아무도 들어올 것 같지는 않다. 그녀는 테이블 위에 놓인 꽃 가까이 코를 들이댔다. 국화를 닮은 이름을 알 수 없는 꽃에서 달콤한 향이 났다.

"페로몬은 무슨."

여주는 테이블 위의 찻잔을 챙겨 들고 바깥으로 나갔다. 앞으로는 자주 올 것 같은데 자꾸 차를 얻어 마시니 미안했다. 그렇다고 거절하려니 이렇게 신경 써서 차를 준비해주는 사람에게 예의가 아닌 것 같았다. 그러니 대신 찻잔이라도 치워야 한다는 마음이었다. 열심히 복사 중이던 변 사무장이 밖으로 나온 그녀를 보고는 웃으며 찻잔을 넘겨받았다.

"제가 치울 건데 그냥 두시죠."

"근데 김 변호사 사무실에 저 꽃들은 다 뭐예요? 누가 가져온 거예요?"

"아뇨. 김 변호사님이 직접 사오신 거예요."

"직접이요? 오늘 무슨 날이에요?"

여주가 묻자, 변 사무장이 의미심장하게 웃으며 여주를 보았다.

"저도 몰랐는데 이제는 알 것 같네요."

"네?"

여주는 알아듣지 못하는 것 같다. 들어올 때와 달리 한결 편안해 보이는 여주의 얼굴을 보며 변 사무장은 흐뭇하게 웃었다. 변 사무장 역시 꽃을 한 아름 들고 들어오는 무일을 봤을 때는 그 이유를 알지 못했다. 물어도 대답하지 않던 무일의 혼잣말을 이제야 납득할 것 같았다.

'이렇게 하면 한 번이라도 웃겠지.'

어리둥절한 표정으로 눈을 깜박거리는 여주를 보며 변 사무장은 이 둔한 사람들을 잠시 그대로 두기로 했다.

"근데 김 변호사는 어디 간 거예요?"

"저한테는 자세히 말 안 하셨는데. 의뢰인 일 때문에 나간다고 하셨어요."

"저한테도 그렇게 말하기는 하던데. 권두만이 의뢰비를 많이 줬나 보죠?"

"권두만이요? 여기 건물주 아들? 아뇨, 그 사람은 의뢰비 안 냈어요."

여주는 점점 알 수 없는 기분이었다. 하도 돈돈 하기에 권두만에게 의뢰비를 받았을 거라고 생각했다. 김무일이 의뢰비를 받지 않고 나서는 일이 있었던가? 기억나지 않았다.

그때 변 사무장이 말했다.

"근데 오늘은 다른 사람 일을 알아보러 나가셨을 거예요. 뭐 의뢰비로 막대사탕을 줬다던가."

변 사무장이 어이없다는 듯 웃었다.

"가끔 무슨 생각을 하는지 알 수 없는 분이니까요."

하지만 여주는 알 수 있었다. 막대사탕을 줬다는 그 의뢰인이 누구인지. 그리고 지금 무일이 어디에 간 것인지를.

× × ×

'은파대학교 종합병원'이라는 글자가 어둠 속에서 환하게 불을 밝히고 있었다. 밤 10시가 가까워오고 있었지만 이곳만은 백야를 떠올리게 할 만큼 밝다. 경찰서처럼 밤에도 수시로 차들이 드나든다. 다른 점이라면 경찰서에는 쉴 새 없이 피의자와 피해자들이 오가고, 이곳엔 쉴 새 없이 환자들이 실어 날라진다는 것뿐이다.

어젯밤, 트럭이 돌진하던 장면이 머릿속에 떠올라 무일을 다시 괴롭혔다. 그는 고개를 내젓고 병원의 엘리베이터에 올랐다. 닫히는 문 사이로 그의 눈이 서늘하게 빛났다. 여주를 노리고 있었다는 사실이 떠오르자 분노가 그의 몸을 점령하는 듯했다.

트럭 운전기사 최영택이 입원해 있는 곳은 807호. 6인 병실이다. 곧장 8층으로 가 복도를 걸었다. 곳곳에 설치되어 있는 CCTV가 눈에 걸렸다. 이 카메라들은 어쩌면 저들의 눈일지도 모른다. 이 병실에 누가 오가는지를 확인하는 눈. 비약일지 모르지만, 이 병실을 찾는 사람에 대한 정보를 그들은 실시간으로 파악하고 있을 것이 분명했다.

무일은 병실 안으로 들어가려다가 익숙한 인물을 발견하고는 걸음을 멈추고 벽 쪽으로 몸을 숨겼다. 그는 다시 머리를 내밀어 병실 안을 보았다. 잘못 본 것이 아니었다.

최영택의 병실에 윤홍길이 와 있었다.

입구 오른편의 가장 안쪽, 창가에 위치한 침대 앞 철제 의자에 윤홍길이 앉아 있었다. 그가 대체 왜 여기에 있는 건지 무일은 알 수 없었다. 어제의 사고는 교통사고 조사계에서 따로 맡고 있다. 담당 형사가 아니라면, 순수하게 문병을 올 친인척이 아니라면, 그렇다면 최영택에게 찾아올 사람은 단 한 사람뿐이다.

입을 막아야 할 자.

그는 확인하려는 것이다. 최영택이 어떤 협박에도 굴하지 않고 입을 다물 사람인지, 아니면 인위적으로 입을 다물려야 할 사람인지. 행여 그사이에 입을 잘못 놀려 자신과 연결된 선을 드러낸 것은 아닌지.

최영택은 침대에 앉아 윤홍길과 마주 보고 있었다. 밖에서는 두 사람이 정확히 무슨 이야기를 나누는지 들리지 않았다. 다만 윤홍길의 얼굴은 무척이나 심각했다.

무일은 들어가보기로 했다. 자신의 얼굴을 아는 윤홍길은 분명 당황할 것이다. 인간은 당황했을 때 깨어진 가면 사이로 진실을 드러낸다.

그때 누군가 그의 어깨를 붙잡았다. 고개를 돌려 확인한 무일은 무척 놀랐다.

"내가 먼저 들어갈게."

뭐라고 말할 새도 없이 여주가 큰 보폭으로 병실 안으로 들어갔다. 처음에 윤홍길 팀장은 그녀의 존재를 알아채지 못한 것 같았다. 그러나 여주가 그들 앞에 멈춰 섰을 때, 뭔가 분위기가 이상하다 싶었는지 고개를 들어보고는 기겁을 하며 놀랐다. 침대에 앉아 있던 최영택도 자신이 치려 했던 사람임을 알아보고는 황급히 고개를 돌렸다.

"자네가 어떻게 여길……."

놀란 윤홍길이 비틀거리며 자리에서 일어섰다.

"저도 궁금합니다. 팀장님이 여기 왜 계신지요."

그때 뒤따라 들어온 무일이 여주의 뒤에 섰다. 윤홍길이 무일을 보고는 눈을 깜박였다. 이내 그가 누군지 알아차린 것 같았다.

무일은 윤홍길에게는 관심 없다는 듯 주머니에서 명함을 꺼내 최영택에게 내밀었다.

"여기 계시는 피해자 신여주 씨의 법률 대리인 김무일입니다."

최영택이 명함을 받아들고 당황했다.

"벼, 변호사요? 많이 안 다쳤다고 들었고, 보험 처리하기로……."

"아뇨. 저희는 최영택 씨를 살인 미수죄로 고소할 생각입니다."

그 말에 최영택은 물론이고, 윤홍길과 여주까지 놀랐다.

"무, 무슨 살인을…… 무슨 소린지 난 몰라요."

무일은 눈을 빛냈다. 바로 여기서 결판을 봐야 한다. 그를 사주한 누군가와 의논하기 전에 뭔가를 알아내야 한다. 모든 것은 속전속결이다. 무일은 가방에서 서류들을 꺼내 침대 위에 늘어놓았다.

"몇 년 전까지만 해도 심부름센터를 운영하셨더군요. 거기서 별별 불법적인 일들을 하다가 사기, 폭행 전과까지 얻으셨고요. 출소한 지 고작 2개월. 사회에 적응하기 힘드신 점은 이해합니다."

"뭐, 뭔 소리야."

무일이 싱긋 웃었다. 하지만 만면 가득 미소 띤 가면 속에서 차가운 시선이 빛을 발했다.

"당신을 사주한 누군가와 쉽게 손을 잡은 건 이해할 수 있다, 이말입니다."

"난 몰라. 깜빡 졸았다고!"

"글쎄요. 그건 법정에서 이야기하시고. 그럼 이건 어떨까요? 지난번 체포되어 수감될 당시 모든 재산이 압류됐죠. 그런데 출소 2개월 만에 새로 산 트럭을 운전하다 사고를 냈습니다. 알고 보니 그 차는 다른 분 명의더군요. 그렇겠죠, 차 살 돈 같은 건 없으니까. 우리는 그분을 공범으로 봅니다. 고의 사고를 내는 데 차를 빌려줬으니까."

"안 돼! 그 사람은 아무것도 몰라!"

그 말은 사고가 고의였음을 자백하는 것이었다. 무일은 미소 지었고, 윤홍길의 얼굴은 어두워졌다. 여주는 윤홍길에게 말했다.

"팀장님, 저희는 따로 얘기 좀 하실까요?"

21

'누가 시켰는가?'라는 질문에 대한 근본적인 답은 아마 국정원일 것이다. 하지만 국정원의 이름을 대고 일을 시켰을 리 만무했다. 국정원은 비밀의 요새다. 비밀의 요새를 열지 않고도 일을 처리하려면 외부의 누군가를 앞세워야 했을 것이다. 그렇다면 그 누군가는 일이 수면 위에 떠올랐을 때 무엇부터 하려 할까? 아마 자신의 흔적부터 지우려 할 것이다. 최영택에게 사고로 위장해 여주를 위협하라고 시킨 자는 반드시 다시 최영택을 찾아온다.

그 생각에 병원에 왔고, 거기서 윤홍길을 발견했다. 부인해도 소용없다는 것을 아는지 윤홍길은 순순히 여주의 뒤를 따랐다. 얼굴 표정은 착잡하고 어두웠지만, 나름의 각오가 느껴졌다. 인정하고 최대한 일을 빠르게 마무리할 생각인 것이다. 물론 그것이 진실에 대한 인정은 아니겠지만.

"미안하네."

휴게실에 들어서자마자 윤홍길은 여주를 향해 허리를 숙였다. 꼭 쥔 주먹에서 상급자의 치욕이 엿보였다. 휴게실을 이리저리 훑어보는 모습이, 아무도 없는 것을 확인한 뒤에야 완전히 무릎을 굽히겠다는 생각으로 보였다. 하지만 누군가가 있는 곳에서는 고개를 세우고, 아무도 없는 곳에서 무릎을 굽히는 것이 과연 진정한 사과인지는 알 수 없었다. 여주는 무덤덤한 얼굴로 윤홍길의 숙인 고개를 내려다보았다.

"절 죽이려고 하신 거예요?"

날카로운 여주의 목소리에 윤홍길의 어깨가 흠칫 떨렸다.

"아니야. 절대! 하늘에 맹세할 수 있어."

여주는 쓴웃음을 지었다.

"그럼 겁을 주는 게 목적이었겠군요."

그 말에 윤홍길은 대답하지 못했다. 꼭 다문 입술을 보며 여주는 입이 썼다. 서글픔이 분노를 압도했다.

윤홍길을 존경했다. 강력계에서 여자 형사들은 남자 형사들보다 더 높은 장애물을 넘어야 한다. 그것은 여자 형사도 남자 형사 못지않다는 것, 다른 형사들의 발목을 잡는 존재가 아니라는 것을 증명해야 한다는, 끊임없는 강박의 장애물이었다. 처음 형사1팀에 배치되었을 때, 여주 역시 다른 여자 형사들과 다르지 않게 많은 부담과 걱정을 안고 있었다. 하지만 윤홍길은 달랐다.

여자라고 배려해주지도 않았지만 무시하지도 않았다. 다른 형사들과 똑같이 대우하고 업무를 지시했다. 가끔 여주에게 다른 형사를 붙여 지원을 받도록 했으나 그것은 여자라서가 아니라, 형사 개인의 능력을 따져 적절히 배치한 것이었기에 반문의 여지도, 감정의 수치도 없었다. 그래서 그를 존경하고 따랐다.

"누군가요, 저에게 겁을 주라고 지시한 사람."

"그런 거 아니야. 다만……. 내가 하지 말라고 지시한 일을 자꾸 물고 늘어져서 내 자존심을 깔아뭉갰기 때문에, 그래서 화가 나서 그런 거야."

"만약 다른 사람이 그런 말을 한다면 믿을지도 모르죠."

"아니야. 정말 나야. 화가 나서…… 조사해도 좋고, 신고도 각오하고 있어. 이 일이 알려지면 나는 파면당할 거야. 사주받은 거라면 파면당하고 싶지 않아서라도 진실을 말하겠지. 하지만 아니잖아. 내가 벌인 일이라서 내가 감수하겠다는 거야."

"조사해도, 신고해도 좋다……."

스스로 꼬리가 되어 잘려나가려는 것인가? 무엇을 위해? 몸통과 머리를 위해? 아니라면 무엇 때문에? 뭘 지키려고?

여주는 창가로 다가갔다. 앙상한 나뭇가지에 매달린 잎사귀가 바람에 팔랑거리며 흔들렸다.

돈으로 사주받은 걸까? 그렇다면 윤홍길을 고소하고 금융 거래를 조회할 수도 있다. 하지만 모든 거래가 입출금으로 진행되는 것은 아니다. 현금 거래는 밝히기 어렵다.

국정원에는 특수 활동비라는 것이 존재한다. 한 해 예산만 오천억 원에 이른다. 하지만 정확한 사용 출처는 베일에 가려져 있다.

특활비가 쓰인 곳 자체가 국정원의 기밀 업무에 해당하기 때문이다. 그런 돈이 사주하는 일에 쓰이지 않았다고 장담할 수 없다.

"커피 드실래요?"

여주는 한 템포 쉬어가기로 했다. 범인을 취조할 때에도 사정없이 몰아붙이다가 잠깐 멈추는 시간이 필요했다. TV에서 보는 것처럼, 범죄자들에게 밥을 사주거나 담배를 피우게 해주는 것도 그런 이유 때문이었다. 사람의 오기는 마구 밀어붙일 때 나온다. 밀어붙이면 오히려 입을 굳게 다문다. 반면 밀어붙이다가 보여주는 잠깐의 배려에 보답하고 싶어지는 것이 인간의 심리다. 그 방식을 윤홍길에게 쓰게 될 줄은 몰랐다.

윤홍길은 고개를 저었다. 커피는 마시지 않겠다는 뜻이지만 대화할 준비는 되어 있는지 휴게실 의자에 앉기는 했다. 여주는 커피를 두 잔 뽑아 한 잔은 윤홍길 앞에 놓고 그의 맞은편에 앉았다.

"제가 그 사건을 파헤치지 못하게 하려는 거죠. 하지만 안타깝게도 저는 그럴 생각이 없어요. 저는 진실을 알아야겠어요."

윤홍길은 담배를 꺼냈다. 하지만 벽에 붙은 금연 표시를 보고 도로 담배를 집어넣었다. 병원은 건물 전체가 금연 구역으로 지정되어 있었다.

"무슨 말을 하는지 모르겠어. 그리고 만약 자네 말대로 국정원이 개입되어 있다면, 7년 전 사건에 비밀이 있다면, 덮어두는 게 국가를 위하는 일일지도 모르지 않나?"

"그 누구도 개인을 희생해서 국가를 지킬 수 없어요."

윤홍길이 시선을 내리깔았다. 무슨 생각을 하는지 모를 그 얼굴을 보면서 여주가 말했다.

"근데 이건 궁금하네요. 팀장님은 안전하실까요?"

여주는 가방 안에서 서류를 꺼냈다. 가장 맨 위에 올려져 있는 것은 7년 전 사건의 수사 보고서였다. 거기에 적힌 윤홍길의 이름을 가리켰다.

"7년 전 사건에도 개입되어 있으시고, 이번 권순향 사건도 팀장님의 지휘로 조사가 이루어졌어요. 그리고 교통사고로 위장해 절해치려 한 것도 팀장님의 지시였죠."

윤홍길이 여주를 응시했다. 하지만 그 눈은 떨리고 있었다. 두려워하고 있다. 무엇에 대한 두려움일까.

"결국 열쇠는 팀장님에게 있어요. 그럼 그들은 이제 열쇠를 쥔 팀장님을 가만히 둘까요?"

여주는 보고서를 옆으로 젖혔다. 아래에 있던 서류가 모습을 드러내자 윤홍길의 눈에 이상한 빛이 서리는 것을 포착할 수 있었다.

"죽은 정현 씨가 활동했다던 음란 커뮤니티의 가입 내역이에요. 자세히 읽어보시지 않아도 제가 무슨 말을 하려는지 아시네요. 어찌된 일인지 가입 일자가 정현 씨가 죽은 당일이더라고요. 시간까지 확인해보니 무섭던데요. 정현 씨가 죽은 다음에 가입된 거예요. 귀신이 되어서라도 음란물은 보고 싶었나 보죠?"

7년 전 수사 자료는 제대로 된 것이 하나도 없을 만큼 허술했다. 그래서 여주는 이제라도 확인할 수 있는 것만큼은 제대로 확인하려고 했다. 현장 검증은 자료도 미비하고 시간도 많이 걸리기에 손대지 못했지만, 당장 확인 가능한 것을 파악하는 데 주력했다. 가장 마음에 걸리는 일은 바로 정현의 음란한 취미 생활이었다.

바로 그 점이, 가족들이 사건에 대해 더 이상 파고들지 않게 했던 부분이었다. 모든 정황이 의도된 것이라 생각하며 조사했다. 동생 정희의 도움을 받아 정현의 카페 가입 기록을 수집했다. 그 결과 당시 음란 커뮤니티에 가입했던 내역을 찾을 수 있었다.

"이 가입은 누가 했을까요? 전 그것부터 찾아보려고요. 그리고 죽은 정현 씨의 동생 정희 씨가 내일부터 경찰서 앞에서 피켓 시위를 하기로 했어요. 증거 조작, 대체 뭘 숨기려 했던 겁니까? 이런 문구는 어떨까요? 거기에 팀장님 이름이 딱 박힐 거고요."

윤홍길은 바짝 마른 입술을 달싹였다. 목이 타는 것은 당연했다. 눈을 깜박이는 모습이 이 상황을 회피하고 싶은 의도로 보였다. "내일부터 시끄러워지겠네요"라며 여주가 쓰게 웃었다. 물론 시위 계획은 없다. 윤홍길을 압박해 진실을 말하게 할 수만 있다면 이 정도 거짓말은 가능하다. 여주는 상체를 앞으로 기울였다. 그녀의 얼굴에는 어느새 서늘한 미소조차도 사라져버렸다.

"다시 물을게요. 이 모든 것을 알고 있는 팀장님을, 그들은 과연 그냥 둘까요?"

윤홍길은 아무 말도 하지 않은 채로 손을 꾹 움켜쥐고 있었다. 더 이상 얘기해봐야 소득이 없을 것 같았다. 여주는 자리에서 일어섰다.

순간, 윤홍길의 목소리가 날아들었다.

"그들은 날 건드릴 수 없어."

앉은 채로 윤홍길이 여주를 향해 눈을 치켜떴다. 그러고는 스스로에게 확인시키듯 힘주어 다시 말했다.

"건드릴 수 없어."

× × ×

"뭐래?"

"뭐래?"

복도에서 기다리던 무일은 휴게실에서 나온 여주를 보자마자 물었다. 여주 역시 휴게실에서 나오자마자 발견한 무일을 향해 똑같이 물었다. 동시에 같은 질문이 나오자, 두 사람은 이 심각한 상황 속에서도 웃음을 터뜨렸다. 궁금해하는 무일의 얼굴을 보던 여주는 휴게실을 향해 고갯짓을 하고는, 나가서 이야기하자고 했다. 아마 아직 휴게실에 남아 고민의 늪에서 허우적대고 있을 윤홍길을 신경 쓰는 것이리라. 무일이 고개를 끄덕거리고는 앞서가는 여주의 뒤를 따랐다.

"그쪽은 어땠어?"

병원을 나와 무일의 차에 올라타며 여주가 물었다. 무일 역시 여주에게 묻고 싶은 것이 많았지만 선수를 빼앗겼으니 별수 없다며 대답했다.

"사주를 받은 건 확실해. 암묵적으로 인정한 거나 다름없어. 죽이

197

라고 한 것까지는 아니고 겁을 주는 선으로 지시받은 것 같아."

여주는 간신히 무일을 안고 굴러 충돌을 피하고 정신을 차린 후 봤던 트럭의 모습을 떠올렸다. 트럭은 가로수를 들이받았다. 예상 치 못한 순간 무일이 나타나는 바람에 애초 계획보다 핸들을 더 크 게 돌린 건지도 모른다.

"사주한 사람은?"

"윤홍길."

"역시."

"원래는 몰랐대. 그냥 돈을 받고 일을 해주는 것뿐이니까 궁금하 지도 않았다고. 근데 오늘 갑자기 찾아와서 경찰이라는 걸 알았대."

"비밀을 지키라고 엄포를 놓으려고 온 거겠지. 그런데 생각보다 순순히 불었네?"

여주의 말에 무일이 씩 웃었다. 아마 최영택과의 대화가 떠올라 서일 것이다. 여주는 무일의 태도에 더욱 궁금해졌다. 대답을 미루 지 않고 무일이 곧장 궁금증을 해소해주었다.

"트럭을 빌려준 사람이 내연녀래. 자기는 어떤 처벌을 받아도 되 니까 그 사람에게 피해가 없게 해달라고 사정하더라."

병실에서 공범 운운했던 것이 제대로 먹혀들었던 것이다.

"애절하네."

쓸쓸함을 감출 수 없다. 가해자에게는 피해자의 상태보다 자신 의 내연녀가 입을 피해가 먼저인 것이다. 그나마 진실을 들어서 다 행이었다. 최영택은 국정원이 개입된 사건임을 알았으면 목숨을 부지하기 위해서라도 입을 열지 않았을 것이다.

"그쪽은?"

무일이 물었다. 여주는 고개를 저었다.

"딱히 없어. 사주했다고 인정은 해. 그런데 진짜 이유가 아니야. 팀장님이 알고 있었고, 나서서 숨겼던 진실들에 대해서 듣고 싶었던 건데 입을 안 열어."

여주는 윤홍길과의 대화를 무일에게 말해주었다. 정현의 음란 커뮤니티 가입 내역을 조사했다는 부분에서 무일은 탄성처럼 휘파람을 불었다.

"똑똑한데?"

"저쪽이 멍청한 거지."

"그건 그렇지."

"아무튼 협박 삼아 미끼를 던졌으니 기다려봐야지. 쉬울 거라고는 생각 안 했어. 그보다……."

여주는 윤홍길이 했던 말을 무일에게 들려주었다. 자신을 건드릴 수 없다는 말을 반대로 하면 건드릴 수 없는 무언가를 그가 가지고 있다는 얘기가 되었다. 그것이 무엇일까. 아마 사건에 지대한 영향을 미치는 무언가일 것이다. 윤홍길을 설득해 그것이 무엇인지 알아내는 것이 아마 사건 수사의 분수령이 될 것이었다. 반드시 알아야만 했다.

운전을 하던 무일이 정면을 응시하면서도 흠 하며 생각에 잠겼다. 그 모습이 마음에 걸려 여주가 무일의 옆얼굴을 보았다.

"뭔가 마음에 걸려?"

"응?" 하며 무일이 여주를 보았다. 그녀가 자신을 살피던 것을 깨닫자 그는 쑥스러운 듯 웃었다. 괜한 걱정을 여주에게 끼치지 않으려 했는데 다 드러나버려 창피하면서도 스스로가 한심하다는 표정이었다.

"아니, 네 말대로 말이야. 윤홍길이 정말로 뭘 쥐고 있다면 오히려 위험한 건 아닐까 싶어서."

게다가 윤홍길은 어설프게 여주를 공격했다가 오히려 덜미를 잡히고 말았다. 윤홍길이 조력자가 아니라, 오히려 그들의 짐덩어리라는 것을 깨닫는 데는 그리 시간이 오래 걸리지 않을 것이었다. 심지어 그는 그들에게 치명타가 될 뭔가를 들고 있다.

"그러니까 더 이상 시간 버리지 말고 이쪽으로 붙어야 한다는 거야. 위험하다고 땅에 묻어두면 언젠가 드러나서 다시 위협을 가하게 되어 있어. 완전히 파내서 없애야 하는 거지. 속도전이야. 이리저리 미루다가는 자신들을 드러내려는 걸 알고 역공해올 거야."

여주의 말이 맞았다. 윤홍길에게 주어진 시간이 길지 않다는 것이 사실로 드러났다. 하지만 그렇게까지 짧을 줄은 여주조차 상상하지 못했다.

다음날 새벽, 윤홍길의 자택에 불이 났다. 윤홍길은 전신에 삼도화상을 입고 이송되어 치료를 받았지만 의식불명이라고 했다.

22

골목에 들어섰을 뿐인데 탄내가 진동하고 있었다. 여러 대의 소방차와 구급차가 이면도로를 가득 메우고 있어 무일은 골목 앞에서 차를 세웠다. 사력을 다해 당긴, 시위를 버티다 쏘아진 활처럼 여주가 차문을 박차고 달려나갔다. 운전석에 앉아 그 뒷모습을 보던 무일은 현장에서 멀리 떨어진 공터로 차를 몰았다.

윤홍길의 집 앞에 여주가 도착했을 때 많은 주민들이 나와 골목길을 메우고 수런거리고 있었다. 느닷없이 벌어진 새벽의 화재 때문에 잠도 제대로 이루지 못했을 텐데 그들의 얼굴에는 피로가 보이지 않았다. 자신이 피해를 입지 않았다면 화재는 그저 흥밋거리인 것 같았다. 걱정스러운 얼굴로 피해자에 대해 이야기하면서도 새로운 일은 없는지 연신 눈을 번뜩이고 있었다. 다른 사람의 불행은 때로 누군가의 엔도르핀이 된다.

화재 진압은 이미 잔불 정리까지 끝난 듯, 소방서에서 나온 화재 조사관이 내부 조사를 진행하고 있는 중이었다.

"들어가시면 안 됩니다."

다급하게 안으로 뛰어드는 여주를 향해 현장 통제를 하고 있던 경찰관 한 명이 손을 들어 제지했다. 여주가 근무하고 있는 권역도 아닌데다, 지구대에서 지원 나온 경찰관이라 안면이 없다. 다급하게 주머니를 뒤졌지만 경찰증이 손에 걸리지 않았다. 여주는 절대 경찰증을 놓고 다니는 법이 없다. 안에 들어 있을 테지만 차분하게 찾을 생각을 못하고, 여주의 손은 헝클어진 그녀의 정신처럼 아무렇게나 주머니를 더듬었다.

"선배."

익숙한 목소리에 여주의 고개가 튕기듯 들렸다. 이상호 형사가 여주를 발견하고 빠른 걸음으로 다가오고 있었다. 이상호 역시 연락을 받고 달려온 것 같았다. 그는 여주를 제지했던 경찰관을 향해 고개를 끄덕였다. 경찰관은 경례를 하고는 폴리스라인 근처로 돌아갔다.

곤란한 순간에 나타난 이상호 형사는 구원의 손길을 뻗어준 것이나 다름없었지만, 감사의 마음을 느낄 여유가 없었다. 여주는 매달리듯 그의 팔을 잡았다.

"팀장님은?"

"중환자실에 계신데 아직 의식은."

착잡한 어조로 말하며 이상호가 고개를 저었다. 여주는 한숨을 내쉬며 이마를 짚었다. 정신이 아찔해졌다. 여주는 이미 온 집안을 메우고 있는 재와 그을음과 화재 조사관들을 멍하니 보았다.

집 전체가 거의 전소에 가까웠지만 윤홍길 팀장 이외에 인명 피해는 없다고 이상호가 설명해주었다. 기러기 아빠가 되는 문제로 윤홍길 부부가 많이 다퉜다고 들었다. 하지만 이렇게 되고 보니 병상에 누워 있을 윤홍길 팀장은 차라리 다행이라고 여기지 않을까 하는 생각이 여주의 머릿속을 스쳤다.

"사모님은 비행기 티켓 구해지는 대로 귀국하시겠다고……."

이상호의 설명을 들으면서도 여주의 시선은 내내 엉망이 되어버린 집 안 곳곳을 향하고 있었다. 윤홍길의 집은 주택 밀집 지역에 위치한 단층주택으로 붉은 벽돌 담장이 둘러쳐져 있었다. 여주는 은퇴를 하면 그 집에서 마당을 꾸미면서 살 거라던 팀장의 말이 떠올랐다. 은퇴 후의 꿈을 키우던 그 집은 이제 거대한 화염으로 인해 까만 재를 두르고 있었다. 그가 꾸미고 싶었을 마당의 정원은 소방용수로 인해 엉망이 되었다. 불은 소방대원의 출동 네 시간 만에 진압되었다고 들었다.

"화재 조사관들은 뭐래? 원인 나왔어?"

"방화랍니다. 휘발유래요."

"범인은?"

"그게 아직 파악 안 됐습니다. 인근 CCTV가 회로 문제로 작동이 안 됐대요."

허 하고 여주가 기가 찬 숨을 터뜨렸다. 트럭 운전기사가 벌인 사건 내막을 여주가 알아챘을 때, 윤홍길은 흔들리고 있었다. 감정에 호소하든 이성적으로 밀어붙이든 윤홍길의 입을 여는 건 시간문제라고 생각했다.

'그들은 날 건드릴 수 없어.'

그 말이 윤홍길이 밝힐 진실의 시작점이라고 생각했다. 그리고 화재가 벌어졌다. 딱 맞춰 CCTV가 고장났다. 결코 우연이라고 볼 수 없었다.

"병원에 가보실 거죠?"

이상호의 물음에 여주는 고개를 끄덕였다. 그러면서도 여주는 집 안 내부로 발을 옮겼다. 윤홍길이 한때 행복을 꿈꿨던 집은 이제 밟는 곳마다 재가 되어 부서지고 있었다. 한순간에 타버릴 만큼 대량의 휘발유가 부어졌다는 뜻이리라.

"대체 왜 이렇게까지……."

윤홍길이 위험인물이라고 판단했다면 그의 목숨만 앗아가면 될 것이었다. 그동안 벌인 일들처럼 사고사로 꾸미는 것은 그들에게 전혀 어려운 일이 아니다. 그런데 왜 온 집 안을 태워야 했을까. 정말로 윤홍길이 증거가 될 무언가를 갖고 있었던 걸까.

여주는 그을음이 가득한 집 안을 훑어보기 시작했다. 온전한 물건이 하나도 없을 만큼 엉망이었다. 안방으로 들어가봤지만 책상의 서랍장은 형체도 남아 있지 않았다. 이상호가 따라 들어왔다.

"뭘 찾으세요?"

"팀장님이 어디서 발견됐다고 했지?"

"마당에서요. 몸에 불이 붙은 채였어요. 간신히 몸만 빠져나오신 거 같아요."

"소지품 같은 건? 하나도 없었어?"

"주머니에 지갑이랑…… 몇 가지 있었다고는 들은 거 같아요. 여긴 강북서 관할이니까 거기서 가져갔을 거예요."

사람은 집에 불이 나면 당연히 살기 위해 도망친다. 그런데 소중한 물건이 있다면 목숨을 걸면서까지 그것을 가지고 나오기도 한다. 하지만 지갑을 들고 나왔다? 지갑이 죽음을 무릅쓸 만한 물건이라고 생각되지는 않았다. 지갑은 이미 그의 주머니에 들어 있었다고 보아야 옳다. 하지만 화재가 일어난 시각은 새벽. 왜 윤홍길은 지갑을 주머니에 넣고 있었을까.

어딘가에 가던 길은 아니었을까?

"강북서라고 했지?"

"가시게요? 사무실에 안 들어가세요?"

"나 강북서에 들렀다가 팀장님 병원에 갈 거니까 너 먼저 들어가."

여주는 밖을 향해 내달렸다.

× × ×

경찰 관계자가 아닌 무일은 현장 안으로 들어갈 수 없어 바깥에서 여주를 기다리고 있었다. 조깅을 하러 나서다 집에서 달려 내려오던 여주와 마주쳤을 때, 그녀는 무일을 알아보지도 못하고 지나칠 만큼 정신이 없었다. 그런 그녀를 붙잡아 무슨 일이냐고 물어본 뒤에야 여주는 간신히 윤홍길이 사고를 당했다고 말했다. 운전을 할 여력도 없어 보여 무일이 운전해 여기까지 왔다.

처참하게 망가져버린 집과 그 집을 흥미롭게 구경하고 있는 주민들을 무일은 복잡한 마음으로 보고 있었다. 그때 주민들 사이로 여주가 튀어나오는 것이 보였다. 여주는 성마른 시선으로 주변을 훑어보더니 도로 반대편으로 뛰기 시작했다. 무일을 찾지 못한 것 같았다. 무일이 얼른 달려가 그녀의 손을 낚아챘다.

"어디 가?"

"아, 거기 있었어? 너 찾으러 가는 길이었어."

여주의 얼굴이 붉었다. 목소리는 평소보다 높았다. 무일은 여주의 얼굴을 들여다보았다. 그는 침착하게 물었다.

"어디에 갈 건데? 병원?"

"아니, 강북서에."

이유를 물으려 했지만, 여주가 무일의 옷자락을 잡아당기는 통에 그럴 수가 없었다.

"빨리."

무일은 말없이 차 쪽으로 빠르게 걸었다. 여주가 그 뒤를 따랐다. 차에 올라타자마자 시동을 걸고 곧장 출발했다.

"아무래도 팀장님이 뭔가를 가지고 있었던 것 같아. 그래서 당한 거야."

달리는 차 안에서 여주는 윤홍길의 집 안에서 본 광경들을 무일에게 전했다. 그녀는 내내 분한 듯 주먹을 꾹 움켜쥐고 있었다. 말하는 중간중간 입술을 깨물었다. 무일은 묵묵히 듣기만 했다.

"근데 소지품 중에 지갑이 있었대. 뭔가 이상하지 않아? 그 새벽에 지갑을 갖고 있었다는 게? 어딘가에 가는 길이었을 수 있어. 강북서에서 소지품도 확인하고 조사 내용도 좀 들어보려고."

강북서까지는 20분밖에 걸리지 않았다. 강북서 앞 삼거리 신호등을 눈앞에 두고 무일은 오른쪽으로 핸들을 틀었다. 여주가 창밖을 내다보더니 눈을 휘둥그렇게 떴다.

"뭐 하는 거야?"

무일은 대답하지 않았다. 그대로 차를 몰아 조금 떨어진 공영주차장 안으로 차를 진입시켰다. 여주는 점점 더 이해가 가지 않는다는 얼굴로 무일을 보았다. 무일은 차를 주차 라인에 맞춰 완벽히 집어넣고, 시원한 바람이 들어오도록 창문을 조금 열고, 시동을 끄고, 사이드브레이크를 당긴 뒤에야 여주를 향해 상체를 틀었다.

"그 얼굴로 들어갈 거야?"

무일이 룸미러를 비틀어 여주의 얼굴을 비추었다. 그녀는 말문이 막혔다. 온통 얼굴을 구기고 안광을 사납게 빛내고 있었다. 목구멍까지 치받힌 뭔가를 뱉지 못해 숨이 막힌 사람처럼 입을 벌리고 있었고, 온 힘을 다해 참느라 관자놀이와 목에 핏줄이 툭 불거져 있었다.

여주는 크게 숨을 들이켰다가 도로 내뱉었다.

"진정해야지. 내가 전부 밝힐 거야. 인간도 아닌 것들."

"그게 다야?"

"어?"

무일은 여주를 향해 부드럽게 웃어 보였다. 그것은 위로를 건네는 듯하면서도 어쩐지 약간 슬퍼 보이는 미소였다. 무일은 천천히 손을 뻗어 여주의 손을 감쌌다. 여주는 여전히 주먹을 쥐고 있었다. 무일이 그 손가락을 하나하나 펴주었다. 얼마나 꾹 쥐고 있었는지 손톱이 손바닥에 박혀 자국을 내는 줄도 모르고 있었다. 손가락이 가느다랗게 떨리고 있었다. 무일은 여주의 손을 잡은 채로 눈을 똑바로 응시했다.

"그게 다야?"

펄펄 끓는 물을 얄팍한 플라스틱 병에 쏟아붓는 순간처럼, 그의 말에 여주의 얼굴이 일그러졌다. 간신히 쓰고 있던 가면이 순식간에 벗겨졌다. 손가락 끝에서 시작한 떨림이 여주의 팔로, 어깨로, 그리고 전신으로 퍼졌다. 거짓말처럼 눈물이 쏟아졌다.

23

"나 때문이 아닐까?"

윤홍길을 압박하지 않았다면, 그 일을 파고들지 않았다면 이렇게 되는 일은 없지 않았을까. 화재 소식을 듣고 달려가는 내내 여주를 괴롭혔던 것은 죄책감이었다.

여주의 울음소리 사이사이로 윤홍길의 목소리들이 끼어들었다.

'넌 소띠냐? 왜 그렇게 들이받아. 그러다 뿔 부러진다.'

'속 좀 썩이지 마라, 응?'

'알았어. 내가 정리할게.'

분명 몇 시간 전까지 존재했던 나쁜 기억들은 전혀 떠오르지 않았다. 눈물을 닦지도 않은 채 여주는 무일을 붙잡고 터뜨리듯 말했다.

"내가…… 진실을 밝힌답시고 너무 몰아붙였어……. 나 때문이야."

무일은 울음으로 들썩이는 여주의 어깨를 힘주어 잡았다. 그러고는 위로하듯 속삭였다.

"이 무식한 여자야."

"뭐?"

흐르던 눈물이 예상치도 못한 말에 쏙 들어갔다. 여주는 황당한 눈빛을 감추지 못한 채 무일을 보았다. 무일이 말했다.

"니가 지금 하는 말은 범죄자를 잡지 않겠다고 하는 거랑 같아. 알아?"

모든 범죄는 범죄자들의 잘못된 선택 때문에 일어나는 것이다. 윤홍길 역시 잘못된 선택의 길 한복판에 서 있었다. 그들이 걸어간 어두운 길을 밝혀내는 소명으로 형사는 존재한다. 여주 또한 마찬가지다.

"이거 하나는 확실히 해. 지금 사람이 하나 죽을 지경이고, 당연한 소리지만 그 불을 낸 건 니가 아냐. 니 잘못이 아니라고."

윤홍길의 사고 소식을 들었을 때 여주는 몹시 혼란스러웠다. '나 때문'이라는 생각을 떨칠 수 없었다. 하지만 무일 덕분에 머릿속이 맑아졌다. 지금 할 일은 강북서로 들어가 조사 내용과 정황을 정확히 확인하는 것이다.

여주는 눈물을 쓱쓱 닦은 뒤, 안전벨트를 풀었다. 그리고 무일을 향해 어느새 말개진 얼굴을 돌리며 물었다.

"내 얼굴 괜찮아?"

무일이 엄지를 들어 보였다.

"내 스타일이야."

×××

여주는 강북서의 휴게실에서 담당 형사를 기다리고 있었다. 담당 형사는 최태진으로, 여주와는 안면이 전혀 없는 형사였다. 여주는 자신을 소개하고 윤홍길의 소지품을 보고 싶다고 이야기했다. 처음엔 거부감을 드러내던 최태진도 여주의 부탁에 할 수 없이 응했다.

방화는 맞으나 CCTV는 작동하지 않았고, 대량의 휘발유가 사용되어 집 안에서는 어떤 흔적도 찾을 수 없다. 피해자는 의식불명이고 아무런 단서도 없는 상황이라 피해자의 동료인 여주가 어쩌면 힌트를 줄 수 있을지도 모른다고 생각하는 것이다. 곧 최태진이 비닐봉투에 담긴 물건을 가지고 왔다. 그는 장갑을 여주에게 내밀며 말했다.

"실마리가 될 만한 게 있으면 저한테도 알려주시는 겁니다."

"물론입니다. 하지만 전 이 화재와 관련해서는 아는 게 없어요. 팀장님이 당했다고 하니까 답답해서요."

"그쪽 팀장님, 원한관계는 없었어요?"

"글쎄요."

여주는 장갑을 끼고 비닐봉투를 열었다. 지갑을 제외하고는 볼펜 한 자루와 다 녹아서 엉망이 되어버린 사탕뿐이었다. 이 물건들은 최태진 형사의 손에 들어오기 전에 이미 누군가의 손을 탔을 것이다. 온 집 안을 태워서라도 감춰야 하는 무언가, 그 무언가를 윤홍길이 소지하고 있을지도 모르니 그들은 이 물건들을 확인했을 것이다. 그러니 여주가 이 물건들을 살펴본들, 별 소득은 없을 것이다. 그들이 찾는 무언가가 여기에 있었다면 경찰서로 흘러들어오는 일은 없었을 테니까.

여주는 지갑을 열었다. 신용카드와 체크카드 그리고 현금이 약간 있었다. 신분증 속 윤홍길의 사진을 물끄러미 보았다. 지금보다 훨씬 젊은 시절의 모습이었다. 그가 상당히 낯설게 느껴졌다. 아는 사람이라는 생각이 들지 않았다.

"버스 티켓이 있네요?"

지폐 사이에 꽂혀 있는 종이를 빼내어보니 시외버스 티켓이었다.

"네. 영주에 갈 예정이었던데요. 듣자 하니 거기가 고향이라면서요? 휴가를 내고 고향에 갈 생각이었던 것 같은데."

"휴가요?"

"같은 팀이라면서 그런 것도 몰랐어요?"

전혀 들은 적이 없었다. 팀장이 휴가를 내면 당연히 팀원들에게 공지가 된다. 여주가 몰랐다는 것은 갑자기 휴가계를 냈다는 이야기밖에 되지 않는다. 트럭 운전사에게 사주한 일로 여주에게 덜미를 잡히고 궁지에 몰린 사람이 갑자기 휴가를 낸 것은 무엇 때문일까. 그냥 피하고 싶어서일까. 여주는 그에게 당신도 위험하다는 이야기를 했었다. 그것을 깨닫자 방어막이 필요하다는 생각을 하지 않았을까?

"발견 당시 입고 있던 옷은요?"

물을 줄 알았다는 듯 그는 파일을 넘겨 사진을 보여주었다. 불에 탄데다 조각조각 찢겨 있었다. 병원으로 옮겨졌을 때 몸에서 떼어 내기 위해 자른 것이다. 하의는 면바지, 상의는 등산 점퍼였다. 역시 어딘가에 외출하려던 길이었다.

여주는 버스 티켓을 살폈다. 오늘 오전 10시 출발이었다. 화재가 난 것은 새벽. 시간상 곧장 버스터미널로 갈 생각은 아니었을 것이다. 그럼 어디로 가려던 것일까.

"이 물건 또 보러 온 사람 없었나요?"

"보러 온다고 누가 보여줍니까? 형사님은 같이 근무하시는 분이니까 보여드리는 거죠. 국과수에만 갔다 왔어요."

"국과수……"

신뢰할 수 없는 권순향의 부검 결과가 떠올랐다. 결탁된 자가 있다면 국과수로 넘어갔을 때, 이 물건이 공식화되어도 되는지 검열했을 것이다. 지금 이렇게 여주가 버스 티켓과 지갑을 보고 있다는 것은 이 물건에는 적어도 그들이 감추어야 할 무언가가 없다는 이야기다.

하지만 혹시 몰라 여주는 버스 티켓을 사진으로 찍어두었다.

"이제 됐습니까?"

"감사합니다."

여주는 최 형사에게 고개를 숙였다. 이 화재 사건을 공정하게 조사해주기를 바라면서.

휴게실을 나오며 여주는 낮게 한숨을 내쉬었다. 언제부터인가 사람을 의심부터 하고 있다. 다른 사람들의 말이 들리는 그대로 이해되지 않았고, 그 기저에 악의가 깔려 있다고 의심했다. 매일 보던 동료들의 표정도 하나하나 다르게 다가왔다. 거기서 여주는 옅은 슬픔을 느꼈다.

강북서에서 나온 여주는 곧장 윤홍길이 입원해 있는 병원으로 향했다. 경찰서 밖에서 기다려준 무일과 함께였지만 이번에도 그는 차에서 내리지 않았다. 여주를 위해서였다. 병원으로 들어가는 여주의 발걸음이 무거웠다. 화상 전문 병원을 찾아오느라 시간이 지체되어 피부가 더 많이 망가졌다고 들었다. 그때 윤홍길의 의식은 없었다고 했다. 차라리 다행이었다. 그 어마어마한 고통을 느끼는 것보다는 나을지도 모른다. 그렇다면 다시 의식이 돌아오는 것은 그를 위해 좋은 일일까. 그는 또다시 뭔가의 공포에 시달려야 하지 않을까.

갑작스러운 휴가……. 그는 어디로, 무엇으로부터 도망가려 한 걸까.

윤홍길이 입원한 중환자실의 면회는 하루 두 번, 30분으로 제한되어 있었다. 그래서인지 면회 시간이 끝난 복도 앞은 한산했다. 여주는 중환자실 바깥에 있는 콜버튼을 눌렀다. 중환자실과는 어울리지 않는 경쾌한 음이 이어졌다. 잠시 후 스피커에서 여성의 목소리가 들렸다.

"중환자실입니다."

"경찰입니다. 윤홍길 씨 사건 때문에요."

잠깐의 침묵이 이어지고, 이내 문이 열렸다.

× × ×

윤홍길의 상태는 처참했다. 피부 상태가 어떤지 보이지도 않을 만큼 온몸에 붕대를 두르고 있었다. 붕대 사이로 보이는 검게 그을린 살갗 위로 고름이 번들거렸다. 타버린 피부는 냄비 밑바닥에 눌어붙은 누룽지처럼 손만 대면 조각조각 끊겨 떨어질 것 같았다. 붕대에 감긴 팔이 다른 데보다 훨씬 두꺼웠는데 붕대 두께도 있지만 화상 상처에 염증이 심하게 생겨 부은 것이라고 간호사가 설명해 주었다.

"의식은 없나요?"

"네, 아직."

안타깝다는 표정으로 간호사가 고개를 저었다. 담당 의사 역시 그의 의식이 돌아올 수 있을지 확신하지 못하는 상황이라고 했다. 여주는 윤홍길을 내려다보았다. 한때는 존경하기도 했고 의지하기도 했던 상사였다. 과오를 저지르고 불의와 타협했다는 생각에 원망하기도 했다. 하지만 지금은 그저 안타까웠다. 그의 힘으로는 그들에게서 벗어날 수 없었던 것 같다.

'그들은 날 건드릴 수 없어.'

스스로를 지키려고 했던 걸까. 그는 대체 왜 갑자기 고향으로 가려 했던 걸까. 그리고…… 대체 그는 뭘 손에 쥐고 있었던 걸까. 그것이 자신을 지켜줄 거라고 정말 믿었던 걸까. 그것은 지금 어디로 갔을까. 윤홍길과 함께 화마의 재물이 되어버린 걸까.

온몸에 선을 매단 채 간신히 호흡만 하고 있는 윤홍길은 더 이상 그녀가 알던 사람으로 보이지 않았다. 그의 의식은 지금 어디로 향하고 있을까. 감긴 눈 속에서 억울한 가슴을 두드리고 있는지도 모른다.

"빨리 일어나세요."

무슨 말을 해야 할지 알 수 없어 그냥 나가려 했지만, 아무래도 그의 쾌유를 기원해야 할 것 같은 생각이 들었다. 타협했다고 해도 악하지 않다. 다만 나약할 뿐이다.

"가시게요?"

"네."

여주는 간호사에게 인사를 하고 밖으로 나왔다. 중환자실을 나가는 걸음이 빨랐다. 어서 이곳을 벗어나고 싶었다. 그러지 않으면 윤홍길을 동정하게 될 것 같았다. 하지만 그보다 더 강한 것은 사건을 빨리 해결해야 한다는 생각이었다. 그들은 서슴없다. 자신의 조직을 흔들 만한 대상이 눈에 보이면 조금도 주저하지 않고 무너뜨린다. 그 힘을 무력화시켜야만 했다.

여주는 휴대전화를 꺼내 이상호에게 전화를 걸었다.

— 네, 선배.

"나 지금 팀장님 병원인데. 바로 복귀 못할 것 같아. 별일 없지?"

— 네, 없습니다. 근데 무슨 일 있으세요?

"아니. 어디 들를 데가 있어서."

— ……알겠습니다.

여주는 끊으려다 말고 다시 급히 휴대전화를 귀에 가져다 댔다.

"아 참, 팀장님이 갑자기 휴가계를 내셨다고 하는데, 알고 있었어?"

— 휴가요? 처음 듣는 얘긴데. 휴가를 내셨군요. 근데 그게 무슨 문제가……. 사건이랑 연관이 있는 거예요?

"아, 아냐. 나중에 보자."

여주는 전화를 끊었다. 이상호 역시 모르고 있었다.

그렇다면 누구일까. 윤홍길이 휴가를 썼다는 사실을 알고 불을 질러 미리 손을 쓴 사람은. 아마도 가까운 곳에 있을 것이다. 이제 여주는 적의 구분이 모호해졌다고 생각했다.

하지만 단 한 명, 그 사람의 입장만은 확실히 알고 있다. 김무일. 그는 내 편이지. 전화를 거는 여주의 입가에 미소가 걸렸다.

"정문에 차 대, 김 기사."

24

　무일의 사무실로 들어오자마자 여주는 휴대전화로 찍은 버스 티켓 사진을 그에게 보여주었다. 무일은 심각한 얼굴로 사진을 들여다보았다. 여주가 이야기해주었지만 사진을 확대해 한번 더 티켓의 출발 시간과 날짜를 확인했다.

　"오늘이라……."

　무일이 눈을 감으며 소파에 깊숙이 기대었다. 감은 두 눈 안에서 많은 생각들이 교차되었다. 여주가 설명했다.

　"휴가를 갑자기 냈대. 어제까지는 아무 얘기도 없었는데. 이 형사도 몰랐다고 하는 걸 보면 예정되어 있던 휴가는 아니야. 팀장님이 경찰서 내에서 나 말고는 이 형사랑 가장 잘 지냈거든. 그러니까 다른 형사들에게 물어봐도 소용없을 거야."

　"그래?"

　여주가 고개를 끄덕였다. "그렇군"이라고 중얼거리는 무일은 어쩐지 명쾌한 얼굴이 아니었다. 여주가 신경 쓰이는 것이 있냐고 물었지만 고개를 저을 뿐이었다. 여주가 말했다.

"화재 사건 담당 형사 말에 의하면 이 티켓이 들어 있던 지갑을 포함해서 팀장님이 소지하고 있던 물건들은 전부 국과수에 갔다 왔대."

"이미 그쪽 놈들이 한번 훑었겠네."

"응."

윤홍길이 의식을 되찾기 전까지는 아무것도 알아낼 수 없을 것 같다. 그가 어디로 가려고 했는지, 무엇을 쥐고 있는지. 암흑 속에서 빛을 찾아 더듬거리고 나아가려 해도 자꾸만 벽에 부딪히는 것 같아 여주는 답답하기 그지없었다.

"여기로 한번 가볼까?"

여주는 사진 속 티켓을 가리켰다. 무일이 고개를 끄덕였다.

"가봐."

"그럴까?"

"응. 영주 인삼이 좋다던데."

"야! 장난 아니거든?"

버스 티켓을 끊었다는 건 누군가를 만나려고 했다는 뜻일 수도 있다. 그 사람을 찾으면 실마리를 얻을 수 있을 것이다. 여주의 추측에 무일은 부정적이었다. 지금 시각 오후 3시. 누군가를 만나려고 했다면 이제 가봐야 소용없을 것이다. 그리고…….

"우리가 하는 생각은 저쪽도 하고 있다고 보면 돼."

이미 도착 시간에 누군가 윤홍길을 기다리는지 확인했을 거라는 것이다. 그것도 맞는 말이다. 확실하지도 않은데 무작정 가볼 수도 없는 노릇이었다.

"그럼 어떻게 해야 하지?"

여주가 머리를 감싸쥐었다. 무일은 자신의 턱을 두드리며 티켓을 노려보았다.

"출발이 10신데 왜 새벽같이 나가려고 했을까?"

"그것도 모르겠어. 으아. 아무것도 모르겠어서 너무 괴롭다."

머리를 쥐어뜯는 여주를 보며 무일은 웃었다. 하지만 그의 머릿속 역시 복잡했다. 10시에 버스를 탈 사람이 외출 준비를 마치고 새벽에 나오려고 했다. 어딘가 한 군데 더 들르려고 했던 걸까. 그렇다면 그게 어디일까. 그는 골똘히 사진 속의 티켓을 응시했다.

그러고 보니 시외버스를 타본 지도 오래되었다. 대학 시절 부모님이 춘천으로 이사를 가시면서 자취를 하게 된 후 가끔 본가에 갈 때에만 시외버스를 이용했다. 그나마도 사회생활을 시작한 이후로는 승용차를 운전해서 내려갔기 때문에 시외버스를 이용해본 지도 한참 되었다. 금요일 저녁이나 토요일 같은 날은 버스 티켓이 매진되기 일쑤여서 미리 예매해놨다가, 출발 시간에 늦는 바람에 고생하기도 했는데. 그런 생각을 이어가던 무일의 눈이 돌연 번뜩였다.

"이거 왜 티켓이지?"

"엥? 갑자기 뭔 소리야?"

정확히는 "무슨 헛소리야?" 하고 묻고 싶었다. 티켓을 보면서 이게 왜 티켓이냐고 묻는 것은, 왜 복숭아가 복숭아고, 왜 강아지가 강아지고, 왜 신여주와 김무일이 친구냐고 묻는 것처럼, 아주 쓸데 없는 질문이라고 생각했기 때문이다. 처음엔 '농담인가?' 하고도 생각했지만 무일의 표정은 너무나 진지했다. 그는 미간을 찌푸린 채 이야기했다.

"출발 예정인 버스 티켓을 가지고 있다는 건 미리 예매했다는 거 잖아."

"당연한 소리를."

"근데 요즘 누가 직접 터미널에 가서 미리 티켓을 사와? 전부 컴 퓨터나 스마트폰으로 예매하지. 터미널에 있는 기계로 타기 전에 발권만 한다고. 전자 티켓은 아예 안 하기도 하고."

그 말을 듣는 순간 여주는 짜릿한 무언가가 등줄기를 타고 흐르 는 것을 느꼈다.

"그럼 이 티켓을 가지고 있다는 건."

"직접 가서 끊었다는 거야, 굳이."

"왜지?"

"보통은 두 가지 이유지. 그 근처에 갈 일이 있는 김에 끊었거나, 터미널에 일부러 간 것."

여주는 평소의 윤홍길을 생각해보았다. 오십대 초반의 윤홍길은 스마트폰을 상당히 잘 만지는 축에 속했다. 그런 그가 스마트폰으 로 버스 티켓을 예매할 수 있다는 걸 몰랐을 리 없다. 그렇다면 일 부러 터미널에 간 것인데, 요즘 그의 상황을 보면 그럴 여유가 있는 사람 같아 보이지 않았다. 그는 트럭 운전사를 사주해 여주를 겁주려 했다. 그리고 그런 사실이 밝혀질까봐 전전긍긍했다. 눈앞에 닥친 걱정거리로 시달리는 사람이 이동 중에 우연히 시야에 들어온 버스터미널을 보고 한가하게 예매하러 갔을 것 같지는 않다. 그렇다면 굳이 터미널에 간 이유가 있다는 뜻이다.

"터미널에 대체 무슨 볼일이 있어? 그리고 왜 새벽같이 집에서 나간 걸까."

알 것 같다가도 모를 일이었다. 여주는 생각 속으로 침잠했다. 시시각각 자신의 목을 죄어오는 후배와 입을 막으려는 조직을 피해 그는 무얼 하려고 한 걸까. 여주는 시선을 들어 무일의 얼굴을 보았다. 무일은 종이에 뭔가를 그리며 고민에 잠겨 있었다.

그의 표정은 어두웠다. 이렇게 앉아 있어봐야 아무것도 나오지 않을 거라고 여주는 생각했다. 자신이 알게 된 이야기를 해주려고 온 것이지 무일에게 답을 구하려던 건 아니었다. 자신의 편이 하나도 없는 상황에서 답답한 속을 푸는 데에는 무일만 한 사람도 없다. 하지만 자신 때문에 고민에 빠진 무일을 보니 미안한 마음도 들었다. 오늘은 이만 가볼게, 그런 인사를 하며 여주는 이쯤에서 돌아가려고 했다. 그런데 그 순간 느닷없이 무일이 말했다.

"이건 어떨까?"

"뭐?"

"그놈들의 목을 죌 무언가."

무일이 종이에 동그라미를 그렸다.

"그리고 시외버스터미널."

이번엔 네모 모양.

"마지막으로 새벽 출발."

그는 새벽이라고 크게 쓴 뒤 물음표를 그렸다. 여주는 아무것도 종잡을 수 없어 멍하니 무일이 그린 그림을 한참이나 들여다보았다. 무일은 자신의 생각을 설명했다. 물론 어디까지나 자신의 추측일 뿐임을 재차 확인시키면서.

윤홍길은 자신을 지킬 수 있는 무언가, 더불어 누군지도 모를 그놈들을 위협할 수 있는 무언가를 쥐고 있었다. 하지만 사건을 아는 사람들이 하나둘씩 피해를 입자 걱정이 되기 시작했는데, 거기에 불을 붙인 것이 여주의 협박이었다. 당신도 안전하지 못할 거라는 협박. 그래서 윤홍길은 두려워지기 시작했다.

'그것'은 그들로부터 윤홍길을 지켜줄 무기였다. 그러니 절대 빼앗겨서는 안 된다. 지금처럼 계속 집에 '그것'을 둔다면 그들이 반드시 찾아낼 것이다. 그래서 '그것'을 어딘가에 숨겨두자고 생각했다.

"고향 어딘가에 숨기려고 했다고?"

"아마도."

그렇지만 떠나기 전까지 집에 '그것'이 있는 것이 영 불안했다. 어디에 숨길까. 그리고 고향에 갈 때 어떻게 찾아가야 그놈들 눈에 띄지 않을 수 있을까. 그렇게 해서 생각한 것이……

"터미널의 물품보관함."

그래서 그는 떠나기 며칠 전 터미널로 가 보관함에 '그것'을 넣었다. 그러고는 집으로 가려다 말고 이왕 온 김에 티켓을 미리 끊어두기로 했다. 갑자기 티켓이 매진되어 계획이 어긋나면 안 되니까. 그리고 그는 오늘 '그것'을 찾아 고향으로 가려고 했다.

"근데 생각이 바뀐 거지."

출발 당일이 되자 윤홍길은 불안해졌을 것이다. 과연 영주까지 그들에게 들키지 않고 '그것'과 함께 안전하게 이동할 수 있을까? 윤홍길이 알고 있는 그들은 반드시 뒤따라올 것이었다. 그러니 그들을 다시 한번 속여야 한다고 생각했을 것이다. 자신은 고향으로 가고, '그것'은 전혀 다른 곳에 숨겨두어야 한다고. 그래서 그는 새벽에 출발하려 했던 것이 아닐까? 물론 그는 결국 떠나지 못했다.

"그럼 지금 터미널에 있을지도 모른다는 거잖아?"

여주의 눈이 휘둥그레졌다. 그의 추론이 맞는다면 이 사건에서 가장 중요한 열쇠가 될 그 물건이 아직 터미널에 있다는 이야기였다.

"당장 가보자."

여주는 자리에서 벌떡 일어섰다. 그런 그녀의 손을 무일이 앉은 채로 잡았다. 여주가 뒤돌아보았다. 진지한 얼굴로 무일이 여주를 올려다보았다. 그 순간 여주는 심장이 덜컥 내려앉았다. 자신을 바라보는 심각한 그의 얼굴 때문인지 갑자기 잡힌 손에서 느껴지는 온기 때문인지 알 수 없었다.

"내가 소설 하나 더 써볼까?"

"그거 나중에 쓰면 안 돼?"

"안 돼."

여주가 눈을 껌벅거리더니 못마땅한 얼굴로 자리에 다시 앉았다. 무일은 어제의 일을 상기하며 말했다.

"왜 하필 그 녀석들은 오늘 일을 낸 걸까."

"팀장님의 의도를 파악했기 때문에."

"그건 지금까지는 몰랐다는 얘기가 되겠지? 그럼 어떻게 알았을까?"

"우리도 이제야 알았잖아. 팀장님이 뭔가 쥐고 있다는 이야기를……."

여주가 문득 말을 멈추었다. 무일과 여주가 윤홍길이 뭔가를 감추고 있다는 사실을 안 것은 바로 어제의 일이었다. 그들은 날 건드리지 못한다는 말은 믿는 구석이 있다는 뜻이었다. 혹시 그 말 때문은 아닐까. 그래서 윤홍길을 없애려 한 것이다. 화재 조사관은 휘발유에 의한 방화라고 했다. 그것도 굉장히 많은 양이 사용된 것 같다고 이야기했다. 집 안 전체에 멀쩡한 물건이 하나도 없을 정도였다. 불을 지른 것이 윤홍길을 없애려는 그자들이 맞는다면, 그것이 뭔지도, 어디에 있는지도 알 수 없기 때문에 온 집 안을 그렇게 불태운 건 아닐까. 하지만…….

"그 말을 그들은 어떻게 들었을까."

여주는 어제의 일을 돌이켰다. 윤홍길과는 단둘이서만 이야기했다. 여주는 그 이야기를 딱 한 사람에게만 전했다. 그 사람은……
여주는 황황한 눈으로 무일을 바라보았다.

"너."

어이없다는 듯 무일이 인상을 썼다.

"난 이제 그만 용의자 선상에서 좀 지워주면 안 되냐?"

"근데 그 얘기를 들은 건 너랑 나뿐이야."

"정말 우리 둘뿐일까? 또 있잖아?"

여주는 눈을 깜박거렸다. 아무리 돌이켜봐도 무일을 제외한 다른 사람에게 이야기한 적은 없었다. 게다가 두 사람이 얘기한 곳은 오픈된 공간이 아니었다.

"누구?"

"씽씽이."

"그게 누군데?"

"네 차."

"내 차가 왜 씽씽이야."

"내가 방금 지었어."

"네가 내 차 이름을 왜 지어?"

"지금 그게 중요해?"

"그래서 지금 내 차가 듣고 여기저기 떠벌렸다는 말을 하고 싶은 거야? 대체 무슨 소리야?"

무일의 입가에 의미심장한 미소가 드리워졌다.

"그게 아니라면, 씽씽이에 귀가 달려 있거나."

25

느닷없이 씽씽이라고 이름 붙여진 여주의 차량은 순향빌딩의 지하주차장에 세워져 있었다. 여주가 차문을 열고 운전석과 조수석을, 무일은 뒷좌석을 맡았다. 여주의 눈에 그동안 보이지 않았다면 의자 바닥에 도청장치가 붙어 있을 확률이 컸다. 여주와 무일은 신중하게 의자의 바닥을 손으로 더듬었다. 하지만 손에 걸리는 것은 없었다. 여주는 차 안에 밀어넣었던 상체를 빼낸 뒤 한숨을 쉬며 무일을 향해 고개를 저었다.

무일은 다시 운전석 쪽으로 가 천장과 글러브박스를 뒤졌다. 차량에 도청장치를 달 때 누구의 말을 엿들으려 했는지를 생각해보면 어디쯤 설치했는지 명확해진다. 차의 주인인 여주의 말을 엿들으려 한 것일 테니 앞좌석 쪽에 붙여놨을 것이었다. 운전석이나 조수석의 바닥이 아니라면 대시보드나 선바이저 쪽일 것이다. 무일은 서두르지 않고 천천히 그리고 확실하게 조사해나갔다. 하지만 붙어 있는 장치는 없었다.

'잘못 짚었나.'

낮게 한숨을 내쉬던 무일의 눈에 대시보드에 붙어 있는 차량용 방향제가 보였다. 엄지손가락 길이의 플라스틱 통에 담겨 있는 방향제로, 노란색 젤 타입이었다. 대시보드에 고정되어 있는 방향제 통을 떼어 무일은 차에서 내렸다. 여주의 눈이 반짝였다.

"그거야?"

무일은 심각한 얼굴로 여주를 보고는, 조용히 여주에게 그것을 내밀었다.

"이것 좀 교체해. 원래 무슨 향이었는지 기억은 나냐? 먼지 앉은 것 좀 봐."

"엥?"

커다랗게 뜬 눈을 깜박거리는 여주를 보며 무일은 슬쩍 웃었다. 그제야 여주는 그가 장난을 치고 있다는 것을 깨달았다.

"너무 심각한 얼굴로 있잖아. 지나가는 사람들이 보면 남의 차라도 뒤지는 줄 알고 신고하겠어."

"야!"

여주가 장난스레 무일의 멱살을 쥐었다. 기분 좋게 웃는 무일의 얼굴을 보니 굳었던 마음이 풀렸다. 여주가 긴장하고 있었던 것은 단지 누군가 자신을 타깃 삼아 도청하고 있었다는 사실 때문만이 아니었다.

대체 누가 설치한 걸까.

범죄자들을 많이 상대해왔던 여주이니, 남의 차를 몰래 열 수 있는 방법이 수두룩하다는 것쯤은 알고 있다. 하지만 그녀의 마음에 걸리는 사람은 따로 있었다.

권두만을 긴급체포하던 날 운전했던 이상호. 그는 경찰서에 도착했을 때 담배를 피우겠다며 차에서 내리지 않았다. 이제 와 생각해보면 어떤 후배가 선배의 차 안에서 담배를 피울까, 그럴 형사는 없었다. 무엇보다 담배를 피우지 않는 여주는 그 이후로 차 안에서 담배 냄새를 맡은 기억이 없었다. 차에서 담배를 피우지 않았다는 뜻이다. 차에서 내리지 않고, 담배도 피우지 않았다면, 그는 그 안에서 대체 무엇을 한 걸까.

"찾았다."

무일의 말에 여주는 생각을 잠시 멈추었다. 여주가 멍하니 생각에 잠겨 있던 사이 무일은 다시 한번 운전석 쪽을 뒤져보고 있었다. 그의 손에 들려 있는 것은 엄지손톱만 한 플라스틱 물체였다. 검은 상자 안에서 미세한 불빛이 점멸하고 있었다. 한쪽 면에 접착제가 남긴 이물질이 덕지덕지 묻어 있었다.

"AT7-200, 신형 도청장치야. 어디에 달려 있었어?"

"운전석 브레이크 밑에 붙어 있었어."

매일같이 내리 밟던 브레이크 바닥에 도청장치가 붙어 있을 거라고 누가 생각할 수 있을까. 여주는 혀를 내둘렀다.

무일은 도청장치를 바닥에 내려놓았다. 발로 밟으려는 것이다. 하지만 여주는 그의 팔을 잡아 저지했다. 여주는 그것을 다시 집어

들었다. 몇 달 전 FBI 특별 수사관의 특강에 참석한 적이 있었다. 그때 이 도청장치를 보았다.

"이거, 아직 국내에 들어온 게 아니야."

무일이 놀란 눈으로 여주를 보았다. 여주가 눈을 반짝이며 무일을 마주 보았다. 그녀는 검은색 플라스틱 물체를 엄지와 검지로 힘주어 눌렀다. 누른 채로 가만있자니, 연신 점멸하던 불빛이 사그라졌다. 작동을 멈춘 것이다. 여주는 주머니를 뒤져 증거물 채취 봉투를 꺼내 그 안에 도청장치를 넣었다.

"부수면 안 돼. 가지고 있어야 해. 만약 국정원 물품 구매 목록에 이 도청장치가 있다면, 내 차에 도청장치를 설치한 것이 국정원이라는 걸 증명할 수 있어."

무일이 입술을 동그랗게 말고 휘파람을 불었다. 그는 엄지손가락을 치켜들고는 여주를 향해 씩 웃었다. 여주는 한 손으로 어깨 앞으로 내려온 머리카락을 휙 넘기며 어깨를 으쓱거렸다.

"내가 경찰서에 고스톱 쳐서 들어온 게 아니라니까."

두 사람의 얼굴에서 미소가 사라진 것은 거의 동시였다. 잠시 간신히 짜낸 장난에서 비롯되었던 웃음 끝에는 결국 현실이 매달려 따라왔다. 무일의 얼굴은 심각했고 여주의 얼굴은 착잡했다.

"우리가 도청장치를 찾은 걸 바로 알 거야."

"그렇겠지."

"앞으로 어떻게 나올지 몰라. 조심해야 해."

걱정스러운 무일의 얼굴을 보며 여주는 고개를 끄덕였다. 하지만 그에게 말하지 않은 것이 있다. 이상호 형사가 이 일에 관여되었을지도 모른다는 사실. 이상호는 여주에게 단순히 후배만은 아니었다. 여주는 능력과 근성이 훌륭한 형사였지만, 수사 현장에 나가면 여자라는 이유만으로 곧잘 껄끄러운 대우를 받곤 했다. 그때마다 옆에서 그녀를 위로해준 것은 이상호였다. 무일만큼이나 장난 많은 이상호를 여주는 동생처럼 여기며 편하게 의지해왔던 것이다. 정말로 그가 자신의 차에 도청장치를 달았다면, 그 사실을 확인한 즉시 여주는 무너질 것만 같았다. 안전하다고 여겼던 바닥과 벽이 사실은 작은 충격에도 깨질 만큼 아무것도 아니었다는 것을 인정하고 싶지는 않았다. 입에 올리면 모든 게 사실이 되어버릴 것 같았다.

'대체 그들은 어디까지 사람들을 이용하고 망가뜨릴 생각일까.'

여주는 주먹을 움켜쥐었다. 그녀의 긴장을 느끼고 위로해주려는 것인지 무일이 여주의 주먹을 감싸쥐었다. 여주가 그를 보자 무일이 부드럽게 미소 지었다. 느슨해진 여주의 손 안에서 무일은 도청장치가 담긴 봉투를 가져갔다.

"이건 내가 보관하고 있을게. 아무래도 너는 저쪽의 감시 대상인 것 같으니까."

"네가 위험할 것 같아서"라고 무일은 굳이 얘기하지 않았다.

×××

    여주는 곧장 경찰서로 향했다. 이상호 형사의 멱살을 잡고 진실을 추궁하기 위해서가 아니었다. 성격대로라면 백번이라도 그러고 싶었다. 하지만 지금 상황에서 누가 설치했는가는 중요하지 않았다. 아니, 오히려 밝혀서는 안 되었다. 지금 그의 죄를 밝히면 '그들'이 원하는 꼬리 자르기를 직접 하는 꼴이 된다. 그리고 '그들'이 여주가 모르는 무엇인가를 빌미로 두 사람을 포섭했다면, 두 사람이 구제할 길 없는 악인으로 몰리기 전에 일을 해결해야 한다는 생각을 떨칠 수가 없었다.

    무일과는 한 시간 뒤 버스터미널에서 다시 만나기로 약속했다. 무일은 사무실을 정리하고 곧장 버스터미널로 오기로 했고, 여주는 경찰서에 들렀다 갈 생각이었다. 팀장의 부재 상황에서 형사팀을 나 몰라라 할 수는 없었다. 현재 팀 상황을 확인하고, 자신의 수사 상황도 보고서로 제출해야 했다. 이상호 형사가 어떤 얼굴인지, 다시 한번 보고 싶은 마음도 있었다.

    주차를 마친 여주는 곧장 사무실로 향하려다가, 2층으로 올라가는 계단 앞에서 걸음을 멈추었다. 그녀는 표지판을 올려다보았다.

    경무계.

    잠시 생각하던 여주는 계단을 올랐다. 서장실 바로 옆에 위치한 경무계는 경찰들의 인사와 복무 관리, 직원 교육과 복지에 대한 전반적인 업무를 담당하고 있다. 윤홍길은 한동안 복귀하지 못할 것이다. 그의 사고 소식이 형사팀에 전해지긴 했지만, 급작스러운 일이라 경황이 없어 경무계에 전달하지 못했을 수도 있다. 현재 윤홍길이 휴가로 처리되어 있는지, 휴직으로 처리되었는지 확인할 작정이었다.

"안녕하십니까?"

노크를 하고 경무계로 들어간 여주는 경례를 한 뒤, 사무 데스크에 앉아 있는 정복 차림의 경찰에게로 걸어갔다. 그녀는 여주를 발견하고는 밝게 미소 지으며 일어섰다.

"신여주! 한 건물에 있는데 정말 오랜만이다. 너무 잘나가는 거아냐, 너?"

여주와 같은 기수인 박태현이었다. 그녀는 한때 여주처럼 강력계 형사가 되기를 희망했지만 결혼 후 경무계에 지원했다. 생활은 안정적이었지만 그래도 못다 한 꿈에 대한 미련 때문인지 여주를 볼 때마다 늘 멋지다는 인사를 입에 달았다.

"별 소리를."

"근데 너희 팀에 큰일 있던데."

"아는구나. 그렇잖아도 팀장님 아직 휴가 상태로 되어 있을까봐 확인하러 온 거야."

"윤 팀장님 그렇게 되신 건 안타깝지만 후배들이 이렇게 챙겨준다는 걸 알면 좋아하실 거야."

태현의 말에 쑥스러운 듯 웃으며 고개를 숙이던 여주는 별안간 이상한 느낌을 받았다. 여주는 고개를 들고 태현을 보았다.

"후배들?"

여주의 물음에 태현은 눈을 깜박거렸다. 그러고는 곧 눈을 둥글게 휘며 웃었다.

"아아, 너희 팀 막내…… 그 누구더라?"

"이상호?"

"맞다, 이상호 형사. 그 친구한테 팀장님 사고 소식 들었어. 막내가 선배들 잘 챙기는 것 같더라. 처음에 윤 팀장님 휴가계도 그 친구가 대신 냈거든."

"뭐?"

여주의 심장이 쿵 하고 떨어지는 듯했다. 결코 알고 싶지 않은 진실이 있다. 아니라고 믿고 싶은 마음에 계속해서 부정해왔지만, 이미 머리로는 알고 있었던 진실. 결국 그것을 눈앞에서 확인하는 순간 심장은 멎듯 내려앉는다. 애써 닫은 마음을 열어 진실을 받아들여야 한다는 데서 오는 두려움과 슬픔 때문일 것이다.

그런 사정을 모르는 태현은 마냥 밝은 어조로 말했다.

"팀장님이 갑자기 휴가를 내게 되어서 부탁받았다던데. 어제 경무팀이 퇴근한 뒤에 와서 책상 위에 올려놓고 갔으니 처리해달라고 했지."

태현은 눈가를 늘어뜨리며 낮은 한숨을 쉰 채 한 손을 볼에 가져다 댔다.

"그러고 보니 안타깝네. 너무 오랜만에 내신 휴가인데 첫날부터 그렇게 되셔서."

여주는 고개를 끄덕이면서도 더 이상 태현이 하는 말에 집중할 수 없었다. 그녀는 아까 나눈 이상호와의 대화를 떠올리고 있었다.

'아 참, 팀장님이 갑자기 휴가계를 내셨다고 하는데, 알고 있었어?'

'휴가요? 처음 듣는 얘긴데. 휴가를 내셨군요. 근데 그게 무슨 문제가…… 사건이랑 연관이 있는 거예요?'

26

이상호는 거짓말을 했다……

생각에 잠긴 채 사무실로 걸어가던 여주는 걸음을 우뚝 멈추었다. 눈앞에 이상호가 서 있었다. 사무실에서 나오던 이상호는 여주를 발견하고는 인사를 하려다 그녀의 표정이 심상치 않은 것을 보고 빠른 걸음으로 다가왔다.

"선배, 무슨 일 있어요?"

여주는 새삼 이상호의 얼굴을 찬찬히 살폈다. 그가 팀에 합류한 지 일주일쯤 되었을 때였다. 관할 지역에서 폭행 사건이 있었다. 가해자는 피해자의 아들이었다. 어차피 물려줄 재산을 지금 달라며, 만취한 채 찾아와 난동을 부린 끝에 폭행까지 저질렀다. 욕망 때문인지, 술 때문인지, 아니면 결국 모두의 작용이 인간의 악의를 건드렸는지 부친을 향한 폭행은 무자비했다.

이웃집의 신고를 받고 출동한 경찰에 의해 아들은 긴급체포되었고, 부친은 병원으로 이송되었다. 갈비뼈 여섯 대 골절과 전신 타박상의 고통은 아들에게 맞았다는 정신적 충격에 비하면 아무것도 아니었다. 사정 청취와 조사를 위해 여주가 이상호와 함께 병원으로 향했다.

부친은 두 사람을 만나주었지만, 진술은 주저했다. 아버지로서 아들을 신고해야 한다는 슬픔과, 아들에게 맞았다는 수치감 때문이었다. 두 사람의 설득으로 한참을 망설이던 피해자는 입을 열자마자 오열을 터뜨렸다. 모든 충격이 일거에 쏟아진 듯했다. 조용히 그의 손을 잡아주던 것이 이상호 형사였다. 그는 울어버린 노년의 남자가 안쓰러웠는지 시뻘겋게 달아오른 눈으로 몇 번이고 천장을 올려다보았다. 여주는 그것을 보면서 서툴지만 정말 인간적이고 따뜻한 형사라고, 좋은 형사가 될 재목이라고 생각했었다.

그런 그가 이제는 완전히 다른 사람처럼 느껴졌다.

"선배?"

"아……."

여주는 정신을 차리자고 생각하며 고개를 흔들었다. 의아한 듯 이상호가 그녀를 보았다.

"팀장님 휴가셨잖아. 혹시 병가나 휴직 처리가 됐는지 알아보러 왔어."

"아. 그건 제가……."

그때 여주가 그의 말을 잘랐다.

"그래, 들었어. 휴가계를 대신 낸 게 너라는 것도."

순간 그의 움직임이 멈추었다. 아니, 숨이 멎었는지도 몰랐다. 급격히 떨리는 눈동자만이 그가 할 수 있는 움직임의 최선인 듯 보였다. 그는 생각하고 있을 것이다. 자신이 여주에게 휴가를 모르고 있었다고 말한 실수에 대해.

이상호가 뭔가 변명을 하려고 입을 열었지만, 여주가 먼저였다.

"이상호 형사."

그녀의 어조는 낮고 무거웠다. 눈빛에 서늘한 기운이 돌았다. 이상호의 거짓 외피를 갈가리 찢어버릴 듯 여주는 그를 노려보았다.

"화재의 원인은 방화야."

"……."

"팀장님은 살해당할 뻔한 거야."

여주는 이상호의 눈앞으로 바짝 다가섰다. 그가 흡 하고 숨을 들이마시는 것이 느껴졌다. 여주는 단호하게 눈을 들어 이상호의 눈을 보았다. 그의 눈은 계속 떨리고 있었지만, 감히 그녀의 눈을 피하지는 못했다.

"난 팀장님이 어떤 집단의 압력을 받아 7년 전 사건을 은폐하고 있었다고 생각해. 그리고 팀장님은 혹시 모를 일을 대비해서, 어쩌면 자신을 보호하기 위해서 그 사건의 열쇠가 될 물건을 가지고 있었을 거야."

"그게…… 뭔데요?"

여주가 후 하고 웃었다.

"그건 모르지. 어쨌거나 그 집단은 그런 팀장님이 불안했을 거야.

그 물건을 가지고 있는 걸 알았을지도 모르지. 그래서 팀장님을 제거하려고 시도한 거야."

"……그걸 왜 저한테."

가까스로 내뱉은 이상호의 말에 여주는 다시 한번 후 하고 웃었다. 그는 지금 여주의 의도를 알아챈 것이다. 그래서 이 자리를 피하고 싶어한다.

"그냥 궁금해서 물어보는 건데……."

여주는 이상호에게 한 발짝 다가갔다. 이상호의 숨이 자신의 얼굴에 닿을 만큼 가까운 거리였다. 여주는 그를 향해 고개를 기울였다. 비밀 이야기라도 하듯 속삭였다.

"네가 생각하기엔, 그 진실을 완전히 묻으려 할 때 자신들의 치부를 알고 있는 심부름꾼을 어떻게 할 것 같니?"

이상호의 떨리는 눈동자를, 여주는 언제까지고 노려보았다.

× × ×

"예상치 못했던 일도 아니잖아."

무일이 덤덤하게 말하며 여주의 어깨를 툭 쳤다. 너무나 무일다운 위로였다.

여주는 가만히 시선을 바닥으로 떨군 채 아무 말도 하지 않았다. 앞으로 전진할 수 있다고 생각할 때마다 찾아온 장애물이 사실은 내부에 있었음을 알게 된 충격보다, 가깝다고 생각했던 사람들이

너무나 낯설게 느껴지는 것에 대한 생소함과 슬픔이 컸다. 무일이
허리를 숙여 여주의 얼굴을 들여다보았다.

"그만두고 싶어?"

그 말에 여주의 어깨가 흠칫 떨렸다가, 이내 움직임을 멈추었다.
그녀는 가만히 생각하던 끝에 고개를 저었다. 그만둘 수 없다. 이대
로 그만둔다고 해서 그들이 멈추지 않을 것임을 알고 있기 때문에.

여주의 고갯짓에 무일이 웃었다.

"좋았어. 가자."

그들은 동시에 정면을 응시했다. 길 건너에는 윤홍길이 가려던
버스터미널이 있었다.

×××

터미널 안으로 들어간 두 사람은 한동안 자리에 멈춰 서서 주변
을 둘러보기만 했다. 막상 오기는 했지만 무엇부터 해야 할지 막막
했다. 터미널 안은 여행객들로 인산인해를 이루었다. 무리를 지어
대화하는 소리가 한데 뒤엉켜 왕왕 내부를 울리고 있었다. 곳곳에
서 들리는 캐리어의 바퀴 구르는 소리가 신경을 헝클어놓았다. 먼
저 정신을 차린 것은 여주였다. 여주는 연신 두리번거리는 무일의
어깨를 잡았다. 무일이 돌아보자 여주가 어딘가를 향해 고갯짓을
했다. 그 시선을 따라간 끝에 보안실이 있었다.

"경찰입니다. CCTV를 확인하려고 하는데 책임자 되십니까?"

두 사람이 조심스럽게 노크를 하고 들어간 사무실 전면에는 20여 개의 모니터가 터미널의 곳곳을 비추고 있었다. 무료한 얼굴로 모니터 앞에 느슨하게 앉아 있던 삼십대 초반의 남자가 두 사람을 보고 일어섰다. 처음에는 관계자 외 출입 금지라고 경고를 주려고 했으나 경찰이라는 말에 눈을 껌벅거렸다.

"혹시 어제 CCTV 때문에 그러시는 겁니까?"

확인 결과 윤홍길이 티켓을 발권한 것은 사고 하루 전인 어제, 화요일이었다. 하지만 여주가 말하기도 전에 남자는 이미 두 사람이 무엇 때문에 왔는지 알고 있었다. 무일과 여주는 서로를 쳐다보았다. 무일의 눈이 선명하게 빛났다.

남자는 목에 직원증을 걸고 있었다. 출입 용도와 신분 증명으로 쓰이는 직원 전용 ID카드였다. 카드에는 남자의 조금 풋풋해 보이는 얼굴과 함께 '보안팀장 김민재'라고 적혀 있었다.

"왜 저희가 화요일 CCTV를 보러 왔다고 생각하셨어요?"

여주가 묻자 오히려 김민재가 눈을 휘둥그렇게 떴다.

"어? 아닙니까? 경찰이라고 하셔서 그 건으로 오신 줄⋯⋯."

"그 건이라뇨?"

"어제저녁에도 경찰이 와서 CCTV를 확인하고 갔거든요. 물품 보관함이랑 자동 발권기가 나오는 영상이요. 두 분도 그것 때문에 오신 게 아닌가요?"

여주와 무일이 다시 한번 서로를 보았다. 담당 형사인 여주가 모르는 사이 CCTV를 확인할 경찰은 없다. 여주는 재빨리 보안실 천장을 살폈다. 카메라가 붙어 있었다. 그곳을 가리키며 여주가 말했다.

"CCTV 보러 왔다던 그 사람 확인할 수 있을까요?"

잠시 기다린 끝에 김민재가 영상을 찾아냈다. 이상호였다.

두 사람의 심각한 표정에 김민재의 얼굴에 의혹의 그림자가 드리워졌다.

"제가 혹시 실수를 한 건가요?"

무일이 황급히 손을 내저었다.

"아닙니다. 지금 그 건과 관련하여 조사하는 팀이 두 개로 나누어져 있어서 혼란을 드렸네요. 저희도 한번 볼 수 있겠습니까? 영상이 그대로 보관되어 있겠죠?"

만약 윤홍길 팀장이 찍힌 CCTV에 그들이 숨겨야 할 것이 있었다면 이미 지워졌을 것이었다. 하지만 남아 있다면 그 영상에는 진실을 향해 이어진 실이 묶여 있지 않다는 의미가 될 것이었다. 전자도, 후자도 두 사람에게 좋은 상황은 아니다. 그래도 포기할 수 없다. 하나하나 확인해나가야 한다. 어딘가에서 아주 작은 씨앗을 발견하게 될 때까지.

"네, 보여드릴 수 있습니다."

"감사합니다."

감사의 인사를 하면서도 여주의 어깨는 눈에 띄게 축 처졌다. 확인했으나 별게 없는 영상이라고 그들이 판단했다는 뜻이었다. 그런 그녀를 보던 무일이 슬며시 웃었다.

"무슨 생각을 하는지 얼굴에 다 드러나."

"못 본 척해줘. 난 유리 같은 여자니까."

"강화유리."

"넌 사랑받긴 틀렸어."

장난을 하던 무일이 돌연 진지하게 말했다.

"진실을 찾는 건 숨겨놓은 보물 찾기를 하는 게 아니야. 숨기다가 실수로 덜 덮은 끈을 잡고 죽 잡아당기는 일이지. 어디라도 덜 덮인 데가 있을 거야. 걱정 마."

"너무 간지러운 말이라서 정신이 번쩍 든다."

여주가 소름이라도 돋은 것처럼 팔을 쓱쓱 문지르며 너스레를 떨었다. 하지만 무일의 말 덕분에 한결 무게를 덜어내고 있었다. 어쩌면 일을 해결하지 못할지라도 괜찮을 거라고, 아니 괜찮다고 무일이 말해주는 것 같은 기분이 들었다. 김민재가 키보드를 조작해 다른 영상을 불러내고 다이얼을 돌려 시간을 조정하고는 영상을 재생시켰다.

"보시죠."

김민재의 말에 두 사람의 표정에 돌연 결의가 서렸다. 두 사람은 곧장 날짜와 시간을 확인했다. 윤홍길 팀장이 표를 끊었던 날, 바로 어제였다. 여주의 눈이 번뜩였다.

"잠깐 제가 확인 좀 해도 될까요?"

"그러시죠."

김민재가 자리에서 일어나 비켜주자, 여주가 그 자리를 차지하고 앉았다. 여주는 익숙한 손놀림으로 마우스를 클릭하여 영상의 앞과 뒤를 확인해보았다. 편집되거나 삭제된 부분이 없는 것이 확실했다.

"처음부터 보자."

무일의 말에 고개를 끄덕인 여주가 영상의 재생 시간을 앞으로 당긴 뒤 플레이 버튼을 눌렀다. 터미널 대합실에 사람들이 어지럽게 걸어 다니고 있었다. 그리고 잠시 뒤 익숙한 모습이 화면 안에 들어왔다. 윤홍길이었다.

27

윤홍길은 대합실 근처에 선 채로 주변을 두리번거렸다. 그동안은 차를 운전하고 다녔으니 시외버스터미널에는 오랜만에 왔을 것이다. 어디에서 티켓을 구매할 수 있는지 모르는 사람은 터미널에 들어오자마자 사방을 두리번거리게 마련이다. 하지만 그의 태도에서는 어딘가 모르게 경계심이 느껴졌다.

"어?"

화면을 응시하던 무일이 손가락으로 어느 한 지점을 가리키며 소리를 냈다. 화면을 본 여주의 눈빛도 빛났다. 잠시 머뭇거리던 윤홍길이 걸음을 떼어 화면 밖으로 벗어났다.

"어디로 가는 거죠?"

"물품보관함이더라고요."

김민재가 영상을 바꾸자 윤홍길의 모습이 나타났다. 여주는 재빨리 그의 손을 확인했다. 두 손은 비어 있었다. 아무것도 들고 있지 않았다. 그렇다면 물품보관함에는 왜 갈까. 어떤 물건을 보관하려고. 그렇다면 그 물건은 어디에 있을까. 윤홍길의 점퍼 속주머니일까.

윤홍길은 물품보관함 앞에 도착하여 다시 주변을 살폈다. 물품보관함은 물건을 넣은 뒤 동전을 넣고 열쇠를 돌려 잠그는 형식이었다. 열쇠를 가지고 있다가 물건을 찾아갈 때 보관함 문을 열면 동전이 도로 나오는 것이다.

물품보관함은 총 일곱 개 층으로 가로로 열네 개가 있었다. 윤홍길은 그중 왼쪽에서 다섯 번째, 위에서는 세 번째의 물품보관함을 선택해 동전을 넣고 문을 열었다. 안타깝게도 그 위치, 33번 보관함이 그의 몸에 가려진 탓에 그가 무엇을 꺼내 숨기는지는 보이지 않았다. 잠깐 안주머니 사이로 그의 손이 들어가는 것도 같았지만 화질이 좋지 않아 정확히 확인할 수 없었다.

무일이 여주에게로 고개를 홱 돌렸다.

"윤 팀장님 물건 중에 저런 열쇠 있었어?"

여주는 어두운 기색을 보이며 고개를 저었다. 그러고는 김민재에게 물었다.

"저 보관함 열쇠, 여벌을 가지고 있지 않나요?"

"고객이 열쇠를 분실하면 업체를 불러 보관함을 열고 열쇠를 새로 맞춥니다. 그래서 만 원의 변상금이 청구된다고 붙여놓은 거예요. 근데요, 저 보관함 지금 열려 있습니다."

무일은 놀란 표정이었지만, 여주는 침착했다. 이미 예상했던 것 같다.

"어제 열었군요."

여주의 대답에 김민재가 고개를 끄덕였다. 무일이 낮은 한숨을
쉬었다.

"그런데 아무것도 없었습니다."

"뭐요?"

두 사람의 목소리가 동시에 하늘로 치달았다. 두 사람 모두 예상
치 못한 바였다. 그 기세에 김민재가 어깨를 움칫하며 조금 뒤로 물
러났다.

"정말입니다. 어제 오신 분이 열었을 때 아무것도 없었어요. 그분
반응도 딱 두 분 같았죠. 정말로 없었어요. 지금 가서 확인해보셔도
좋습니다."

그럴 필요는 없었다. 이미 같은 반응이었다는 이야기만으로 충
분했다. 두 사람은 화면 속 윤홍길을 응시했다. 영상 속에서 그는
다시 보관함의 문을 닫고 열쇠를 돌려 잠그고 있었다. 그는 왜 이곳
에 왔을까. 굳이 보관함의 문은 왜 열었을까. 어째서 아무것도 넣지
않고 닫았을까. 궁금증이 도리어 쌓여만 가고 있었다.

보관함을 잠근 후 윤홍길은 화면에서 벗어났다. 김민재가 키보
드로 다시 다른 화면을 불러냈다. 그 안에서 윤홍길은 자동 발권기
로 티켓을 구입하고 있었다. 이왕 온 김에 티켓을 끊은 것치고 그는
터미널에서 정말 아무것도 하지 않았다. 그는 발권한 티켓을 지갑
에 잘 접어 넣고는 매점으로 가 매대를 구경했다. 대합실의 CCTV

가 멀리서 비추고 있어 그의 모습이 이따금씩 사라졌다 나타났지만 찰나일 뿐이었다. 그가 계산대에 올린 것은 생수 한 통. 계산을 마친 뒤 윤홍길은 대합실을 가로질렀다.

"이대로 터미널에서 나간 겁니다. 터미널 입구 영상도 있는데 한번 확인해보시겠습니까?"

"아뇨, 괜찮습니다."

여주는 무일과 함께 김민재에게 고맙다고 인사를 한 뒤 보안실을 빠져나왔다. 두 사람은 걸으면서 한동안 아무 말도 하지 않았다.

무일은 생각했다. 혹시 뭔가를 숨기려고 했지만 여의치 않아 다시 들고 간 걸까. 그렇다면 그 물건은 지금 어디에 있을까. 대체 그 물건이 무엇일까. 설마 숨기려던 물건이 처음부터 없었던 것은 아닐까. 하지만 그렇다면 왜 윤홍길은 굳이 터미널에 와서 물품보관함을 열었을까. 숨겨야 할 물건이 있다고 가정하면 그 물건이 어디에 있는지가 미궁이었고, 숨겨야 할 물건이 없다고 가정하면 이곳에 윤홍길이 온 이유가 미궁이었다.

무일은 아무것도 알 수 없어졌다. 가야 할 길이 명확하다고 생각했는데 이제 와서는 어디로 가야 할지, 자신이 왜 여기 서 있는지조차 알 수 없었다. 눈앞을 가린 짙은 안개를 걷어내자 깊은 어둠이 그를 기다리고 있음을 알게 된 기분이었다. 망연자실한 무일은 무감각하게 다리를 움직이고 있었다.

그러다 깨달았다. 여주가 따라오고 있지 않았다. 무일은 뒤를 돌아다보았다. 여주는 터미널 대합실 한가운데 못 박힌 듯 서서 걸어온 반대 방향을 뚫어지게 응시하고 있었다. 무일은 다시 여주의 옆으로 갔다. 그녀의 시선이 향한 곳을 따라 고개를 돌렸다. 매점이 보였다. CCTV 영상에서 윤홍길이 생수를 샀던 곳이었다.

"뭘 그렇게 봐?"

무일의 물음에도 답하지 않고 여주는 한참이나 큰 눈을 깜박거렸다. 뭔가에 놀란 것 같기도, 자신의 눈을 의심하고 있는 것 같기도 한 표정이었다. 그녀는 한참 만에 입을 열었다.

"왜 물을 샀지?"

그 말에 무일은 그만 웃어버렸다.

"목이 말랐겠지."

하지만 여주는 웃지 않았다. 여전히 심각한 얼굴이었다. 터미널 밖으로 보이는, 내려앉은 어둠보다 더 무거운 목소리로 그녀는 말했다.

"생수가 든 냉장고는 정면에서 바로 보여. 그런데 왜 왼쪽에서 오른쪽으로 매대를 훑어봤던 걸까."

"물 말고 다른 걸 사려고 한 거 아닐까."

"매대에는 과자 같은 것밖에 없어."

여주가 무일의 얼굴을 올려다보았다.

"팀장님은 과자 같은 건 먹지 않아."

"가보자."

두 사람은 빠른 걸음으로 매점을 향해 걸었다. 매점 앞에는 오늘 날짜의 신문들이 종류별로 진열되어 있었고, 계산대 옆에는 구운

달걀과 어육을 가공한 소시지 같은 소소한 먹거리들이 널려 있었다. 매점 내부는 두 평도 채 되어 보이지 않았다. 계산대 앞에 앉아 있던 오십대 파마머리의 여자가 두 사람을 보았다.

"뭐 찾아요?"

안을 기웃거리는 행색이 영 손님 같아 보이지는 않는 모양이었다. 뭐라고 말해야 좋을까, 무일이 머뭇거리는 사이 여주는 어느새 안으로 진입해 살피고 있었다. 영상 속에서 윤홍길이 둘러보던 과자 매대였다.

"아, 저…… 저희는 경찰입니다."

자신은 경찰이 아니라는 죄책감에 무일은 잠깐 더듬거렸다. 주인 여자의 눈이 쌍그렇게 떠졌다.

"어제도 누가 왔다 갔는데? 그 사람 여기에 맡긴 거 진짜 없다니까. 근데 정말 경찰 맞아요?"

역시 이상호도 이곳에 들렀었다. 윤홍길이 매점에 들렀기 때문에 혹시 물건을 맡겼을지도 모른다고 생각한 것이다. 아무것도 맡기지 않았다는 말은 거짓말 같지 않았다. 정말로 이 터미널에는 아무것도 없구나. 그런 현실감에 무일은 맥이 빠졌다.

여주는 과자 매대를 뒤지고 있었다. 맡기지 않았다면 과자 사이에 숨겼을 거라는 생각을 하고 있는 것 같았다. 하지만 버스터미널에는 수많은 사람이 오가고, 긴 여행을 대비해 매점에서 먹을 것들을 자주 산다. 잘못 숨겼다가는 금방 드러나고 말 것이다. 그녀의 바람대로 과자 사이에서 뭔가가 나올 것 같지는 않았다.

여주가 조심성 없이 과자 봉지를 뒤적거리는 바람에 주인 여자가 눈을 더욱 하늘로 치켜올렸다. 그녀는 의자에서 일어서 성큼성큼 여주에게로 향했다. 경찰이 맞는지 의혹을 품고 있는 것 같았다. 하지만 주인 여자가 다가서기도 전에 여주가 한쪽 팔을 뻗어 신분증을 보였다. 명확한 대한민국 경찰 신분증에 주인 여자가 입술을 비쭉였다.

"여기는 아무것도 없어요. 어제 온 사람한테도 얘기했는데? 아무것도 안 맡겼다는 말이 거짓말이면 큰일 날 줄 알라고 겁을 팍 주더라고."

"다른 말은 없었나요?"

여주가 묻자 주인 여자가 고개를 저었다.

"정말로 맡긴 거 없다고, 내가 왜 귀찮게 남의 일에 끼어들어서 거짓말하겠냐고 했더니 그냥 가던데."

"아뇨. 그 사람 말고요. 그 사람이 남자 사진 하나 보여줬죠?"

윤홍길을 알고 있냐고 묻는 것이다.

"보여줬어. 대충 기억도 나지만 정말로 맡긴 거 없다니까."

"그 사람이 다른 말 한 건 없어요?"

"없는데."

주인 여자의 고갯짓에 여주의 어깨가 다시 처졌다. 여주는 포기하는 듯한 얼굴로 매점을 나서려 했다. 그때 나가는 여주를 향해 주인 여자가 말했다.

"뭐 시답잖은 소리는 하데. 이런 데서 봉지라면도 파냐고."

여주가 홱 돌아섰다. 무일도 한 발짝 앞으로 다가섰다.

"그래서 뭐라고 하셨어요?"

"남편한테 가게를 잠깐 맡겨놨더니 물건을 그렇게 거지같이 받아서 팔리지도 않는다고. 마트보다 싼 값에 줄 테니까 가져가라고 했지."

여주와 무일이 동시에 라면 쪽을 보았다. 매장의 제일 안쪽 바닥에 봉지라면들이 먼지를 뒤집어쓴 채 쌓여 있었다. 유통기한이 다 됐을지도 모른다는 생각이 들 정도였다. 이런 곳에서는 간단한 간식이 아니고서는 팔리지 않을 것이다. 덕분에 봉지라면은 아무렇게나 방치되어 있었다.

두 사람은 곧장 쌓여 있는 봉지라면 쪽으로 달려들었다. 주인 여자가 당신들이 정리할 거냐며 소리쳤지만 아랑곳하지 않고 전부 뒤집어엎었다.

라면 상자 안쪽에서 은색의 부품이 발견되었다.

"하드디스크야."

무일이 말했다.

28

밤의 사무실은 기괴하고 음산한 분위기를 자아내고 있었다. 어둠 속 사무장의 빈 의자가 생경하게 느껴졌다. 끼익 하고 움직일 것만 같았다. 여주를 보호하듯 뒤에 세우고 사무실로 들어온 무일은 잔뜩 긴장한 채 조심조심 발걸음을 내디뎠다.

"뭐 해? 어두우면 불을 켜."

탁 하는 소리와 함께 사무실이 밝아졌다. 뻣뻣하게 굳어 있던 무일이 뒤를 돌아다보니 여주가 어이없다는 듯 보고 있었다. 잔뜩 옹송그린 어깨와 파리해진 입술로 떨고 있던 무일은 헛기침을 하며 몸을 폈다. 무일은 괜스레 목소리를 높였다.

"야, 무슨 형사라는 애가 비밀 수사의 기본도 모르냐? 사무실 불을 막 켜면 어떡해? 바깥에서 누가 눈치채면 어쩌려고?"

"여기 네 사무실 아니야? 네 사무실에 네가 있는 게 왜 이상해?"

듣고 보니 그건 그렇다. 현재 시각 밤 9시. 변호사 사무실에서 이 정도 시간이면 근무하는 게 이상할 정도는 아니다. 개업 변호사들은 퇴근 시간을 따질 만큼 여유롭지 않으니까. 저작권 소송을 처음 시작할 때는 소장을 작성하느라 자정을 넘긴 적이 허다했다. 많이 하면 많이 할수록 돈이 되었기 때문이다.

"그리고 무슨 비밀 수사야. 난 공식적으로 이 사건 수사하는데."

그것도 그렇다. 무일은 고개를 끄덕였다. 하지만 조심해야 한다는 것은 유효하다. 그래서 변 사무장을 일찍 퇴근시킨 것이다. 그를 의심하는 것은 아니다. 다만 걱정되었기 때문이다. 이 사건에 휘말린 모두가 죽거나 피해를 입고 있다. 변 사무장을, 아니 그 누구라도 이 일과 연결시켜서는 안 되었다.

"그리고 이건 정확히 하자."

허리를 펴고 꼿꼿한 걸음으로 여주가 사무장실을 지나 변호사실의 문을 열었다. 그녀는 따라오라는 제스처도 취하지 않고 당당히 안으로 들어가 소파에 앉았다. 완전히 자기 사무실이네. 무일은 고개를 절레절레 흔들면서도 그녀를 따라 들어간 뒤, 얌전히 맞은편에 앉았다. 여주가 무일의 앞으로 상체를 숙였다.

"이건 형사인 내 수사야. 너는 아무런 상관이 없어."

그 말에 무일의 얼굴이 굳었다. 그는 대답하지 않은 채 여주의 눈을 똑바로 응시했다. 갑자기 강한 시선이 자신에게 향하자 여주는 당황했다. 자신도 모르게 고개를 돌려버리고 말았다. 목 부근에 홧홧하게 열이 오르는 것을 느꼈다. 요즘 들어 이렇게 확확 변하는 그의 표정에 당황할 때가 잦다.

"그 말은 무슨 뜻이지? 여차하면 다치는 건 너 혼자뿐이라는 배려야?"

생각보다 커지는 일에 여주는 언제고 마음의 준비를 하고 있었다. 특히나 윤홍길의 일을 겪으면서 더 그랬다. 자신도 어쩌면 윤홍길처럼 될지도 모른다. 하지만 그녀는 형사였다. 어떤 피해를 보게 되더라도 그녀는 굽히지 않을 생각이었고, 그럴 자신도 있었다. 사건 종결을 위해 진실에 눈을 감으면 안 된다는 것은 아버지의 가르침이었다.

하지만 무일은 다르다. 그는 단지 죽은 권순향과 각별했던 변호사일 뿐이다.

"배려가 아니라 부탁이야."

"그럼 선을 긋지 말고 부탁을 해."

여주는 무일을 보았다. 무일은 다시 한번 그 눈을 피하지 않은 채 곧게 마주 보았다.

"넌 그저 변호사일 뿐이야. 혹시 무슨 일이 생기더라도 그 입장을 잊지 말아줘."

"부탁이야?"

"응."

"거절이야."

이 새끼가, 그런 거친 소리가 간만에 목구멍을 간질이는 것을 억누르고, 여주는 심호흡을 한 뒤 말했다.

"이건 내 일이야."

"날 걱정해주는 건 고마운데, 왠지 기분은 안 좋다?"

여유롭게 웃으며 무일이 일어섰다. 여주가 그를 따라 일어서며 뭔가 더 말하려 했지만 그가 손을 들어 그녀를 제지했다. 대신 들고 있던 물건, 윤홍길이 버스터미널 매점에 숨겨둔 것으로 추정되는 하드디스크를 흔들어 보였다.

"어쨌든 지금은 이거부터 확인해보자. 내 안위는 내가 챙겨. 너한 테 걱정받는 건 자존심 구기는 거야."

"야."

"남자는 그래, 인마."

무일은 손을 뻗어 여주의 머리를 쓰다듬었다. 아주 부드러운 손 길이었다. 예상치 못한 느낌에 여주가 당황하는 표정을 짓자, 이번 엔 오히려 무일이 한층 당황했다. 그는 거칠게 손을 흔들어 여주의 머리를 엉망으로 만들고 말았다.

"야, 이 씨!"

"빠, 빨리 와, 인마. 이거 확인해야지."

무일이 여주의 주먹을 피해 급히 자신의 자리에 있는 컴퓨터 앞 으로 향했다. 하드디스크를 입수했으니 내용을 곧장 확인하고 싶 어 무일의 사무실로 온 것이었다. 안에 어떤 내용이 담겨 있을지 몰 라 피시방 같은 곳에 갈 수도 없었다. 그리고 이상호가 저들의 끄나 풀인 것을 알고 있는 이상 경찰서에서 열어볼 수도 없다. 비밀 수사 는 아니지만 이쪽이 들고 있는 모든 패를 열어 보일 필요는 없다. 그는 하드디스크를 들고 컴퓨터 앞으로 갔다.

그런데 그뿐. 그는 컴퓨터 앞에서 머뭇거리며 한참이나 그대로 서 있었다.

무슨 일이지? 여주가 가만히 무일을 보았다.

무일은 돌연 책상 서랍을 열더니 전선 같은 것을 주섬주섬 꺼냈다. 잠시 고민한 끝에 그가 선택한 것은 휴대전화 케이블이었다. 한쪽을 컴퓨터 본체에 꽂고 다른 한쪽을 든 채로 하드디스크를 이리저리 살폈다. 여주는 팔짱을 끼고서 그의 행동을 가만히 지켜보았다.

"뭐 해?"

"응?"

"지금 뭐 하냐고."

살짝 벌린 입, 깜박이는 두 눈. '참으로 멍청해 보이는 얼굴이구나, 속을 뻔했어' 하고 여주는 생각했다.

"이거 안에 뭐가 들어 있는지 봐야지."

"그렇게 하면 보여?"

"응?"

못 말린다는 듯 여주는 고개를 가로저었다. 그러고는 멍한 얼굴로 서 있는 무일에게로 가 하드디스크를 빼앗았다. 여주가 무일의 어깨를 살짝 누르자 무일이 비켜섰다. 여주가 말했다.

"드라이버 갖고 와."

그는 커다랗게 뜬 눈을 몇 번 깜박거리더니 뒤늦게 알아차린 것 같았다. 하드디스크는 컴퓨터 본체 안에 있다는 사실을. 케이블로 연결하는 것은 외장하드라는 사실을.

홀쩍 뛰어나가 사무장실에서 드라이버를 찾아 들고 오는 무일을 보며 여주가 혀를 찼다.

"그 머리로 어떻게 변호사가 됐냐."

"변호사 시험엔 그런 거 안 나와."

"경찰 시험엔 나오는 줄 아니? 상식이지, 상식."

무일의 손에서 확 하니 드라이버를 빼앗아 든 여주는 주저 없이 본체를 분리해내기 시작했다. 본체의 케이스가 벗겨져 나가자, 이리저리 얽혀 있는 내부의 부품들을 연결하는 전선들이 드러났다. 여주의 손은 막힘없었다. 전선들을 푸는가 싶더니 이내 그녀의 손에 하드디스크가 분리되어 들렸다. 빠르고 좋은 솜씨였다. 입을 동그랗게 벌리고 감탄만 하고 있던 무일이 생각난 듯 말했다.

"너 나중에 남편 컴퓨터 막 열어보고 그러겠다?"

여전히 작업에 열중한 채로 여주가 대답했다.

"의심스러운 짓을 하면?"

"조심해야겠네."

후 하고 여주가 웃었다. 동시에 윤홍길이 숨겨두었던 하드디스크와의 결합이 끝났다. 이제 확인할 수 있다며 여주가 고개를 든 순간 무일이 말했다.

"조심할게."

그러곤 싱긋 웃는 무일. 여주는 다시 목 근처의 열기를 느끼며 얼른 시선을 피했다.

"연결 다 됐어. 보자."

"그래."

무일의 얼굴에서 금세 웃음기가 사라졌다. 컴퓨터의 전원을 켜고 잠시 기다리자 화면이 밝아졌다. 여주가 무일의 책상에 앉아 마우스를 클릭해 파일 검색을 시도했다. 바탕화면에는 특별한 프로그램이나 파일이 없었다. 컴퓨터의 드라이브로 들어갔지만 몇 개의 빈 폴더만이 있을 뿐이었다.

"이럴 리가 없는데."

여주의 어깨가 가라앉았다. 하드디스크만 열면 모든 것을 알게 될 줄 알았는데 정작 사정은 달랐다. 빈 디스크에 가까웠다. 이런 것을 윤홍길이 그렇게까지 숨겼다는 것이 이해되지 않았다. 설마 그도 몰랐던 걸까. 혹시 몰라서 가지고 있기는 했지만 열어보지는 않았던 걸까.

오십대의 윤홍길이 하드디스크를 연결해 열어보는 방법을 몰랐다고 생각하는 것도 무리는 아닐 것이다. 아니면 누군가 하드디스크의 내용을 이미 지운 걸지도 모른다. 하드디스크를 복구해본다면 알 수 있지 않을까. 경찰서장과 상의해 디지털 포렌식으로 복구시키는 것도 좋은 방법일 것이었다.

"잠깐 비켜봐."

갑자기 생각이 복잡해진 여주의 어깨를 무일이 살짝 건드렸다. 여주가 그를 올려다보자 무일이 한쪽 눈을 찡긋했다.

"극혐."

인상을 찡그리며 일어나 자리를 비켜주기는 했지만, 여주는 그다지 희망을 갖고 있지는 않았다. 하드디스크와 외장하드도 헷갈리는 무일에게 무슨 희망이 있겠는가. 그런데 무일이 마우스를 클릭해 몇 가지 조작을 하자 보이지 않던 폴더들이 나타났다.

"이 정도는 애들 장난에 불과해. 숨겨놓은 폴더라고 하지."

듣고 보니 여주도 알고 있던 기능이었다. 파일이나 폴더를 숨겨놓을 수 있는 기능이 컴퓨터에 있었다. 왜 그 생각을 하지 못했을까. 여주는 제법이라는 눈으로 무일을 보았다.

"하드디스크도 연결 못하면서 그 생각은 어떻게 했어?"

"남자들은 다 알지."

"남자들이?" 하고 말하려다가 여주는 미간을 찌푸렸다. 남자들이 들키지 않도록 숨겨놓아야 하는 폴더가 무엇인지는 뻔했다. 오늘 이 남자, 참 좋았다 싫었다 한다. 의지가 되었다가 한심스럽기도 했다가 한다. 변화무쌍한 사람이다. 고개를 저으면서도 여주는 슬쩍 웃고 말았다.

"이게 뭐야."

무일의 경직된 목소리가 여주의 신경을 깨웠다. 여주는 컴퓨터 화면을 들여다보았다. 사람의 이름으로 된 폴더가 200여 개 되었고 폴더 한 개를 열면 다시 한글 문서들이 적게는 수십 개, 많게는 수백 개까지 들어 있었다. 음성 파일에 수십 분이 넘는 길이의 동영상까지 폴더마다 들어차 있었다. 이것을 전부 확인하려면 두 사람의 힘으로는 되지 않을 것이었다.

무일은 컴퓨터의 드라이브 전체 파일을 검색했다. 전체 개수로는 무려 8000여 개나 되었다. 그 어마어마한 숫자를 보자 여주는 비명에 가까운 탄성을 터뜨렸다. 무일은 검색된 8000여 개의 파일을 작성일 기준으로 재정렬했다. 누군가의 이름으로 구성된 파일들이 두서없이 뒤섞여 일렬로 늘어섰다.

무일은 가장 나중에 작성된 파일의 날짜를 확인했다.

2010년 5월 20일, 작성자 user.

2010년 5월 20일, 이 컴퓨터를 가졌던 사람은 매일같이 수많은 파일을 만들다가 이 날짜 이후 멈췄다. 자의든 타의든.

"잠깐, 이 날짜 좀 익숙한데."

여주는 팔에 소름이 오소소 돋는 것이 느껴졌다. 등의 신경줄이 바짝 곤두섰다. 그녀는 갑자기 휴대전화를 꺼냈다. 언제고 볼 일이 생길 수 있기 때문에 수사 자료들은 그 수사가 끝날 때까지 휴대전화에 사진으로 남겨두는 일이 많았다. 여주는 성마른 손길로 원하는 것이 나올 때까지 화면을 밀어댔다. 이내 그녀가 찾던 사진이 눈앞에 떠오르자 미간이 구겨졌고, 눈은 튀어나올 듯 휘둥그렇게 떠졌다. 그녀는 자신도 모르게 언성을 높이고 말았다.

"그날이야! 정현 씨가 죽은 날."

29

컴퓨터 앞에서 무일과 여주는 한참 동안 아무 말 없이 화면만 노려보고 있었다. 국정원 직원이었던 정현. 단순한 행정직이라는 것은 동생에게 한 그의 거짓말이었을 것이다.

하드디스크의 파일들은 정현이 사망한 날짜에 멈춰 있다. 그리고 윤홍길은 이 하드디스크를 자신의 목숨을 구명해줄 무언가로 생각하며 숨겨왔다. 그는 7년 전 사고사로 처리된 정현 사건의 담당 형사였으니 아마도 수사 과정 중 이 하드디스크를 입수했을 것이다. 이것을 연결하면 이렇다. 국정원 직원인 정현은 죽기 전까지 기밀 문서를 작성해왔다. 그리고 윤홍길은 이것이 국정원의 치부가 될 것임을 알고 자신을 지키기 위해 빼돌렸다.

그렇다면 대체 이 안에 담긴 내용은 무엇일까.

"이 이름들 말이야."

파일 이름을 읽어내려가던 여주가 놀란 음성으로 입을 열었다.

그저 사람의 이름들이라고만 생각했는데 하나하나 읽어보니 떠오르는 얼굴들이 있었다. 유명한 연예인과 작가, 운동선수, 그리고 방송에 자주 모습을 드러내는 대학교수들이었다.

"이거 열어봐."

여주는 한 명의 이름을 선택했다. 삼십대 중반의 여배우로, 개성 있는 연기로 인기를 끌다가 한 편의 CF로 단숨에 주연 자리까지 올라간 사람이었다. SNS에 원전 건설 반대운동을 지지한다는 글을 올리면서 이미지도 좋아졌다. 그러나 어느 순간부터 TV에 나오지 않는 것을 보면 배우 일을 그만둔 건지도 모른다. 무일이 파일을 열자 날짜별로 그녀가 어디서 무엇을 했었는지 자세히 나왔다. 그녀가 만났던 사람과 출연 제의를 한 제작사에 대한 정보도 있었다. 특히 출연 제의를 한 제작사에 대해서는 면밀한 조사가 이루어진 듯했다. 회계는 물론, 배우들과 어떤 식으로 계약하는지부터 제작사 대표의 사적인 영역까지 기록되어 있었다.

여주는 휴대전화로 그 배우의 이름을 검색했다. 2010년의 뉴스까지 훑어야 했다.

"이건……."

검색된 결과를 무일에게 보여주었다. 무일도 그것을 보자 혼란스러운 표정을 지었다. 2010년 승승장구하던 여배우 A에게 영화 제의가 들어왔다. 중국과의 합작 영화로 찍기만 하면 단번에 한류스타로 발돋움할 수 있었다. 수많은 톱배우들이 탐냈지만 그 역할은 그녀에게 돌아갔다. 대본 리딩까지는 순조로웠다. 하지만 그 직후 무슨 이유에선지 제작사는 돌연 배우 교체를 선언했다. 그들의 해명은 조악했다. 애초에 캐스팅 확정이 아니었고, 대본 리딩이 아니라 오디션이었다고 발표한 것이었다. A는 경악했고, 소송까지 불사하겠다고 발표했다. 하지만 소송까지 이어지지는 않았다. 그 내막은 인터넷 뉴스 검색만으로는 알 수 없었다. 그 이후 A는 스크린과 TV에서 사라졌다.

그 뉴스와 이 파일을 함께 놓고 보면 설명이 가능했다. 이유는 알 수 없지만 국정원은 A의 일거수일투족을 감시했다. 정현은 그녀에게 캐스팅 제안을 해온 영화사의 리스트를 만들었다. 리스트 속 영화사 대표들과 접촉해 얻은 답변이 파일 안에 함께 기록되어 있었다.

'VIP의 걱정을 전함. 긍정적인 답변.'

짤막한 그 두 문장 때문에 A는 이미 맡았던 배역에서 밀려나 떨어진 것이었다.

"VIP……."

무일은 파일을 닫고, 다시 파일 목록을 살폈다.

"잠깐, 이 사람은!"

여주가 파일 이름들 중에서 하나를 짚었다. 나기택. 동명이인이 아니라면 이 나라의 국민 누구에게 물어도 알 이름이었다.

"나기택, 현 국회의원."

무일이 답하며 황황한 눈빛으로 여주를 보았다.

"그리고 2010년에는…… 대선 후보."

×××

어마어마한 걸 건드려버렸다고, 여주가 중얼거리자 무일 역시 고개를 끄덕였다.

몇 시간 동안 두 사람은 파일 이름을 차지하고 있는 인사들을 분류했다. 그리고 그중 상당수가 대선을 앞두고 있던 2010년 당시, 집권당을 비판하거나 정치 작태를 비난하는 언사를 행했던 것을 알 수 있었다.

현실 정치를 풍자하여 인기를 끌었던 개그맨은 방송국의 끝도 없는 출연 거절 때문에 결국 은퇴를 택했다. SNS에 정부가 추진하던 사업을 비판했던 여배우는 출처를 알 수 없는 루머와 심한 악플에 시달리다가, 소리 소문 없이 연예계에서 자취를 감추었다.

과거 정치인들이 저지른 잔혹한 인권유린을 다룬 소설로 상까지 받았던 소설가는 독자와 평단의 지지를 고루 받았음에도 정부의 우수도서 선정 등 다양한 지원 사업에서 늘 제외되었다.

국가의 경제개발 계획 하에 벌어진 불법적인 일들과 이로 인한 피해자들의 고통스러운 삶을 다룬 영화를 만들었던 제작사는 갑자기 국가주의적인 영화들을 제작하기 시작했다. 관련 투자사는 대통령이 무리하게 추진하던 사업에 무려 300억 원이라는 금액을 투자하기로 결정했다.

그리고 문제의 나기택. 확인되지 않은 루머 속에서 그는 결국 대선에 참패했다.

국가 안보를 위해 존재하는 기관이 개인 사찰에 힘을 쏟았다.

"술이 필요한 순간이군."

무일이 힘없이 웃으며 말했다. 여주는 그 희미한 미소를 보자 가슴이 조여오는 듯했다. 그토록 찾아헤매던 진실을 알았음에도 가슴이 답답해져오는 까닭은 무엇일까. 이제 여주와 무일은 아무것도 모른 채 살던 평범한 세계로는 절대 돌아갈 수 없다. 그것이 바로 진실을 원한 대가다. 여주는 그 무게를 실감하고 있는 중이었다.

"일단 배 좀 채우고."

이 심각한 상황에서도 무일은 배가 고프다며 중국집에 전화를 걸었다. 여주는 무일의 갑작스러운 기분 변화가 조금 낯설다고 생각했다. 배달 온 짜장면을 코앞에 두고 파일을 계속 살펴보는 무일을 보자니 여주까지 허기가 지는 듯했다. 여주는 식욕을 자극하는 냄새를 맡지 않으려 애쓰면서 말했다.

"한번 눈에 거슬리면, 얼마나 집요하게 물고 늘어졌는지 알 것 같아."

그녀의 말에 무일은 별다른 대꾸가 없었다. 그는 아직 배가 덜 찼는지 금세 비어버린 그릇 안을 젓가락으로 휘젓고 있었다.

"어이, 다 먹었으면 내 말에 집중 좀 하지?"

여주의 타박에 무일은 씩 웃더니 젓가락을 내려놓았다. 국정원의 개인 사찰이라는 상상도 할 수 없었던 진실을 알게 된 이 마당에, 그것도 한밤중에 짜장면 곱빼기라니. 도대체 무일의 신경은 무엇으로 이루어진 걸까? 여주가 한심한 듯 쳐다보자 무일은 움찔하며 본론으로 돌아갔다.

"정리하자면 국정원 직원이었던 정현의 주 업무는 윗선에서 지시하는 인물들에 대한 사찰이야. 그리고 이 파일들은 사찰 결과에 대한 보고서로 보이고."

"그런데 갑자기 국정원과 등을 졌다는 게 되네?"

권순향의 건물에 들어온 정현은 한동안 잘 지내다 갑자기 연락이 되지 않기 시작했다. 그는 어디에도 나가지 않고 집에 숨어 지낸 것으로 보이는데, 느닷없이 들어온 권순향을 덮칠 만큼 무언가를 경계하고, 두려워하고 있었다.

"맞서서 밝히려고 했겠지."

여주는 그렇게 생각했다. 처음엔 상부의 명령이 그릇된 것임을 알면서도 상명하복을 원칙처럼 여기기에 그대로 따르기 마련이다. 하지만 그 일이 점점 자신의 양심을 더럽히고, 회복 불가능할 정도로 망가뜨려놓을 것임을 알게 된다. 그 순간 그의 고민이 시작되었을 것이다. 눈감고 계속 일할 것인가, 아니면 진실을 밝히고 어둠에서 벗어날 것인가.

정현의 고민이 드러난다면 국정원은 그를 위험인물로 규정할 것이다. 그리고 쥐도 새도 모르게 제거할 것이다. 정현은 그들의 힘을 너무나 잘 알고 있었다. 그래서 죽기 전까지 두려움 속에서 보고서를 작성했을 것이다. 그러나 그들은 정현의 변화를 눈치챘고 결국 제거하기로 결정한다.

"이제 어떻게 할래?"

무일이 물었지만 여주는 선뜻 대답하지 못했다. 경찰서장은 이 사건이 국정원과 깊이 관계되어 있다는 사실을 알면 과연 어떤 태도를 보일까. 어쨌거나 이 파일이 판도라의 상자를 여는 열쇠임은 분명하다. 어쩌면 판도라 상자 그 자체인지도.

"우선 오늘은 서로 복귀해야 해. 이 디스크를 어떻게 할지는 좀 더 생각해보자."

"오케이. 뭐든 확실해지기 전까지는 디스크의 존재를 어디에도 알려서는 안 돼. 무슨 뜻인지 알지?"

고개를 끄덕인 여주는 자리에서 일어나 하드디스크를 다시 분리하기 시작했다. 옆에 앉은 무일이 자신의 컴퓨터 하드디스크 파일을 절대 날리면 안 된다고 조잘조잘 떠들기 시작했다. 처음엔 알았다고, 파일이 그렇게 쉽게 날아가는 줄 아냐고, 전깃줄에 앉은 새도 이 정도로는 안 날아가니 걱정 말라고 그를 다독이던 여주는 무일의 조잘거림이 계속되자 드라이버를 집어던지고 싶은 충동에 시달렸다.

"그럼 네가 하든가!"

여주가 버럭 소리를 지르자 무일이 상체를 뒤로 물리며 양손을 가슴 앞에서 교차시켰다. 마치 여주가 쏘아대는 독침을 방어라도 하는 듯했다.

"나는 그런 험한 일 못해."

"그럼 나는?"

"넌 신여주잖아."

그게 무슨 뜻이냐고 소리를 지르려 했지만 여주는 그만두고 입을 꾹 다물었다. 신경질을 낼수록 기분이 좋아져서 헤벌어지는 무일의 입을 다물게 할 수 없을 것 같아 여주는 그냥 참기로 했다.

여주가 답이 없자 성질을 긁는 것에는 흥미가 떨어졌는지 무일이 한껏 기지개를 켰다.

"아우, 오늘 일을 너무 많이 해서 피곤하구먼. 소주나 한잔했으면 좋겠네."

"난 복귀해야 된다니까. 그냥 집에 올라가서 발 씻고 잠이나 자."

"누가 너랑 마신대? 김칫국도 사발로나 마시지, 뭘 그렇게 항아리째로 들이붓고 그러냐."

"하아, 빨리 여길 나가야겠다."

여주는 빠른 손놀림으로 무일의 하드디스크를 원상복구 하고는 케이스를 씌우기 시작했다. 무일은 흥얼거리며 이리저리 돌아다니다 창가로 향했다.

"오늘 포장마차 아줌마가 문을 열었나 모르겠네."

무일은 커튼을 살짝 열고 어둠이 깔린 도로를 내려다보았다. 직접적으로 보이지는 않지만 포장마차를 열었다면 이 건물에서도 코너 쪽의 빛이 보이리라는 생각에서였다. 하지만 잘 보이지 않았다. 입맛을 쩝 다시며 커튼을 도로 치려던 무일의 손이 멈추었다.

"으이구. 꼭 술을 먹어야 쓰겠냐."

마무리 작업을 하며 여주가 핀잔을 주었지만 무일의 귀에는 들리지 않았다.

'저 차, 좀 이상한데.'

검은색 중형 세단이었다. 밤이긴 하지만 가로등이 있음에도 차의 내부가 전혀 보이지 않는 것은 짙은 선팅 탓이었다. 이상한 것은 그것만이 아니었다. 이 도로 앞은 일방통행 구역이었다. 도로 쪽에서 들어올 수는 있어도 반대 방향에서 진입할 수는 없다. 하지만 저 차는 반대쪽에서 들어온 듯했다. 도로 쪽에서 들어온 차가 굳이 방향을 돌려 주차할 리는 없다.

게다가 순향빌딩 바로 맞은편에 대여섯 대의 차량을 세울 수 있는 공간이 있다. 건물을 지으려던 업체가 부도나면서 공터가 되어 버린 곳이다. 그곳에 세우지 않고 굳이 불법 주차를 한 차가 또 굳이 순향빌딩 앞에 서 있다. 평소라면 대수롭지 않았을 일이지만 지금은 그렇게 넘길 수가 없었다. 무일은 차의 번호판을 보려고 했다. 하지만 보이지 않았다. 시야가 확보되지 않아서 그런 것이 아니었다. 번호판을 비추는 라이트가 양쪽 다 꺼져 있었다. 역시 수상했다.

30

"뭐 해?"

여주가 이상하다는 듯 무일의 어깨너머를 기웃거렸다. 무일은 재빨리 커튼을 치며 뒤돌아섰다. 어느새 여주는 컴퓨터 조립을 완료하고 하드디스크를 자신의 가방 안에 넣고 있었다.

"여주야."

"응?"

여주는 조금 당황했다. 무일의 진지한 얼굴 때문이기도 했지만, 그가 여주의 이름을 이렇게 부른 적은 많지 않았다. 보통 '신여주'라고 성까지 다 붙여서 불렀다. 그런데 갑자기 저런 얼굴을 하고 이름을 부르자 여주는 심장이 떨어지는 것 같았다. 단순한 두근거림을 넘어서 불안함이 고개를 치켜들었다.

"그거 나 주고 가야지."

"뭘?"

"하드디스크."

여주는 의혹이 짙게 깔린 시선으로 그를 보았다. 무슨 생각을 하는지 무일의 얼굴을 살펴보았지만 의도가 쉽사리 파악되지 않았다. 불안감이 그녀의 등줄기를 타고 올랐다. 그녀의 걱정스러운 기분을 눈치챘는지 그는 돌연 밝게 웃으며 손을 내밀었다.

"응? 나 좀더 보게 주고 가."

× × ×

다음날 아침 8시 50분. 변상영 사무장은 이어폰을 꽂고 신명나게 출근했다가 낯선 광경과 마주치고 말았다. 귀에서는 트로트계의 아이돌이라고 불리는 홍진영의 노래가 구성지게 울려퍼지고 있었다.

사무실에서 무일이 커피를 타고 있었다.

"사무장님 나오셨어요?"

변 사무장은 눈을 한번 비볐다. 아무래도 올해 초부터 노안이 심상치 않더니 이젠 헛것이 보이는 게 아닌가 싶었다. 그도 그럴 것이 무일은 성실한 변호사는 절대 아니었다. 정시 출근과는 담을 쌓고 살면서 정시 퇴근과는 절친하게 지내는 그런 인물이 아니었던가. 지금 시각 9시 10분 전. 남들이라면 정상적인 출근 시간이지만, 무일에게는 절대적으로 불가능한 출근 시간이었다.

"아니, 벼, 변호사님. 출근을 이렇게 일찍 하신 겁니까? 아니면 아예 안 들어가신 겁니까? 혹시 무슨 일 있으십니까?"

"참 나, 사무장님은 절 뭘로 보고. 와서 커피나 한잔하시죠."

무일은 사무장을 변호사실로 불러들였다. 사무장은 고개를 갸웃했지만, 곧 그러면 그렇지 하는 얼굴로 돌아왔다. 아무리 제시간에 출근했어도 김무일이 곧장 일을 할 리가 없다. 킁 하고 웃으며 변 사무장이 변호사실로 들어갔다.

변 사무장의 맞은편에 앉으며 무일은 커피잔을 내밀었다. 변 사무장이 커피를 한 모금 마셨다.

"변호사님이 타주시는 커피는 처음이네요."

"그렇습니까?"

후 하고 웃으며 무일이 커피를 마셨다. 입은 미소를 지었지만 얼굴은 웃고 있지 않았다. 이마는 딱딱하게 긴장되어 있다. 변 사무장은 무일과 오랫동안 일을 해왔지만 저렇게 경직되어 있는 모습은 본 적이 없었다. 무슨 일일까. 평소와 다른 모습에 변 사무장은 약간 걱정스러웠다.

"근데 변호사님, 무슨 일 있으세요?"

"음."

무일은 말을 고르며, 바닥을 향해 눈을 내리깔았다. 역시 무슨 일이 있는 것이다. 그 이야기를 하려고 자신을 부른 것임을 변 사무장은 느끼고 있었다. 무일은 슬쩍 고개를 들어 벽에 걸린 시계를 확인하고 입을 열었다.

"변 사무장님, 요새 바빠져서 가족이랑 보낼 시간도 없죠?"

불안감이 실체를 드러내며 변 사무장의 목덜미에 매달렸다.

"변호사님."

"아마 조금 시간을 내드릴 수 있을 것 같습니다."

변 사무장의 얼굴이 일그러졌다.

"저 자르시는 겁니까!"

"아니, 그건 아니고……."

"제가 뭘 잘못한 게 있는 겁니까? 역시 저작권 소송을 못하게 돼서……. 그렇다면 우리 예전처럼 다시 일을 하면 되는 거잖아요. 저랑 일하신 게 하루이틀도 아닌데 이렇게 갑자기! 어떻게 사람이 이럽니까! 쓴물 단물 다 빨아먹고 저를 뱉어내시겠다는 건가요, 아니면 처음부터 저와는 이런 비즈니스적인 관계였단 말입니까!"

"아니, 제가 언제 쓴물 단물을……. 그리고 우리가 비즈니스적인 관계가 아니면 무슨…… 아니, 그보다 진정 좀."

당황한 무일이 변 사무장을 향해 손을 저었지만 저지할 수 없었다.

"지금 제가 진정할 수 있겠습니까!"

설명을 해보려 했으나 역부족이었다. 무일은 벽에 걸린 시계를 다시 확인했다.

"9시. 이제 설명드릴 수 있겠네요."

"무슨……."

그 순간, 사무실의 문이 벌컥 열렸다. 검은 정장을 입은 네 명의 남자가 들이닥쳤다. 예상하고 있었던 듯 무일은 침착한 얼굴로 커피를 한 모금 들이켰다. 조금 전까지 배신감에 치를 떨던 변 사무장만이 입을 벌리고 남자들을 보았다.

네 명 중 가장 앞에 선 남자가 한 발짝 나서며, 주머니에서 반으로 접힌 종이 한 장을 꺼내 내밀었다.

"김무일 씨. 당신은 불법 도감청 혐의로 기소되었습니다. 압수 수색 영장입니다. 지금부터 김무일 씨의 사무실에 대한 압수 수색을 실시합니다."

"뭐요!"

변 사무장이 벌떡 일어섰다. 하지만 그는 곧 태연한 무일을 이상하다는 듯 내려다보았다. 무일은 커피잔을 내려놓으며 얕은 한숨과 함께 자리에서 일어섰다. 당장이라도 뒤로 넘어갈 것 같은 얼굴의 변 사무장을 보며 무일이 웃었다.

"설명됐죠?"

압수 수색과 기소. 그것이 당분간 변 사무장이 쉬어야 하는 이유였다.

×××

"신 형사님! 지금 변호사님이 긴급체포되셨습니다!"

변 사무장의 연락을 받기가 무섭게 여주는 의자를 박차고 경찰서 밖으로 달려나갔다. 하드디스크를 확보한 순간 방심했다. 이제 그들의 목줄을 쥘 수 있을 거라고 생각했다. 실수였다.

"변호사님이 무슨 도청을 했다는데, 기계치인 분이 어떻게 그런……. 아니 그보다 컴퓨터도 다 가져가고. 어떻게 하면 좋아요, 형사님?"

하드디스크는 이제 무일이 해온 불법 도감청을 입증하는 증거물이 될 것이다. 그 안에 들어 있는 무수한 파일들이 대체 무일의 변호사 일과 무슨 상관이 있겠냐마는 그들은 늘 그래왔던 것처럼 그럴듯한 이유를 만들어 그를 옭아맬 것이었다.

"제가 한번 알아볼게요."

전화를 끊은 여주는 황급히 차에 올라타 시동을 걸었다. 그녀는 힘껏 액셀러레이터를 밟았다. 굉음만 날 뿐, 차가 움직이지 않았다. 몇 번 더 밟고 나서야 사이드브레이크를 풀지도, 드라이브를 바꾸지도 않았음을 깨달았다. 마음이 너무 급했다. 여주는 눈을 감고 크게 숨을 들이켰다가 내쉬었다. 괜찮다고, 자신에게 몇 번이나 중얼거렸다. 마음을 진정시키지 않으면 사고를 낼 것만 같았다. 어이없는 사고로 모든 일이 어그러질 수 있다. 위험한 사건에 무일을 끌어들이고 말았다. 결코 그가 다치는 일이 생겨서는 안 된다. 지금 그를 도울 수 있는 사람은 여주 자신밖에 없었다. 그러니 정신을 똑바로 차려야만 한다.

눈을 뜬 여주는 차분히 사이드브레이크를 풀고, 룸미러와 사이드미러를 통해 시야가 확보되는지 확인한 후, 드라이브를 바꾸고 브레이크 페달을 놓았다. 차가 움직이기 시작하자 부드럽게 액셀러레이터를 밟았다. 차는 경찰서를 벗어나 안정적으로 도로에 합류했다.

여주는 검찰청 쪽으로 차를 몰며 변 사무장에게 다시 전화를 걸었다.

"혹시 담당 검사나 수사관이 누군지 알아보실 수 있어요?"

"한번 알아볼게요."

정면을 주시하며 운전을 하면서도 여주는 어젯밤의 무일을 생각했다. 그가 파일을 좀더 보고 싶다고 했을 때 그 말을 그대로 믿어서는 안 됐다. 그저 자신에게서 하드디스크를 받아내기 위해 적당히 둘러댄 것뿐이었다. 무일은 분명 어떤 낌새를 먼저 챘던 것이다. 헤어지기 전 바깥을 살펴보다 서둘러 커튼을 치던 모습. 여주는 이제야 그 이상한 행동의 이유가 짐작되었다.

"차라리 내가 갖고 있는 게 낫지. 멍청한 놈!"

여주는 핸들을 내리쳤다. 만약 오늘 아침 불법 도감청 혐의를 뒤집어쓴 것이 무일이 아니라 여주였다면, 조사를 통해 입수한 증거품이라고 해명이 가능했을 것이다. 그리고 이를 계기로 사건의 전말을 공개할 수 있었을 것이다. 무일이 가지고 갔기에 저들이 혐의를 뒤집어씌우기 수월해져버렸다.

'아냐.'

여주는 고개를 흔들었다. 미안한 마음이 일으킨 원망이 생각을 협소하게 만들고 있었다. 만약 여주가 하드디스크를 가지고 갔다면 저들은 이런 방식으로 혐의를 뒤집어씌우지는 않았을 것이었다.

정현의 죽음.

여주는 정현과 마찬가지로 죽음을 맞이했을지도 모른다. 그 생각에 소름이 돋았다. 무일은 뒤집어씌우는 선에서 끝낼 수 있는 사람이다. 하지만 같은 방법이 형사인 여주에게는 먹히지 않는다. 자칫하면 의혹의 시선을 받는다. 저들에게 사람을 침묵하게 만드는 가장 쉬운 방법은 아마 죽음일 것이다. 무일은 그것을 알았기 때문에 자신이 하드디스크를 가지고 있겠다고 한 것이었다.

생각이 그쯤에서 정리되었을 때, 조수석에 올려두었던 휴대전화가 진동했다. 변 사무장의 전화였다. 여주는 귀에 이어폰을 끼고 핸즈프리 버튼을 눌렀다.

"형사님! 확인됐습니다! 그런데……."

"왜요?"

변 사무장은 말끝을 흐렸다. 여주가 그의 말을 재촉했다.

"담당 검사가 서울중앙지검 공안부 검사 민동진입니다. 알아보니까……."

"알아보니까 뭐요?"

"작년에 국정원에 파견 근무를 다녀온 검사입니다."

×××

"민동진 검사입니다."

조사실에 데려다놓은 지 한참 후에 들어온 검사가 악수를 청하자, 무일은 어이없다는 듯이 그의 손을 바라보았다.

"지금 내가 악수나 하고 있게 생겼습니까? 대체 내가 무슨 죄를 지었다는 말입니까?"

　이렇게 시간을 끌다 조사실에 들어오는 것은 그동안 민동진이 늘 해왔던 절차였다. 책상과 의자 하나밖에 없는 조용한 조사실에서 피조사자들은 항상 위압감과 두려움을 함께 느낀다. 그 감정을 한껏 증폭시킨 후 조사실에 입장하면 그것만으로도 검사는 심리적 우위에 설 수 있다. 그런데 그것이 안 통하는 사람들이 있다. 이를테면 너희들은 나를 어떻게 할 수 없다고 자신하는 고위층, 잡히든 말든 상관없다는 뼛속까지 악질적인 범죄자들. 혹은 정말로 죄를 짓지 않은 사람들.

　치켜뜬 무일의 눈을 보면서 민동진은 비열한 웃음을 흘렸다. 무일이 어떤 부류인지는 민동진이 가장 잘 알았다. 하지만 죄를 짓지 않았다고 해서 다 무죄일 수 없다. 씌워진 혐의를 벗어나면 무죄, 벗어나지 못하면 유죄다. 그리고 그것은 바로 검사에게 달려 있다고 민동진은 생각했다.

　"내가 이런 조사실에 엄청 와봤거든요. 변호사니까 같이 와봤지. 근데 내가 직접 잡혀 온 건 또 처음이네. 인생은 참 몰라요, 그죠?"

　무일이 장난스럽게 어깨를 으쓱거렸다. 민동진은 들고 온 노트북을 내려놓고 무일의 맞은편 의자에 앉았다.

　"아주 여유만만하시네."

　"아닌데, 나 완전 긴장했는데."

　"당신 무슨 혐의로 끌려왔는지는 알아?"

　"근데 왜 반말해? 친구야? 그럼 아예 친구를 먹든가. 나는 좋은

데, 검사 친구."

민동진의 얼굴이 굳었다. 그의 이마가 꿈틀거렸다. 표정이 순식간에 서늘하게 변했다. 무일은 그 모습을 보면서 여유롭게 웃었다. 이제 수박 겉핥기는 그만두고 본론으로 들어가라, 무일의 농담은 그런 뜻이었다.

민동진은 거친 손길로 노트북을 열었다.

"김무일 씨가 오랜 기간 다방면에 걸쳐 불법 도감청을 해왔다는 정보가 입수되어 긴급 수색 영장이 발부된 겁니다. 아시겠습니까?"

"정말 궁금한 게 있는데요."

무일이 몸을 앞으로 숙였다. 민동진이 미간을 찌푸렸다.

"그 정보라는 건 대체 누가 주는 겁니까? 당최 알 수가 없어서."

"지금 장난합니까?"

민동진이 책상을 거칠게 내리쳤다. 이제 무일의 얼굴에도 웃음기가 사라졌다.

"정말 궁금해서 그래. 밤말 듣는 쥐새끼랑 낮말 듣는 새 새끼가 누군지."

"무슨 소릴 하는 겁니까? 당신은 왜 반말해요?"

무일이 어깨를 으쓱했다. 그는 다시 철제 의자 등받이에 몸을 기댔다.

"난 또 친구 하기로 한 줄."

31

당장 소리라도 지를 것처럼 민동진의 얼굴이 일그러졌다. 하지만 그는 끝내 화를 참는 데 성공했다. 민동진은 자기가 할 말만 해야겠다고 결심한 사람처럼 무일을 향해 무심한 눈빛을 던졌다.

"김무일 씨는 현재 불법 도감청 혐의를 받고 있습니다. 수색영장이 발부됨에 따라 김무일 씨의 순향빌딩 변호사 사무실과 같은 빌딩 내의 자택을 수색했고, 컴퓨터와 각종 서류를 입수해 현재 조사 중입니다."

무일은 휘파람을 불었다. 민동진의 말이 이어졌다.

"다시 말해 조사만 끝나면 당신의 자백 같은 건 필요도 없다는 얘깁니다. 그러니 이쯤에서 자백을 하면 정상참작 정도는 가능합니다."

"자백이고 뭐고, 나는 도감청을 한 적이 없어요. 조사해보면 알겠지만 나는 저작권 기획 소송 전문 변호사란 말입니다."

"저작권 기획 소송?"

민동진의 물음에 무일은 눈을 깜박였다. 그것도 모르냐는 표정이었다. 그러고는 크게 선심을 베풀듯 설명했다.

"그러니까 쉽게 말하자면…… 애들 코 묻은 돈 뺏어먹는 거랄까, 뭐 그런 건데. 애들이 소설을 불법으로 스캔해 업로드하거나 다운로드받으면 작가에게 소송하라고 해서 중간에서 수임료를 따먹는……."

"그게 자랑입니까?"

"자랑은 아니라도 도감청 같은 거랑은 상관없는 사람이라고 증명하려면 어쩔 수 없는 거 아닙니까."

"글쎄요. 변호사니 증거 취득을 위해 그동안 불법 도감청을 해왔을 수도 있죠."

"저작권 기획 소송에 무슨 증거 취득씩이나. 도감청하는 돈이 더 들겠습니다."

"그건 조사해보면 나오겠죠."

말과는 다르게 민동진은 무일의 대답을 더 들을 생각도 없었다. 이미 그에게 씌울 죄명과 형량을 정해놓은 상황이었다. 무일은 그들의 목적을 이미 알고 있다. 자신에게 불법 도감청 죄를 뒤집어씌우고 증거물로 문제의 하드디스크를 제시한다. 그 안에는 누군가를 몰래 지켜보고 사적인 대화를 엿듣지 않고서는 절대 작성될 수 없는 보고서들이 가득하다. 그것들은 그럴 듯한 이유로 무일이 이제까지 해왔던 일들이 되어버릴 것이다. 하드디스크는 더 이상 여주와 무일의 증거물이 아니라 그들의 증거물이 된다. 이제 여주와 무일은 그들의 비밀을 영원히 입증할 수 없게 된다. 정현과 권순향의 죽음은 여전히 사고사와 자살로 남을 것이며, 하드디스크는 어딘가로 사라져버릴 것이다.

무일은 피식 웃으며 민동진을 보았다. 안광이 번쩍였다. 그는 여유롭게 말했다.

"참 맘에 안 들어요."

"뭐요?"

"난 그냥 원장님이 시키는 대로 했는데."

그 말에 민동진의 눈이 커다랗게 떠졌다. 그는 미간을 찌푸리고 무일의 얼굴을 뚫어져라 쳐다보았다. 싱글싱글 웃고 있는 입과 달리 민동진의 눈빛을 맞받고 있는 무일의 눈에는 전혀 웃음기가 없었다. 민동진은 무일의 말에 걸려 있는 행간의 의미를 파악하려는 듯 눈을 깜박이면서도 한참이나 무일을 보았다. 갑자기 무슨 생각이 들었는지 다급하게 자리에서 일어나 밖으로 나갔다가 금세 들어왔다.

"녹화 장치는 왜 끄고 옵니까?"

민동진의 어깨가 움찔했다. 건너짚었지만 무일이 제대로 짚었다는 것을 증명하고 있었다. 민동진이 도로 자리에 앉았다.

"당신 뭐야?"

무일은 민동진의 눈을 가만히 들여다보았다. 그러고는 슬쩍 입꼬리를 올렸다. 마치 비웃기라도 하듯. 그뿐이었지만 민동진을 건드리는 데는 충분했던 모양이었다. 민동진의 미간은 풀어질 기미가 보이지 않았다. 그러고는 혐오감을 감추지 않는 목소리로 말했다.

"왜 너 같은 인간이 그 디스크를 가지고 있나 했더니, 그쪽에서 일했어?"

그쪽? 무일은 무슨 뜻인지 정확히 알 수 없었지만 모르는 티를 내지 않았다. 여유작작한 태도를 유지한 채 다리를 꼬고 앉았다.

"지금 원장님께서 얼마나 곤란하신 상황인 줄 알아? 괜한 정의감에 사로잡혀서 터뜨리면 다 끝날 것 같지? 근데 이 세상이라는 게 안 그래. 잠깐은 시끄러워도 곧 가라앉는다. 대신 흙탕물을 일으킨 넌 목숨도 부지 못할 거야. 이미 디스크는 우리 손에 들어왔어. 내가 적당히 처리해줄 테니까 알아서 몸 사리고 잠깐 들어가는 걸로 끝내."

무일은 어젯밤 창밖으로 보이던 차를 떠올렸다. 눈에 띄더라도 반드시 그 자리에 세워야 하는 이유, 바로 도청을 하기 위해서였을 것이다. 사무실 안의 대화를 엿듣고 있다고 직감한 무일은 자신이 하드디스크를 갖고 있겠다고 말하고 여주를 내보냈다. 그러고는 기다렸다. 그들이 어떻게 나올지는 알지 못했다. 괴한의 급습일 수도 있다고 생각했지만 새벽이 밝아오면서 깨달았다. 그들은 자신을 옭아맬 계획이었다.

무일은 민동진을 보았다.

"무슨 소리를 하시는 겁니까?"

"……?"

"저는 미용실 원장님이 잘라준 앞머리가 마음에 안 든다는 건데요."

무일은 자신의 머리를 헝클어뜨리며 말했다. 말과는 다르게 앞머리 따위는 없었다.

일그러진 민동진의 얼굴은 볼 만했다. 민동진이 영상 녹화를 끄지 않았더라면 얼마나 좋았을까 하고 무일은 생각했다. 아마 영상이 남아 있었다면 검찰 내부에서 길이길이 기억될 레전드 영상이 됐을 것이다. 제목은 검사 엿 먹이기.

"이 자식!"

민동진이 손을 뻗어 무일의 멱살을 잡아 올렸다. 그 덕분에 무일이 엉거주춤 일어났다. 그는 씨익 웃어 보였다.

"아니, 그럼 대체 무슨 원장님을 생각하신 겁니까? 유치원 원장님?"

그러고는 알겠다는 듯 "아아" 하고 말을 길게 늘였다.

"아니면 내과 원장님?"

"이!"

멱살을 잡은 손에 힘을 주고, 민동진은 반대편의 주먹 쥔 손을 들어올렸다. 기어이 한 대 맞는구나. 무일은 그렇게 생각하면서도 녹화 장치도 꺼진 마당에 검사에게 맞았음을 증명할 방법을 고민하고 있었다. 여기서 나가자마자 맞았다고 하면 같은 검찰 식구들이 그러십니까 하고 민동진을 수사해줄 것 같지는 않다. 경찰서로 가봐야 그사이 시간이 흐르니 거짓말이라고 몰아가겠지. 그런 경우의 수들이 빠르게 머릿속을 스쳐갔다.

하지만 무일은 맞지 않았다. 물론 민동진은 화를 못 참고 그를 때리려 했다. 순간 바깥에서 들려온 소란이 아니었다면 분명 주먹을 날리고 말았을 것이다.

소란이 멎고 노크 소리가 들렸다.

"검사님."

문을 열고 들어온 것은 안경 낀 남자였다. 힘없어 보이는 얼굴과 아주 잘 어울리는 연보라색 니트를 입고 있었다. 민동진과 팀을 이루는 수사계장이나 검사실 소속 사무장으로 보였다.

"무슨 일입니까?"

그는 민동진이 무일의 멱살을 잡고 있는 모습에 놀라는 기색이었음에도 자신에게 이보다 더 곤란한 상황이 벌어졌음을 온몸으로 한껏 발산해 보이고 있었다. 그는 제대로 설명하지도 못한 채 머뭇거리며 자신의 뒤를 가리켰다.

"형사가……."

"형사?"

민동진이 무일을 놓았다. 무일은 형사라는 말에 인상을 썼다. 누군지 대번에 알 수 있었다. 신여주다. 그가 걱정되어 여기까지 쫓아온 것이다. 얽히지 않기를 바랐는데, 조사실까지 쫓아올 줄은 생각지 못했다.

민동진이 바깥으로 나갔고, 무일은 따라 나갈 수 없었다. 그렇다고 해도 가만히 앉아 있을 수가 없어 그는 선 채로 사무실 안을 배회했다.

복도로 나오는 민동진의 앞을 여주가 가로막았다. 민동진의 안색이 별로 좋지 않았다. 벌겋게 상기되어 있는 얼굴이었다.

"무슨 일입니까?"

"은파경찰서 신여주 형사입니다."

"형사?"

민동진이 여주의 머리끝부터 발끝까지를 불쾌한 시선으로 훑었다. 여주는 허리를 꼿꼿이 세우고 등과 가슴을 곧게 폈다.

"순향빌딩 건물주 권순향 씨 살해 사건을 담당하고 있습니다."

"그런데?"

"안에 있는 김무일 변호사는 그 사건의 중요한 증인입니다."

민동진이 코웃음을 쳤다.

"증인을 데리러 왔다? 미안하지만 이쪽이 먼저……."

"압수 수색을 하셨다는 거 알고 있습니다. 그것에 관해 드릴 말씀이 있습니다. 설명을 들어보시면 도움이 되실 겁니다."

"어디 중앙지검 검사한테 도움이니 뭐니 떠들어? 은파경찰서라고? 거기 서장한테 항의 좀 넣어야 정신차리겠어?"

그의 목소리가 노여움으로 떨렸다. 무작정 오기는 했지만 여주는 민동진이 경찰서장을 들먹이자 어떻게 해야 할지 몰랐다. 물끄러미 조사실의 문을 보았다. 저 안에 무일이 있는데 도움을 줄 수가 없다. 그동안 자신은 도움만 받아왔는데. 이제 꼼짝없이 그는 불법 도감청을 한 죄로 구속된다.

여주가 할 말을 찾지 못하고 눈을 질끈 감은 순간, 민동진의 전화가 울렸다. 민동진은 짜증스러워하며 휴대전화를 꺼내다가 발신인을 확인하고는 긴장한 듯 자세를 고쳐 잡으며 전화를 받았다. 하지만 뭐라 말을 꺼내기도 전에 들려온 상대편의 말은 민동진의 얼굴을 굳게 만들었다. 붉었던 얼굴엔 핏기가 가셨으며 미간은 구겨졌고, 이마에 푸른 심줄이 툭 불거졌다. 살짝 벌어진 입술과 크게 떠진 눈에서 그가 몹시 당황하고 있음을 알 수 있었다.

"알겠습니다."

전화를 끊은 민동진은 황황한 얼굴로 조사실의 문을 열었다. 여주는 그 틈으로 무일을 보았다. 무일은 의미심장하게 웃고 있었다. 여주가 그 웃음의 의미를 파악하기도 전에 문이 닫혔다.

무일은 닫힌 문 너머로 여주의 모습이 사라지자 여유만만하게 말했다.

"아무것도 안 나왔다고 하죠? 거봐요. 나는 기획 소송밖에 안 하는 한심한 변호사라니까. 이를 어쩌나. 증거가 없어서 구속영장이 발부 안 되겠네. 그럼 이제 집에 가야지."

무일은 바지를 털고 자리에서 일어섰다. 그러고는 민동진의 코앞까지 걸어왔다. 호흡이 닿을 정도로 가깝게 얼굴을 마주 댄 무일이 그의 귀에 대고 속삭였다.

"이를 어쩌나. 원장님이 격노하실 텐데."

굳은 민동진의 눈을 보며 무일이 웃었다.

32

여주는 터덜터덜 주차장으로 향했다. 누군가에게 온몸의 힘을
다 빼앗겨버린 듯한 기분이었다. 뭘 어쩌겠다는 작정도 없이 달려
간 조사실이었다. 잘못하면 검사가 경찰 쪽에 문제 제기를 할 수도
있는 사안이었지만 앞뒤를 따질 여유가 없었다.

하지만 정작 검사의 호령 앞에 아무 말도 하지 못했다. 그동안 급
한 문제가 생기면 몸부터 앞서 달려나가는 자신의 기질에 내심 자
부심을 느꼈다. 행동력과 돌파력이 기민한 형사 체질이라고 생각
했기 때문이다. 하지만 이번엔 아니었다. 무일에게 그 어떤 힘도 미
칠 수가 없다는 것을 깨닫자 절망감이 떨쳐지지 않았다.

'그때 걸려온 전화는 뭘까.'

그 전화 한 통이 모든 것을 뒤바꿔놓은 것을 알 수 있었다. 그 전
화 한 통이 여주를 내려다보며 비웃던 검사를 한순간에 땅으로 끌
어내렸다. 여유작작하던 검사의 얼굴이 일그러짐과 동시에 여주는

문틈으로 무일의 웃음을 보았다. 두 사람의 입장이 순식간에 반전된 것은 명확했다.

이것은 희망적인 사인이다. 무일에게는 아무 일도 없을 것이다. 그런 생각이 들자 차갑게 식었던 몸에 다시 따뜻한 피가 도는 것 같았다. 여주는 차문을 열고 운전석에 주저앉았다. 이제 어디로 가야 할지 알 수 없어서 한참이나 그러고 앉아 있었다. 긴장이 풀리자 가벼운 두통이 밀려들었다. 핸들에 이마를 가져다 댔다.

'그를 망가뜨리는 줄 알았다. 그를 잃는 줄 알았다.'

그들이 아니라 바로 여주 자신 때문에.

아무런 힘도 되지 못했다는 좌절감과 그럼에도 그가 무사하다는 안도감이 뒤섞여 마음이 복잡했다. 여주는 깊은 한숨을 내쉬었다.

그때 그녀의 휴대전화가 진동했다. 여주는 여전히 핸들에 이마를 댄 채 주머니에 손을 넣어 휴대전화를 꺼냈다. 가까스로 눈을 들어 발신인을 확인했다. 기운이 없어 다른 이였더라면 안 받았을 터이지만 이 사람은 예외였다. 자신만큼이나 긴장하고 있을 변상영 사무장이었다.

"네, 사무장님."

— 어떻게 됐어요? 변호사님은요?

그의 목소리는 격앙되어 있었다. 그가 얼마나 불안해하고 있는지 짐작되었다.

"제가 풀려나게 할 수 있는 상황이 아닌 것 같아요."

변 사무장의 한숨 소리가 들려왔다.

조금 전 자신처럼 힘 빠진 그의 반응에 여주는 싱긋 웃었다.

"하지만 김무일이 또 누군가요. 알아서 나올 것 같아요."

— 네?

"사실은 저도 무슨 일이 벌어진 건지는 몰라요. 자세한 이야기는 제가 들어가서 할게요."

— ……네.

변 사무장이 주저하다가 마지못해 답했다. 무슨 일인지는 모르겠는데 알아서 나올 거라는 애매한 말을 믿어도 좋을지 판단이 서지 않는 것이다.

"한 가지만 말씀드릴게요. 그 녀석 웃고 있더라고요."

— 웃어요?

"네. 검사는 열 받아서 터질 것 같은 얼굴이고 그 녀석은 웃고 있고요."

변 사무장은 잠깐 아무 말도 하지 않았다. 무슨 상상을 했는지 그가 풋 하고 웃었다.

— 그렇군요. 다행입니다. 아무튼 형사님 이쪽으로 오신다는 거죠? 오시면 더 자세한 이야기를 듣겠습니다.

한결 가벼워진 목소리로 변 사무장이 전화를 끊었다. 변 사무장과 통화를 하고 나니 여주도 머릿속이 한결 정리된 것 같았다. 무일은 어떻게든 나올 것이다. 슬며시 고개를 쳐들려는 불안감을 계속 억누르며 그 사실 하나만을 보기로 했다. 걱정만 하며 시간을 보내느니 무일이 나오기 전에 자신이 할 수 있는 뭔가를 찾아 대책을 강

구하는 것이 차라리 나을 것 같았다.

좀처럼 흔들리지 않는 여주였지만, 아주 가끔은 억눌러왔던 두려움이 고개를 치켜들곤 했다. 그러면 그만두고 싶다는 생각이 뒤따랐다. 그녀는 자신의 연약함을 확인할 때마다 어떻게 다뤄야 할지 무척 난감했다. 하지만 지금만큼은 다르다. 그녀는 자신이 그렇게 강인하지 않다는 걸 이제는 안다. 하지만 멈추고 싶다는 생각은 전혀 들지 않았다. 있는 힘껏 할 수 있는 일들을 하고 싶었다. 이 변화가 어떻게 생겨난 것인지 그녀는 알고 있었다.

"감히 누굴 건드려."

여주는 일부러 크게 혼잣말을 하며 시동을 걸었다. 차체가 가볍게 진동했다.

× × ×

순향빌딩에 거의 가까워졌을 때 여주는 빌딩 앞 골목에 나와 서성이는 익숙한 인물을 발견했다.

"형사님!"

도로변에 차를 세우는 여주를 확인하고 변 사무장이 한달음에 달려와 그녀를 반겼다. 여주가 미소를 지으며 차에서 내렸다. 선하디선한 그 얼굴을 보면서 여주는 변 사무장이 더 좋아질 것 같은 예감이 들었다.

"잘 다녀오셨어요?"

"네. 왜 나와서 기다리고 계세요? 제가 바로 온다고 말씀드렸는데."

"그래도 가만히 있기가 영 그래서요. 그리고 변호사님이 안 계시는 사무실에 있는 게 이상하더라고요."

"사무장님도 참. 어서 올라가시죠."

변 사무장이 앞장서고 여주가 그 뒤를 따랐다.

"먼저 들어가 계세요. 커피 타서 들어갈게요."

여주는 급히 손을 내저었다.

"아니에요. 저 안 마셔도 돼요."

"얼른 들어가 계세요. 손님 대접 그렇게 해서 보낸 적 없어요."

등을 밀어대는 변 사무장 덕분에 여주는 혼자 무일의 사무실 안으로 들어갔다. 그러고는 무일이 없는 사무실에 혼자 있기가 영 이상했다던 그의 말을 온몸으로 실감했다.

왠지 모를 냉기가 여주의 피부를 자극했다. 사무실 안은 깔끔하게 정돈되어 있었지만 '아무것도 없다'는 느낌을 갖게 했다. 주인 잃은 책상은 애초에 어떤 목적으로 만들어졌는지도 알 수 없는 그냥 커다란 물체에 불과했다. 창문이 열려 있지도 않은데 목덜미 쪽으로 서늘한 바람이 지나가는 것만 같았다. 이런 느낌을 그녀는 한마디로 설명할 수 있을 것 같았다.

'그가 없어서 허전하다.'

노크 소리가 들렸다. 멍하니 서 있던 여주는 대답을 하면서 얼른 소파에 가서 앉았다. 변 사무장이 문을 열고 들어오자 짙은 커피향이 사무실 안을 메웠다. 허전한 방에 따뜻한 커피향이 퍼지니 서늘함이 조금 가시는 것 같기도 했다.

"귀찮게 해서 죄송해요."

"무슨 말씀을. 어차피 저도 커피 한잔하려고 했어요."

변 사무장이 여주의 앞에 쟁반을 내려놓았다. 커피 두 잔과 함께 작은 접시 위에 마들렌 네 개가 놓여 있었다. 마들렌 표면의 반지르르한 윤기가 식욕을 자극했다. 달콤한 향이 쌉쌀한 커피향과 함께 섞여 흐르고 있었다.

"아침도 못 드셨죠? 시간도 애매해서 지금 뭘 먹기는 그렇고, 또다시 경찰서로 들어가야 하실 수도 있으니까요. 이걸로 요기라도 하시라고요."

"저 지금 막 여기에 너무 취직하고 싶어졌어요."

눈썹을 팔(八)자로 늘어뜨리며 여주가 장난스럽게 말하자 변 사무장이 부드럽게 웃었다.

"저야 감사하죠."

"근데 김무일 그 녀석이 돌아오면 흠씬 패주는 것 먼저 해야겠어요. 감히 사무장님께 걱정을 끼치다니."

"그것도 감사합니다."

너스레를 떠는 변 사무장의 얼굴을 보면서 여주는 어서 이야기를 시작해야겠다고 생각했다. 별다른 질문도 하지 않고 가만히 웃고 있지만, 그가 몹시 이야기를 듣고 싶어한다는 것을 눈치챘기 때문이다. 갑자기 체포된 무일이 불법 도감청 혐의를 받고 있으니 이 모든 상황이 의아할 것이다. 게다가 그는 무일과 여주가 찾아낸 하드디스크의 존재도 아직 모르고 있다. 여주는 그에게 어세 일부터 차분히 설명한 후 오늘 아침 검찰청에서 본 무일의 모습도 전했다.

"분명 도감청 파일이 든 하드디스크를 찾지 못한 거예요."

"근데 압수 수색 때 하드디스크가 나오긴 했어요. 그리고 우리 사무실의 컴퓨터도 다 가지고 갔죠."

그렇다면 변 사무장의 생각대로 하드디스크는 사무실 안에 보관되어 있다가 압수 수색 때 그들의 손에 넘어갔다고 봐야 옳았다. 아무리 무일이 어딘가에 숨겼다고 해도 그것이 사무실 안이라면 그들이 찾지 못할 리가 없다. 검찰의 압수 수색은 그렇게 허술하게 이루어지지 않는다.

'하지만 그 전화는 분명······.'

여주는 민동진에게 걸려왔던 전화와 그의 표정을 떠올리며 고개를 저었다. 그 반응은 분명 찾지 못했다는 뜻이었다.

"그럼 지금 그건 어디에 있을까요? 그게 나와야 방송에라도 터뜨릴 텐데요. 다른 사람들이 더 위험해지기 전에요."

변 사무장이 말했다. 여주도 짐작 가는 곳이 없었다.

"제 생각에 하드디스크는 김 변호사가 나와야 알 수 있을 거 같아요. 그전에 제가 할 수 있는 일을 해야죠."

"저도 도울 수 있는 거라면 돕겠습니다."

"정희 씨를 만나보려고요. 정희 씨가 직접 재수사 요청을 하면서 인터뷰를 하면 여론몰이 정도는 될 거예요."

여주가 대답한 찰나, 창밖으로 끼익 하는 마찰음이 들렸다. 오토바이나 자동차가 급정거하면 나는 소리. 하지만 왠지 그 소리에서 짜증스러움이 느껴졌다. 변 사무장이 자리에서 벌떡 일어나 창가로 가서 밖을 내다보았다.

"동네 중국집 배달원이네요. 이렇게 이른 시간부터 무슨 일이지. 이제 겨우 오픈 시간인데."

변 사무장이 벽에 걸린 시계를 보며 말했다. 어느덧 오전 11시였다. 식당은 한창 하루 영업을 준비하느라 바쁜 시간이다. 그는 창밖을 바라보다 다시 소파 쪽으로 몸을 돌렸다. 그는 자신을 쳐다보던 여주와 눈이 마주치자 쑥스러운 듯 웃으며 자리에 앉았다.

"변호사님이 잡혀가는 걸 눈으로 보고 나니까 밖에서 나는 소리에 저도 모르게 예민해지네요."

"너무 걱정 마세요."

그렇게 말하고 여주는 다시 본론으로 이야기를 돌리려 했다. 그러나 곧 숨을 죽였다. 누군가 쿵쿵거리며 계단을 올라오고 있었기 때문이었다. 변 사무장이 고개를 갸웃했다.

"배달하는 친구가 올라오는 것 같네요. 뭐 시킨 것도 없는데."

여주는 어젯밤 무일이 짜장면을 시켜 먹은 것을 떠올렸다.

"아, 어제 김 변호사가……."

하지만 말을 끝맺기도 전에 노크 소리가 들려왔다. 변 사무장이 일어나 문을 열었다. 그의 예상대로 배달원이 서 있었다. 주머니가 많은 검은색 조끼 차림에 한쪽 팔에는 커다란 헬멧을 들고 있었다.

변 사무장이 그에게 말했다.

"우린 아무것도 안 시켰는데."

"아니, 이거 버려도 되냐고 물어보려고요."

배달원이 검은색 봉투를 들이밀었다. 변 사무장이 흘깃 그것을 보았다가 다시 배달원에게로 시선을 옮겼다. 무슨 일인가 싶어 여주가 문 쪽으로 다가갔다.

"어제 그릇 안에 들어 있었던 거예요. 그냥 버리려다가 나중에라도 뭐라 그럴까봐."

"어제저녁에 김 변호사가 뭘 시켜 먹었거든요."

여주가 뒤늦게 설명했다.

배달원이 짜증스러운 듯 말을 이었다.

"밤에 한 그릇 시키신 것도 단골이니까 배달해드린 건데 갑자기 전화해서 당장 그릇을 가져가라고 하셔서 얼마나 짜증이 나던지. 이미 그때는 문 다 닫고 자려고 했는데, 그릇을 안 가져가면 개미가 꼬인다느니 냄새가 밴다느니 하면서. 게다가 그릇은 건물 뒤에서 가져가라고 하고."

"건물 뒤요?"

여주가 묻자 쏟아붓던 배달원의 말이 잠깐 끊겼다. '이 여자는 누구지?' 하는 얼굴로 배달원이 여주를 보았지만 별다른 말은 하지 않은 채 고개를 끄덕여 보였다.

"네, 1층까지 내려오기 싫어서 그랬는지 박스 안에 그릇이 담겨 있었는데 박스 양쪽에 줄이 달려 있더라고요."

박스에 줄을 매달아 건물 뒤편 바깥에 내려놓은 것이다. 여주는 무일이 전날 밤 창밖을 확인하던 것을 떠올렸다. 거기에 '그들'이 있었다면…….

"그 봉지 이리 줘봐요!"

여주는 거의 뺏다시피 검은 봉투를 받아들었다. 안을 열어본 순간 그녀는 전율했다. 온몸의 털이 곤두서는 기분이었다.

하드디스크였다!

정문 앞을 지키고 있는 시선을 피해 무일은 짜장면 그릇 안에 래핑한 하드디스크를 넣어 건물 뒤편에 내려놓았다. 만약 무일이 그릇을 건물 안 사무실 바깥에 내놓았다면 배달원이 다녀가는 것을 그들이 가만두고 볼 리 없었다. 하지만 건물 뒤편이라면 정문을 통하지 않는다. 게다가 하드디스크에 래핑을 해두었으니 배달원이 함부로 버릴 리가 없다.

여주는 봉투 안에서 하드디스크를 꺼내 들었다. 손이 떨렸다. 그때 그들의 뒤편에서 커다란 손이 불쑥 들어왔다. 그 손은 순식간에 여주의 손에서 하드디스크를 낚아채갔다. 여주와 변 사무장이 화들짝 놀라 뒤를 돌아다보았다.

하드디스크를 든 무일이 예의 의미심장한 미소와 함께 두 사람을 내려다보고 있었다.

"아임 백."

33

변 사무장은 몇 번이나 감사의 인사를 하고 앞으로도 충실한 고객이 되겠다고 약속한 뒤에 배달원을 돌려보냈다. 그러고 나서야 무일은 비로소 여주와 조용히 마주 앉을 수 있게 되었다. 단 몇 시간뿐인 검찰 조사였지만, 그래도 나름 절체절명의 상황에서 빠져나왔는데, 여주의 반응이 영 뜨뜻미지근했다. 울며불며 감격의 상봉을 기대한 것까지는 아니지만 적어도 고생했다는 말 한마디와 함께 따뜻한 표정을 보여줄 거라고 여겼다. 하지만 여주는 변 사무장이 둘을 위해 자리를 비켜준 뒤에도 소파에 앉아 왠지 차가운 표정으로 무일을 바라보고만 있었다.

"나 왠지 혼나는 거 같네?"

무일이 분위기를 바꿔보려 일부러 장난스럽게 이야기했다. 그러나 그는 그것이 자신의 발목을 잡는 실수라는 것을 알지 못했다. 무일의 한마디에 여주의 눈에 살기가 비쳤다.

"혼날 일을 했어?"

"아, 아니…… 뭐 그닥 한 것 같지는 않은데."

"그래? 그럼 할 말이 없네. 난 이만 돌아갈게."

가차없이 자리에서 일어난 여주가 사무실 문을 향해 성큼 걸었다. 무일은 여전히 자신이 뭘 잘못했는지는 알 수 없었지만, 얼른 여주를 따라 일어났다. 여주의 한쪽 손목을 움켜잡았지만 금방 뿌리쳐졌다. 하지만 그것뿐이었으면 얼마나 좋았을까. 여주의 눈에서슬 퍼런 빛이 스치기 무섭게 그녀의 발이 정확히 무일의 정강이에 꽂혔다.

"으억!"

비명이 밖으로 뱉어지지 않고 안으로 삼켜질 만큼 느닷없고 아픈 한 방이었다. 무일은 걷어차인 정강이를 움켜쥐고 주저앉았다. 눈물을 넘어 눈알이 쑥 빠질 만큼 아팠다. 무릎께까지 저릿저릿했다. 억울하다. 그 감정이 무일의 목구멍에 울컥 올라왔다. 지은 죄도 없이 검찰에 끌려갔다가 나왔다. 두부를 먹이며 생환을 축하해주지는 못할망정 어째서 두드려 팬다는 말인가. 무일은 벌떡 일어나 여주를 향해 정면으로 섰다. 하지만 이번에도 날아오는 것은 정강이 매질이었다.

"왜 이래!"

"너야말로 뭐야. 내가 하드디스크를 가지고 가게 내버려뒀으면 이런 일은 없었잖아!"

무일은 황당했다. 여주가 그것 때문에 화가 났을 거라고는 상상해본 적도 없었다. 하드디스크를 자신이 가지고 있었기에 압수 수색의 방식을 취했지, 만약 여주가 가지고 갔더라면 한밤에 픽치기 당한 걸로 조작했을지도 모르는 일이다. 그걸 알고도 가만히 있었어야 했다는 것인가.

"내가 형사야."

"누가 뭐래?"

"근데 왜 나서? 부탁도 안 했는데 왜 보호하려 드냐고!"

"넌 위험한 걸 몰랐잖아!"

"말했어야지, 네가 뭘 봤는지. 하드디스크를 왜 네가 가져가려 하는지!"

"그럼 넌 기어이 하드디스크를 가져갔을 거야. 나한테 부탁하지 않았을 거라고. 그래서 그랬어."

"그게 형사의 일이야! 엄밀히 말하면 넌 이 사건과 아무런 관련이 없어. 내가 여자라서 그래? 네가 남자라서 날 지키겠다는 거야?"

"정말 내가 아무런 관련이 없다고 생각해? 그럼 왜 내가 너랑 터미널에 가고, 밤새 그 파일들을 열어봤을까? 네 말대로 나는 그 사건과는 관련이 없을 수도 있지. 그런데 너랑은 관련 있잖아, 나. 나랑 너, 엄청 관련 있잖아."

순간 여주의 눈이 둥그렇게 떠졌다. 그 큰 눈이 여러 번 껌벅였다. 마치 눈앞에서 못 볼 것을 본 사람처럼. 살짝 벌어진 입술이 무슨 말을 하려는 것처럼 움직였으나, 정작 아무 소리도 나오지 않았다. 여주는 갑자기 한 손을 왼쪽 가슴 위에 올려놓더니, 다른 한 손으로는 뒷목과 볼을 여러 차례 쓰다듬었다. 얼굴이 붉어지고 있었다.

무일은 그 모습을 보며 생각했다.

'신여주, 정말 둔하디둔한 여자야. 대체 어떤 남자가 정의감만 가지고 이런 일에 뛰어들겠니.'

무일은 고개를 내저으며 여주의 어깨를 툭툭 쳤다.

"심쿵한 건 알겠는데, 빨리 제정신으로 돌아와. 지금 이럴 시간 없어."

무일이 소파로 돌아갔다. 여주도 퍼뜩 정신을 차린 듯 입을 다물고 볼을 쓱쓱 문지른 뒤 그를 따라 소파로 돌아오며 소리쳤다.

"느끼해서 그러지, 심쿵은 누가 했다고 그래?"

"입은 살았네, 살았어."

무일이 혀를 차며 테이블에 놓인 하드디스크를 집어 들었다. 이 물건을 이제 어떻게 써먹어야 할지 생각할 차례였다.

그때 여주의 주머니 안이 진동했다. 여주는 헛기침을 하며 휴대전화를 꺼냈다. 액정에 뜬 발신인을 확인한 여주의 얼굴에서 빨갛게 달아올랐던 열기가 흔적도 없이 걷혔다.

"네, 서장님."

— 수사는 얼마나 진행됐지?

"그게……."

여주는 반사적으로 무일의 얼굴을 보았다. 무일이 어리둥절한 얼굴로 여주를 보고 있었다. 수사 상황을 어디까지 말해도 좋을지 여주는 얼른 판단하지 못했다. 7년 전 사건에 숨어 있었던 계략과 그것의 증거인 하드디스크에 담긴 비밀들, 그러니까 서장에게 국정원에 대한 이야기를 해도 될지 여주는 고민스러웠다.

바로 이제부터 하드디스크를 일의 해결에 어떻게 이용할지 무일과 논의하려던 참이었다. 아무래도 말을 하지 않는 편이 낫지 않을까, 여주가 그런 생각을 하고 있는 사이 전화기 너머에서 서장의 말이 이어졌다.

— 뭔가 잡은 게 있다면 빨리 터뜨려.

"네? 무슨⋯⋯."

— 아직 뉴스 못 봤나? 혹시 지금 근처에 TV가 있으면 좀 켜보지, 전화 끊지 말고.

무슨 일인지 알 수 없었지만 경찰서장의 말투만 듣고도 뭔가 벌어졌다는 것을 알 수 있었다. 여주는 휴대전화를 든 채로 주변을 두리번거렸다. 테이블 위에 놓인 리모컨을 쥐고 맞은편 벽에 걸려 있는 벽걸이 TV를 향해 전원 버튼을 눌렀다. 주부들을 타깃으로 제작된 건강 관련 쇼 프로가 방영되고 있었다. 출산 이후 급속도로 찐살을 단 70일 만에 20킬로그램이나 줄였다는 여성이 자신의 비법이라는 약용 가루를 소개하고 있었다.

그 밑으로 긴급 속보 자막이 떠 있었다.

'국정원 댓글 부대 실체 확인.'

두 사람은 약속이나 한 것처럼 서로를 마주 보았다. 그간 논란만 가중되어오던 국정원 댓글 부대의 실체가 확인되어 관련자들에 대한 조사가 일제히 단행될 것이라는 보도였다. 댓글 부대에 실제 몸

담았던 사람들의 제보도 이어지고 있었다.

그러나 여주와 무일이 놀란 것은 뉴스 때문만은 아니었다.

여주는 휴대전화를 스피커 모드로 전환시켰다. 서장의 목소리가 사무실을 울렸다.

— 지금 국정원은 초비상이야. 만약 자네가 조사하는 것까지 터지면 국정원은 제대로 사면초가겠지. 지금이 절호의 기회야. 지금 해내지 않으면 앞으로는 또 어떻게 될지 몰라.

"서장님…… 어떻게 아셨습니까?"

대답은 약간의 공백을 두고 들려왔다.

— 자네 후배가 알려줬어.

"후배요?"

— 이상호 형사.

여주의 눈동자가 떨렸다. 머릿속이 순식간에 뒤엉켰다. 무슨 말을 해야 할지 알 수 없었다. 이상호가 왜 거기에 갔을까. 짚이는 것은 단 하나였다. 윤홍길 사건 이후 여주가 한 경고. 어쩌면 화재를 당한 윤홍길을 보고 겁이 난 것인지도 모른다. 이유야 어쨌건 다행이었다. 그는 선을 넘었지만, 선 안쪽으로 다시 돌아왔다. 돌이킬 수 없는 일을 저질렀지만, 바로잡아야 한다고 다시 생각한 것이다.

— 감히 내가 있는 경찰서에서 무슨 일이 벌어진 건지, 어떤 놈들이 벌인 짓인지, 이 바보 같은 자식 말고 자네가 말해봐.

여주는 마른침을 삼켰다. 여주와 눈이 마주치자 무일이 그녀를 향해 고개를 끄덕였다. 여주의 머뭇거림에 대한 응원이었다.

"서장님, 우리 경찰은 7년 전 국정원과 결탁하여 국정원 직원 살해 사건을 덮었습니다. 그리고 현재까지도 일부 경찰이 연루되어 있습니다."

— 자네가 조사한 게 터지면 우리 경찰의 위상이 땅에 떨어지겠군.

"그렇습니다."

잠시 서장은 아무런 말도 하지 않았다.

— 자네 아버지에게 배운 것이 하나 있지. 나는 그 한마디를 지금까지 판단의 기준으로 삼아왔어.

여주는 조용히 서장의 다음 말을 기다렸다.

— 그럼에도 우리는 경찰이다.

경찰 내부의 누군가는 비리에 연루되어 있지만, 그럼에도 우리는 경찰이다. 그러니 경찰은 경찰로서 잘못된 것을 수사하여 밝힌다. 그것에 다른 이유를 덧붙일 필요는 없다. 정치가 어쩌니, 경찰의 위상이 어쩌니 하는 것은 다 부수적인 것일 뿐이다. 우리는 경찰이므로, 밝혀야 하는 것이 있으면 밝힌다.

여주는 눈을 깊게 감았다가 아주 천천히 떴다.

"하드디스크가 있습니다. 7년 전 순향빌딩에서 살해당한 국정원 직원 정현 씨가 가지고 있던 하드디스크입니다. 그 안에 당시 정재계 유력 인사 등 수많은 사람들의 동향에 대한 보고서가 담겨 있습니다. 그것을 빼앗아 덮기 위해 국정원에서 살해 시도를 했고, 일이 조금 어그러져 건물주였던 권순향 씨가 정현 씨를 죽이게 됐지만 어쨌거나 국정원이 나서서 그 사건을 덮었습니다."

— 기자회견을 준비하겠네. 거기서 그 하드디스크를 터뜨리고 검찰에 넘기는 것까지가 우리의 역할이야.

"지금 가지고 가겠습니다."

— 좀 이따 보지.

"서장님."

이어질 여주의 말을 기다리듯 서장이 전화를 끊지 않았다.

"이상호 형사, 이용당한 겁니다."

무슨 생각을 하는지 잠깐 동안 서장은 침묵했다. 이어서 후 하는 웃음이 들렸다.

— 참고하지.

"감사합니다."

전화를 끊은 여주가 무일을 보았다. 무일이 엄지를 들어 보이며 웃었다.

"1계급 승진 같은 거 하냐?"

그 소리에 여주가 픽 웃었다.

"그런 거 없어."

"다행이네. 승진하면 나같이 뒷골목에서 기획 소송만 하는 변호사 만나나 주겠냐?"

"그런 거 아니라도 안 만나."

"냉정한 여자."

갑자기 추위라도 느끼는 듯 무일이 팔을 문지르며 너스레를 떨었다. 그를 보는 여주의 얼굴에서 긴장이 사라졌다. 그녀는 아주 편안한 얼굴로 웃어 보였다.

"네 덕분에 숨 좀 쉬었다."

"고맙지? 그럼 얼른 그거 서장님한테 넘겨버리고 이제 우리 얘기 좀 해보자. 응?"

"쓸데없는 소리 하지 말고 얼른 따라와."

여주가 눈을 흘기면서 일어섰다. 무일이 싱글거리며 따라 일어섰다. 두 사람은 나란히 서서 변호사실의 문을 열었다. 벌떡 일어서는 변 사무장을 향해 무일이 싱글거렸다.

"내일부터 소설 불법 공유 카페 다시 뚫을 준비 하세요."

"이제 끝나는 겁니까?"

변 사무장의 만면에 화색이 돌았다. 자신이 괜히 압박해 무일을 힘들게 한 것 같다는 마음의 짐을 안고 있었던 모양이다. 무일이 하드디스크를 흔들어 보였다.

"터뜨리러 갑니다."

"아주 불 싸지르고 오십시오."

주먹을 불끈 쥐며 힘주어 말하는 덕분에 변 사무장의 간신히 넘긴 앞머리가 들썩였다. 그럴 때마다 힐끗힐끗 드러나는 민머리가 햇빛을 받아 반짝였다. 그것을 보는 여주와 무일도 빵 터지지 않을 수 없었다. 갑자기 왜들 웃는지 모르는 것은 변 사무장뿐이었다. 곧 변 사무장도 둘의 눈치를 보다 어색하게 웃었다.

"잘 다녀오세요."

34

무일의 차는 변호사 사무실 근처 공터에 주차되어 있었다. 그는 모자를 깊이 눌러쓰고 사무실에서 나와 곧장 차에 올라탔다. 시동을 걸면서 그는 룸미러와 사이드미러를 순차적으로 확인했다. 눈에 걸리는 것은 없다. 곧장 차를 출발시켰다.

도로로 진입하자 많은 차가 있었다. 차선을 바꾸면서도 계속 룸미러와 사이드미러로 주변의 차들을 확인했다. 옆과 뒤와 앞에서 쉴 새 없이 달리고 있는 차들이 혹시 계속 자신을 따라 같이 달리고 있는 건 아닌지를 신경 쓰고 있었다.

그는 서초로를 따라 10여 분쯤 달린 뒤 우회전해 은파동 방향의 고가도로로 올라섰다. 차량의 통행이 눈에 띄게 줄었다. 다시 룸미러를 본 순간 옆 차선 뒤쪽의 은색 차량이 눈에 걸렸다. 이상하다 싶을 정도로 짙게 선팅된 차량이었다.

왼쪽에도, 뒤쪽에도 바로 붙어 있지는 않지만 차량 한 대 혹은 두

대를 사이에 끼고 따라오는 차량들이 보였다. 차량의 색은 다양했지만 안에 누가 탔는지 알아볼 수 없게 선팅이 짙다는 것만큼은 동일했다.

'세 대…… 네 대인가.'

그는 액셀러레이터를 더욱 강하게 밟았다. 부웅 소리를 내며 차가 앞으로 튀어나갔다. 미러를 확인해보니 간격이 조금 더 벌어진 것을 알 수 있었다. 그들은 결코 서두르지 않는다.

그 상태로 조금 더 달려가자 드디어 은파경찰서라고 적힌 표지판이 보였다. 그는 날카로운 눈으로 룸미러를 응시했다. 동시에 사방에서 선팅된 차량들이 튀어나오기 시작했다. 모두 속도를 높이고 있었다. 중간에 끼어 있던 차들이 놀란 탓인지 여기저기서 클랙슨 소리가 들렸다.

드디어 그중 한 대가 앞으로 끼어들었다. 그는 아랫입술을 깨물며 차선을 바꾸었다. 하지만 뒤쪽에서 박을 것처럼 다른 한 대가 속도를 높여왔다. 그도 지지 않고 액셀을 밟았지만 몇 초도 되지 않아 바로 앞도 어느새 선팅된 또 다른 차가 가로막고 있었다.

'이젠 어쩔 수 없다.'

그는 핸들을 오른쪽으로 크게 꺾었다. 룸미러 안에서 은파경찰서가 멀어지고 있었다. 이 길은 은전산으로 빠지는 길이었다. 비포장도로인지라 차가 극심하게 흔들렸다. 산 밑으로 흐르는 도랑에 처박히지 않기 위해 재빨리 핸들링을 해야 했다. 그는 다급히 룸미러를 보았다. 한 대는 가속 때문에 그대로 직진해버렸지만 세 대의 차가 줄지어 들어오고 있었다. 더욱 액셀을 밟았다.

하지만 도망은 그리 오래 지나지 않아 멈춰야만 했다. '입산 통제'라고 적힌 현수막이 그의 앞을 가로막은 것이었다. 두 개의 쇠말 뚝 때문에 더 이상 진입할 수 없었다. 다급히 뒤를 돌아보았지만 빠져나갈 수 없었다. 이미 바짝 뒤에 그들이 차를 세우고 있었다. 그는 핸들을 쾅 내리쳤다.

그사이 선팅된 차량에서 남자들이 내렸다. 한 대에 세 명씩이나 타고 있었다. 그들은 여유롭게 차로 다가와 운전석의 문을 열었다. 남자들 중 한 명은 차 열쇠를 빼앗았고, 다른 한 명은 그가 저항하지 못하게 팔을 뒤로 꺾었다. 제일 뒤에 서 있던 남자가 다가와 뭔가 눈짓을 했다. 눈썹 아래에 상처가 있는 남자가 그의 차 안을 뒤졌다.

"있습니다!"

눈썹에 상처가 있는 남자가 제일 뒤에 서 있던 남자에게 차 안에서 꺼낸 물건을 내밀었다. 하드디스크였다. 제일 뒤의 남자는 하드디스크를 받아 확인하고는 또 다른 사람에게 넘겼다. 그는 그 자리에서 노트북을 꺼내 하드디스크를 연결했다.

"이거 봐!"

마지막 저항이라도 하듯 그는 몸을 뒤틀었다. 그의 팔을 잡고 있는 남자들이 더욱 힘을 주었다. 그사이 하드디스크 연결이 끝났는지 제일 뒤의 남자가 노트북 앞으로 왔다. 남자의 손이 빠르게 마우스 버튼을 클릭했다.

"안 돼!"

그의 몸부림은 더욱 커졌다. 그 반동에 모자가 떨어졌다. 번쩍 하고 뭔가가 빛났다. 그를 잡고 있던 남자들이 당황한 얼굴로 자기도 모르게 손에서 힘을 풀었다.

그때 노트북에서 오묘한 소리가 들렸다.

"아항, 하웅. 하아아."

뒤에 있던 남자와 눈썹에 상처가 있는 남자와, 어쨌거나 시키먼 남자들이 모두 얼어붙어버렸다. 움직일 수 있는 사람은 단 하나, 조금 전까지 붙잡혀 있던 그. 바로 마성의 민머리남 변상영 사무장뿐이었다.

그는 머리를 쓸어넘기며 목소리를 높였다.

"그렇게 보고 싶으면 너네도 다운받아!"

어디선가 까마귀가 푸드덕 날았다. 가장 먼저 정신을 차린 것은 뒤에 있던 남자였다. 그는 주머니 안에서 휴대전화를 꺼내 어딘가로 전화를 걸었다.

"비둘기, 놓쳤습니다."

그것을 보던 변 사무장은 이 순간 무전기가 있다면 거기에 대고 이렇게 말하고 싶었다.

'미션, 클리어.'

느낌적 느낌을 너무나 사랑하는 그였다.

×××

"잘 다녀오세요."

그렇게 말하며 미리 준비한 가짜 하드디스크를 변 사무장에게 내밀었을 때, 휘둥그렇게 떠지던 그의 눈을 무일은 평생 잊지 못할 것이었다.

운전을 하던 무일은 여주를 슬쩍 보았다. 긴장한 기색이 역력했지만 최대한 마음을 누그러뜨리려는 것인지 보조석에 깊숙이 등을 묻고 있었다.

"이럴 땐 손 좀 한번 쓰윽 잡아주고 그러면 안 돼?"

"나 오늘 성희롱 신고하러 갈 시간 없는데, 그 입 좀 다물고 있으면 안 되겠니?"

무일이 큭큭 웃었다. 여주는 못 말리겠다는 듯 고개를 절레절레 저으면서도 입가에 미소를 띠었다. 다행히 차는 많이 막히지 않았다. 무일이 운전하는 사이 여주가 휴대전화를 꺼내 인터넷에 접속했다. 포털사이트 메인 화면이 국정원과 관련된 기사로 거의 도배되다시피 했다. 실시간 급상승 검색어는 국정원, 국정원장, 댓글 부대 등등 모두 국정원 사건과 관련된 것들뿐이었다.

메인 화면의 기사들은 전부 '속보'라는 굵은 글씨를 앞에 달고 있었다. 경찰서에서 국정원 수사 관련 긴급 기자회견을 연다는 기사가 제일 상단에 자리하고 있었다. 제목을 클릭하고 기사를 열었다. 경찰이 그동안 비밀리에 국정원 관련 사건을 조사해왔고, 그 수사 보고를 하겠다는 보도 자료였다.

"오늘 기자들 바빠지겠네. 국정원장 집 앞에도 꽤 운집해 있는 것 같던데?"

"응. 우리 경찰서 기자회견에도 많이들 모이겠지? 얼마나 될까?"

무일은 내내 긴장을 놓지 못하는 여주의 얼굴을 흘긋 돌아보았다.

"글쎄, 각 매체들마다 오면 그 수가 상당하겠지. 근데 왜 니가 떨어? 마이크 잡고 싶어?"

"아니거든!"

여주가 버럭 소리를 지르자 무일이 성공했다는 듯 키득대며 웃었다. 하지만 여주는 금세 다시 진지한 얼굴로 바뀌었다. 수사로 밝혀낸 진실이 이제 세상에 알려질 거라 생각하니 마음이 복잡했다. 무일은 그런 여주에게 나지막이 속삭였다.

"이제 서장님 몫이야, 너무 마음 졸이지 마."

무일의 차가 경찰서 안으로 진입했다. 입구부터 평소와 달리 무거운 분위기가 느껴졌다. 도로 곳곳에 방송사와 신문사, 뉴스 통신사, 인터넷 신문사 등의 차량들이 늘어서 있었다. 본관 건물 앞에도 많은 수의 기자들이 보였다. 아마 기자회견장으로 들어가는 경찰서 측 직원들의 얼굴을 사진으로 담아내기 위해서일 것이다.

무일의 차가 진입하자 검은 양복에 검은 넥타이를 맨 남자가 수신호를 했다. 무일이 어리둥절해하자 여주가 휴대전화에서 시선을 거두고 앞을 보았다.

"서장님 수행원이야."

여주의 말에 무일이 속도를 늦췄다. 남자가 운전석 쪽으로 걸어오자 무일이 창을 반쯤 내렸다. 남자가 허리를 숙이고 말했다.

"서장님께서 기다리고 계십니다."

여주가 무일을 향해 속삭였다.

"위험할까봐 수행원 분한테 동행하라고 한 모양이네."

그 말에 무일이 쓴웃음을 지었다.

"이왕이면 진작 붙여주지. 그동안 위험할 땐 뭐 하시고."

그런 무일의 옆구리를 여주가 팔꿈치로 가격하여 입을 다물게 했다.

× × ×

기자회견은 공지된 시간보다 약 20분가량 늦게 시작되었다. 기자들에게 양해를 구하며 내세운 표면적인 이유는 회견장 내외부 정리와 경찰서장의 업무 지연이었다. 하지만 그 이야기를 믿는 기자는 한 명도 없었다.

경찰서를 출입하며 잔뼈가 굵은 기자들이다. 이미 회견장에 모여 있으니, 정리할 게 없다는 것 정도는 눈으로 확인된다. 게다가 서장의 업무 지연이라니, 코웃음을 칠 일이었다. 지금 이 기자회견보다 앞설 업무 따위가 있겠는가. 그들은 국정원을 향해 상상의 나래를 펼쳤다. 국정원이 기자회견을 막고 있는 것이 아닐까. 서장에게 은밀하게 전달되는 흰색 돈봉투를 떠올리는 기자도 있었고, 서장이 협박받는 광경을 떠올리는 기자도 있었다. 그들 중 단 한 명도 국정원을 옭아맬 증거가 기자회견 직전에야 도착한 것을 상상하지 못했다.

어쨌거나 예정된 시간으로부터 20분 후, 기자회견장의 문이 열리고 경찰서장이 모습을 드러냈다. 기자회견 자체가 취소되는 것 아니냐고 웅성대던 기자들도 한 방 얻어맞은 얼굴로 타이핑을 시작했다. 좌석 뒤쪽에 포진하고 있던 촬영 기자들이 일제히 플래시를 터뜨렸다. 장내가 파도처럼 일렁였다. 그 뒤에 거대한 파도가 밀어닥칠 것임은 서장의 굳은 얼굴에서 이미 예견되고 있었다.

단호한 걸음으로 정확히 단상의 중앙에 선 서장은 기자들을 향해 상반신을 30도가량 숙이는 것으로 인사를 대신했다. 그가 움직일 때마다 미세한 근육의 흔들림까지 찍으려는 듯 셔터 소리가 쇄도했다. 인사를 마친 서장이 마이크 앞에 다가섰다.

"지금부터 우리 경찰이 그간 진행해온 국정원 직원 살해 사건 및 정재계 등 유명 인사 불법 개인 사찰에 관한 중간 조사 결과를 발표하겠습니다."

그 한 문장으로 기자들의 아드레날린이 폭발했다. 타이핑 소리가 촬영 기자들의 셔터 소리를 압도했다. 지금부터는 속도전이었다. 누가 가장 먼저 1보를 타전하느냐에 따라 클릭수가 달라질 것이다.

"지금부터 우리 경찰이 발표하는 내용은 7년 전까지 거슬러 올라가는 아주 긴 이야기가 될 것입니다. 기자 여러분께서는 당연히

질문하고 싶으신 것이 많겠으나 발표가 끝날 때까지 기다려주시기
바랍니다."

그리고 그 전쟁터 같은 장내 맨 뒤에 무일과 여주가 벽에 기대어
서 있었다. 여주는 어쩐지 온몸에 힘이 다 빠져나가는 것 같았다.
이제 저 증거들이 세상에 다 터지고 나면 알 수 없는 죽음들과 억울
한 상해들을 멈출 수 있을 것이다. 그리고 자신은 다시 일상으로 복
귀한다. 어질러져버린 일상으로.

35

"어째 속이 후련해 보이지 않는다?"

곁에 있던 무일이 발표 중인 서장에게서 눈을 떼지 않은 채 말했다. 여주는 기운 없이 웃었다.

"이거면 된 걸까?"

여주의 물음에 무일은 잠시 생각에 잠겼다가 대답했다.

"아니."

아무것도 끝난 것은 없다. 7년 전 정현을 죽이기 위해 찾아온 그 남자에 대해 알아낸 것은 아무것도 없다. 정현의 죽음을 더러운 틀에 가두도록 주도한 자가 누구인지도 밝히지 못했다. 그날 밤 누가 권순향을 순향빌딩에서 밀어버렸는지도 모른다. 윤홍길의 집을 화염에 휩싸이게 한 자 역시 밝혀야 하는 진실 중 하나다.

"그래도 이건 확실히 하자. 이제 우리가 할 수 있는 일은 더 없다는 것."

여주는 고개를 끄덕였다. 이 기자회견을 마지막으로 서장은 하드디스크와 함께 사건을 검찰에 넘길 것이었다.

"공정한 수사가 될까?"

"아마도. 그러길 바라야지."

하지만 무일의 대답에서는 확신이 느껴지지 않았다. 말끝에 도사리고 있는 불안이 느껴질 뿐이었다. 그것이 정답이라고, 여주는 생각했다. 정의는 없다. 그럼에도 정의가 있다고, 그 실체 없는 진실을 지키려 노력하는 것이 인간이다. 정의가 없다고 단언하는 순간, 인간은 더 이상 인간이 아니게 된다. 그동안의 사건들에서 여주는 인간이 아닌 인간들을 너무나 많이 봐왔다.

"근데, 넌 아쉽지 않냐?"

"뭐가?"

무일은 턱짓으로 단상 앞의 서장을 가리키며 말했다.

"저 자리 말이야. 이거 처음부터 끝까지 네 사건이었잖아."

후 하고, 여주가 웃었다. 너무나 김무일다운 이야기였다. 여주는 대답 없이 아직도 발표를 끝마치지 못한 서장의 얼굴을 물끄러미 보았다.

아쉽지 않다면 거짓말이다. 정복을 입고 발표하고, 기자들의 질문에 답하는 모습이 매스컴을 타면 참 멋질 것이다. 지금의 경력은 내내 그녀의 성공적인 커리어가 될 것이고, 그녀는 한동안 스타덤에 오를지도 모른다. 아마 은퇴 후 책을 쓰거나 경찰대 강연에 나갈 수 있을 것이다.

그것을 돌아가신 아버지에게 자랑스럽게 내세울 수 있을까. 그리고 그런 것이 정말 스스로가 바라는 것일까. 아니라고 여주는 단언할 수 있었다.

전면에 자신만 나서겠다고 한 것은 경찰서장이었다. 하드디스크를 받아, 자료의 일부만 먼저 확인하고서도 그는 이 증거가 사건에서 얼마나 중요한 것인지를 알 수 있었다. 그리고 얼마나 위험한 것인지도.

하지만 서장이 직접 발표하면 저들은 함부로 나설 수 없다. 이 기자회견은 사건에 대해 경찰이 어떤 태도를 취할지 저들에게 분명하게 통고하는 자리였다. 더 이상 당신들이 쥐고 휘두를 수 있는 경찰이 아니라고 천명하는 것이었다. 신여주라는 형사가 아닌, 경찰서장의 발표가 그래서 반드시 필요했다.

여주는 무일의 옆구리를 몇 번 쿡쿡 찔렀다. 무일이 쳐다보자 엄지로 출입구 쪽을 가리키며 나가자는 제스처를 취했다. 무일이 입을 동그랗게 말며 뻐끔거렸다. 아직 기자회견 초반인데 왜 나가자는 것인지 묻는 것이다.

"여기 더 있으면 뭐 해."

"기자회견 끝나면 서장님이 밥 사줄지도 모르는데?"

"밥 같은 소리 하네. 밥은 내가 살 테니까 나가자. 여기 답답해."

"일개 경위가 사는 밥하고 서장님씩이나 되는 분이 사는 밥하고는 규모가 달라요, 규모가."

쓰읍 하고 여주가 경고의 소리를 냈다. 치켜뜬 그녀의 눈에 무일

319

이 시선을 피했다. 하지만 늘어진 어깨는 이미 자신의 운명을 예감하고 있었다.

"자, 빨리 가자. 나는 이제 일상으로 돌아가야겠어."

끌어당기는 여주의 힘에 무일은 못 이기는 척 따라나섰다.

"일상으로 돌아간다는 건 무슨 뜻이야?"

밖으로 나온 무일이 정말 궁금하다는 듯 물었다.

"평소대로 돌아간다는 거지."

"평소대로라. 그게 뭐지? 너랑 나랑 건물 복도에서 우연히 마주치거나 포장마차에서 소주 한잔하거나, 그런 거?"

"어째 말투가 배배 꼬였다?"

무일이 긴 팔을 가슴 앞에서 엑스자로 교차시키며 고개를 크게 저었다.

"아니야, 못 돌아가. 너랑 나랑 엄청 관련 있어졌다고."

여주는 대꾸하지 않은 채 무일의 팔을 잡아끌었다. 양손의 검지를 세워 다시 작게 엑스자를 만들며 자신을 따라오는 무일을 보고 여주는 소리내어 웃었다.

두 사람은 경찰서 본관 건물을 나섰다. 건물 현관에 많은 수의 기자들이 계속 자리를 지키고 있었다. 시시각각 타전되는 기사들을 인터넷으로 확인하면서 기막히다는 듯 한숨을 터뜨리기도 했다. 본관에서 무일과 여주가 나오자 그들의 시선이 일제히 두 사람에게로 향했다. 여주는 잠깐 긴장했다. 하지만 기자들은 두 사람을 한 번 훑어보고는 다시 자신들의 업무로 돌아갔다. 기자회견이 끝나지도 않았는데 나왔으니 이 일과 관련 없는 사람이라고 판단한 것이다. 기자들의 관심 범위에 두 사람은 들어가지 않았다.

기자회견장에서 여주가 그랬던 것처럼 이번에는 무일이 여주의 옆구리를 찔렀다. 그러고는 어서 가자고 고갯짓을 했다. 여주가 퍼뜩 정신을 차린 듯 걸음을 서둘러 떼기 시작했다.

"뭐야, 그 아쉬운 얼굴은?"

"뭐래."

흥 하며 여주가 고개를 돌리고 걸음에 속도를 붙였다. 그녀를 놓칠세라 무일이 빠르게 따라붙었다.

"뭐야, 뭐야, 신여주. 아닌 척하더니 속물이네."

"내가 뭘?"

"너 지금 기자들이 모른 척하니까 약간 아쉬워한 거 아니야? 그런 표정인데?"

"아닌데?"

여주의 걸음이 더욱 빨라졌다. 무일의 걸음도 마찬가지였다.

"맞는데, 맞는데? 지금 기자회견장에 다시 뛰어들 뻔한 얼굴이었는데?"

"시끄럽거든?"

"안 시끄러운데? 지금 엄청 조용한데?"

맞고 싶냐고 주먹을 휘두르면서도 여주는 무일에게서 도망치듯 걸었다. 술래처럼 그녀를 따라 뛰는 무일의 걸음은 경쾌해 보였다. 두 사람의 머리 위로 뜨거운 햇살이 내리쬐고 있었다. 이제 거의 뛰

다시피 하느라 두 사람의 가슴도 함께 뜨거워졌다. 겨울에서 봄으로 계절이 바뀌고 있었다.

×××

은파대학교 종합병원 중환자실. 윤홍길은 병상에 누워 생사의 고비를 넘나들고 있었다. 그의 몸에 연결된 온갖 기계가 생명의 징후를 간신히 읽어내고 있었다.

그런 그를 찾아온 사람이 있었다. 그는 평소와는 다르게 머리를 단정히 빗어넘겼다. 평소와 다른 것은 머리만이 아니었다. 그는 늘 너무나 낡은 청바지에 언제 샀는지 가물가물한 목이 늘어진 티셔츠를 아무렇게나 걸치고 다녔다. 하지만 오늘은 잘 다려진 흰 셔츠에 검은색 정장 재킷을 입고 나타났다.

"팀장님, 상호입니다."

누군가 건드리면 당장에라도 울 것 같은 얼굴로 그는 윤홍길을 내려다보았다. 그럴 리는 없었지만 자신의 이름을 말한 순간 윤홍길이 찡그린 것 같다고, 그는 생각했다. 다시 찬찬히 살펴보았지만 윤홍길은 그대로였다.

"죄송합니다. 팀장님, 제가……."

돌연 눈에서 눈물이 뚝 떨어졌다. 그 눈물은 윤홍길의 손등 위에 떨어졌다가 곧 흘러내렸다. 말을 하려니 갑자기 감정이 격해졌다. 그는 사죄를 하듯 허리를 굽혔다.

"제가 그랬습니다, 팀장님. 그들에게…… 제가 알려줬습니다."

처음 이상호에게 국정원 직원이 찾아온 것은 1년도 훨씬 전의 일이었다. 영화에서 보는 것처럼 검은 정장에 검은 선글라스를 낀 모습이 아니라, 점심시간 영등포 골목 어딘가에 가면 흔하게 볼 만한 차림의 남자였다. 그가 처음부터 자신의 신분을 밝힌 것은 아니었다. VIP가 걱정이 많으니 어쩌느니 하며 흘리는 말을 주워 모은 끝에 국정원 직원이라는 것을 알아챘다. 그리고 그가 간호사로 일하는 여동생의 의료사고를 무마시켜줬을 때, 이상호는 그의 사람이 되었다.

처음엔 무리한 일이 전혀 없었다. 무슨 일인지 그들은 윤홍길에게 관심이 많았다. 윤홍길이 하는 일들에 대해서 알려달라고 했다. 알려주기만 하면 그걸로 끝이었다. 큰일은 아니라고 그 사람이 말했고, 정말로 큰일은 벌어지지 않았다. 그러나 언젠가부터 상황이 완전히 달라졌다. 그만둬야 한다는 것을 알았지만, 멈출 수가 없었다.

어느 순간 이상호는 깨달았다. 그들이 윤홍길을 위험인물로 찍은 것을. 그래서 윤홍길의 휴가 계획을 알려주는 것을 머뭇거렸다. 하지만 그는 두려웠다. 여기서 그만두면 그들은 그동안 이상호가 해온 일들을 터뜨려버릴지도 몰랐다. 어쩌면 여동생이 다시 힘들어질지도 모른다. 아니, 그런 것들은 핑계였다. 저들이 윤홍길 다음으로 자신을 타깃 삼는 것이 두려웠다. 결국 윤홍길의 휴가 계획을 알려줬고, 그의 집이 불타올랐다.

"으흑, 으흐흑……."

잠들어 있는 윤홍길의 손을 잡고 이상호는 울었다. 그의 손이 너무 차가워서 이상호의 가슴에 뜨거운 것이 치받쳤다. 아무리 토해내도 심장을 억누르고 있는 거대하고 단단한 돌은 내려놓을 수 없을 것 같았다. 아무것도 모르던 신입 시절부터 의지해온 윤홍길과 신여주를 모두 배반했다. 시간을 돌리고 싶었다. 예전처럼 셋이서 장난치며 대화하고 싶었다.

기계가 날카롭게 울었다. 이상호가 불벼락이라도 맞은 것처럼 고개를 들었다. 기계가 윤홍길의 사망선고를 내리고 있었다. 중환자실 간호사 서너 명이 동시에 윤홍길에게 달려들었다. 그중 누군가가 의사를 부르는 소리가 들렸다. 이상호는 윤홍길의 얼굴에서 시선을 떼지 못한 채 간호사에게 밀려 바닥에 주저앉고 말았다. 의사가 뛰어와서 윤홍길의 눈을 억지로 벌리고 펜라이트를 들이대는 모습을 멍하니 보았다. 1분 전과 조금도 다르지 않은 윤홍길의 모습이 이상하게 느껴졌다. 아까도 윤홍길은 잠들어 있었고, 차가웠다. 지금도 윤홍길은 잠들어 있고, 차갑다. 그런데 왜 아까는 살았고, 지금은 죽은 사람인 걸까. 이상호는 자신의 사죄가 너무 늦었음을 깨달았다.

36

윤홍길의 장례식은 취재진들의 출입이 엄격하게 차단된 상태에서 진행되었다. 엄숙하면서도 짙은 슬픔을 감출 수 없는 얼굴의 사람들이 조문을 이어나갔다. 여주는 장례가 치러지는 3일 내내 장례식장을 지켰다. 경찰서 직원들과 고위직 인사들이 찾아올 때마다 유족에게 인사시키는 일을 맡았다. 조문을 끝낸 그들이 식사자리로 옮겨갈 때 안내를 하기도 했고, 가끔 손이 모자라면 음식을 나르는 일도 마다하지 않았다.

그러는 동안 여주는 윤홍길과의 지난 시간을 회상했다. 의식이 없는 상태로 누워 있는 윤홍길을 보며 여주는 그를 원망했다. 미움이 커서 도저히 용서할 수 없을 것 같았다. 그가 깨어나면 화를 내고 싶었다. 그러나 그는 죽었다. 미움이 빠져나간 자리에 슬픔이 가득 들어찼다. 그와 좋았던 시절을 떠올리며 여주는 깊은 비애를 느꼈다.

여주가 형사1팀에 합류한 지 몇 달 지나지 않았을 즈음, 서울 시내 한복판에서 폭력 조직원들 간의 싸움이 벌어졌다. 작은 시비로 시작된 일이었지만, 싸움에 말려들었던 조직원 중 하나가 목숨을 잃었다. 형사들은 긴장했다. 피해를 본 조직에서 그대로 넘어갈 리 없었다. 곧 그 조직에서 상대를 급습해 대규모 싸움을 벌일 것이라는 첩보가 날아들었다. 사건을 전담한 광역수사대의 지원 요청을 받아 은파경찰서 형사들도 방검복을 챙겨 입었다.

"저도 가겠습니다."

벌떡 일어서는 여주를 향해 손을 내저은 것은 윤홍길이었다. 그 순간 여주의 자존심이 뭉개졌다. 여주는 가겠다고 고집했다. 윤홍길의 눈에 매서운 빛이 스치는 것도 보지 못하고 여주가 소리쳤다.

"여자라서 안 된다는 건가요? 저는 여자가 아니라 형사입니다. 지금껏 남자 형사들과 조금도 다르지 않게 일해왔다고 자부합니다."

"지금 이 안에서 네가 여자라는 걸 의식하는 건 너뿐이야!"

윤홍길의 고함에 여주는 입을 다물고 말았다. 가슴에 쿵 하고 충격이 온 것은 그의 말이 조금도 틀리지 않아서였다.

"조직폭력배와 관련된 일은 위험할 수밖에 없고, 그래서 최대한 경력이 많은 순서대로 배정한다. 네가 5년이 됐어, 10년이 됐어? 너 말고도 남아 있는 형사들이 안 보여? 저들이 여자라서 남아 있는 건가? 욕심이 없어서 남아 있는 거냐고!"

여주는 문득 주변을 둘러보았다. 자신과 같은 기수의 동료와 1, 2년 위의 선배들이 보였다. 그들과 눈이 마주치자, 부끄러워 시선을 피하고 말았다. 아무 말 못하고 눈만 껌벅이는 자신이 그렇게 못

나게 느껴진 적이 없었다.

"남아 있는 인원 모두 잘 들어. 실적을 내고 싶겠지만, 형사는 영업사원이 아니야. 노하우와 경력이 쌓여야 자신을 지킬 수 있어. 그리고 너희들은 여기 그냥 남아 있는 것이 아니야. 또 다른 사건을 대비하고 있는 것이다."

네, 하고 모두들 동시에 대답했다. 윤홍길이 입을 다물고 있는 여주를 내려다보았다. 여주는 기어들어가는 목소리로 겨우 대답했다. 부끄러웠다. 윤홍길의 말대로 이 자리에서 여자 남자를 따지고 있는 것은 여주뿐이었다.

그날 이후로 윤홍길을 내내 존경했다. 하지만 그도 인간이었다. 그래서 두려움에 진 것뿐이다. 그렇게 이해하려고 한다. 윤홍길이 왜 그런 짓을 해야만 했는지 도무지 납득이 되질 않아서.

"선배."

뒤를 돌아보자 이상호가 서 있었다. 눈 밑이 빨갛게 달아올라 있었다. 여주를 속이고 저들의 편에 섰던 미안함과 죄책감의 눈이었다. 밉지 않다고 할 수는 없다. 다시는 함께 웃던 그 시절로 돌아갈 수 없게 만든 그들에 대한 미움을 당분간은 지울 수 없을 것 같았다.

"인사드려."

여주는 그저 그렇게 말하며 길을 터주었다. 이상호는 뭔가 말을 하려다 말고 빈소 안으로 들어섰다. 이상호에게는 자신이 결국 윤홍길을 죽게 만들었다는 죄책감이 평생 따라다닐 것이다. 그거면 충분한 벌이 아닐까. 머리로는 그렇게 생각하지만 여주는 계속 거기 서 있을 자신이 없었다. 윤홍길에게 보내는 이상호의 마지막 인사도 볼 수가 없었다. 손이 필요하지도 않은 접객실로 나와 괜히 자리를 살폈다.

조문을 마치고 나온 이상호가 여주를 찾아왔다. 그는 아까처럼 여주를 부르지도 못한 채 머뭇거리며, 여주가 수저를 통에 꽂거나, 세팅된 자리를 이유 없이 만지작거리는 것을 지켜보고만 있었다. 여주는 한참을 그러다 낮은 한숨을 흘렸다. 손을 멈추고 허리를 폈다. 하지만 여전히 이상호를 향해 몸을 돌리지 않은 채 그녀는 말했다.

"곧 감찰이 있을 거야. 형사들이 관계되어 있었으니 할 말 없지."

"네. 모든 걸 인정하고 밝히겠습니다."

여주는 고개를 끄덕이고는 다시 손을 움직이기 시작했다. 그녀의 뒷모습에 대고 이상호가 허리를 굽혀 인사했다. 그러고는 조용히 걸음을 옮겨 빈소를 나갔다.

× × ×

"잠시만요, 언니!"

윤홍길의 발인이 끝나고 장례식장을 벗어나던 여주는 자신을 부르는 여자아이의 목소리에 뒤를 돌아보았다. 장지로 향하는 차를 타고 이동 준비를 해야 할 윤홍길의 딸이 여주를 향해 달려왔다. 지난해 필리핀으로 유학을 간 지영은 이제 고등학생이 된다고 했다. 윤홍길을 무척 닮은 앳된 얼굴은 필리핀의 햇살에 검게 그을려 있었다.

"궁금한 게 있어서요. 이거⋯⋯."

말끝을 흐리며 지영이 내민 것은 노란색 서류봉투였다. 여주는
어리둥절한 얼굴로 봉투를 받으면서도 설명을 구하듯 지영을 보
았다.

"아빠 물건이라고 갖다주신 박스에 들어 있었어요."

여주는 봉투 안에 든 것을 꺼내보았다. 순간 아, 하고 기억이 떠
올랐다. 윤홍길의 서랍은 여주가 직접 정리했다. 경찰서 내부 문서
를 제외한 개인 물품은 유족에게 전달되어야 옳았다. 다만 장례 직
후 다시 필리핀으로 돌아가야 한다기에 장례식 도중에 급히 정리
해 전달해준 것이었다. 그의 서랍에서 지영의 사진이 나왔다. 언젠
가 그 사진을 들여다보던 윤홍길이 떠올라 마음이 좋지 않았다.

"팀장님 서랍 안에 들어 있던 거예요. 액자에 넣어두시지, 쑥스러
워 그랬나 봐요. 가져가서 납골당 안에 같이 넣어드리면 어떨까요."

여주는 다정하게 말했다. 하지만 지영은 사진을 보며 자신을 그
리워했을 아빠 때문에 마음이 아픈 얼굴이 아니었다.

"이거⋯⋯ 필리핀이에요."

지영은 어두운 얼굴로 사진 속 배경을 가리키며 말했다. 사진 속
에서 지영은 웃고 있었다. 장난스럽게 손을 양쪽으로 벌리고는 뭔
가 열심히 설명하는 듯한 모습이었다. 뒤쪽으로 타갈로그어 간판
이 붙은 상점들이 있었다. 지나가는 사람들의 얼굴만 봐도 필리핀
이라는 느낌이 왔다. 여주는 아직 지영이 무슨 말을 하고 싶은 건지

감이 오지 않았다.

"아빠는 필리핀에 오신 적이 없으세요."

"응?"

"이거…… 저나 엄마가 보내드린 사진도 아니에요."

여주는 다시 사진을 들여다보았다. 심장이 쿵 내려앉았다. 자연스러워 보이는 사진은 조금 먼발치에서 누군가 찍은 것이다. 가족이 보낸 것이 아니라면 다른 사람이 윤홍길에게 전달한 것이다. 누가, 무슨 이유로?

답은 말하지 않아도 알 수 있었다. 언젠가 사진을 들고, 누군가와 통화를 하던 윤홍길의 얼굴이 떠올랐다. 그때는 당연히 지영과 통화하는 거라고 생각했는데, 아니었다. 불의와 타협한 윤홍길을 이해할 수 있었다.

"이 사진이 왜 아빠한테 있었을까요?"

지영의 얼굴 위에서 두려움이 읽혔다. 윤홍길이 절대 바라지 않는 상황일 것이다. 자신의 신념을 저버리면서까지 지키려던 딸이 아닌가.

여주는 웃으며 사진을 지영에게 도로 내밀었다.

"나도 잘 모르겠는데. 아빠가 필리핀에 가셨던 게 아닐까?"

"아빠가요? 한 번도 필리핀 집에 들른 적이 없으신데."

"내가 알기로는 필리핀 경찰과 공조 수사했던 건이 있었어. 그때 찍은 거 아닐까? 바빠서 못 만나는 걸 항상 미안하게 생각하셨거든."

"정말요?"

"그래."

지영은 사진을 물끄러미 들여다보았다. 잠시 뒤 지영이 고개를 들었을 때, 두 눈이 충혈되어 있었다.

"만약 그때 그걸 알았다면 아빠를 미워했을 거 같아요. 필리핀에 와서도 그냥 갔다고요. 근데 지금은…… 아빠가 절 얼마나 사랑했는지 알 거 같아요. 감사합니다."

고개를 꾸벅 숙이는 지영을 보면서 여주는 약간의 죄책감을 느꼈다. 하지만 '네가 협박 수단이었다'라고는 말할 수 없었다.

어쨌거나 진실은 윤홍길이 딸을 깊이 사랑했다는 것이니까.

× × ×

경찰서장의 기자회견에 대한 후폭풍은 거셌다. 전임 대통령의 비호를 받고 사장이 취임한 후 온 직원이 뼈를 깎는 고통으로 파업을 벌이고 있는 단 한 방송사를 제외하고는 모든 방송사들이 국정원의 정치 개입과 전임 대통령 간의 커넥션에 대한 시사 프로그램을 제작하기 시작했다.

정희는 1인 시위에 돌입했다. 오빠의 죽음을 재수사해달라는 피켓을 들었다. 온라인에서는 정현 사건을 재수사하라는 국민 청원이 시작됐다.

형사들은 집에 들어가는 것은 꿈도 꾸지 못했다. 7년 전 정현의 일과 함께 권순향의 죽음과 윤홍길의 사고를 파헤쳐나갔다. 물론 그 모든 일에는 국정원의 검은 손이 작용했지만, 실제로 그들을 죽음에 이르게 한 자를 잡아야 그 배후 역시 밝힐 수 있을 것이었다.

이상호는 스스로 감찰반에 들어가 자신의 모든 것을 밝혔다. 안타깝게도 그는 국정원으로부터 직접 사주를 받았다는 명확한 증거를 가지고 있지 않았다. 그가 만약의 상황에 대비한 보험조차 마련해놓지 않았다는 것에 여주는 기가 막혔다. 그렇게 아무것도 모르는 순진한 인간이 그런 일을 벌였다. 마음속에서 화와 짜증과 안타까움이 뒤섞여 일어났다.

그리고 경찰서장의 발표가 있고 5일 만에 마치 화답이라도 하듯 국정원장의 대국민 사과가 이루어졌다. 대국민 사과가 있을 거라는 국정원의 발표 이후 뉴스들은 연신 속보를 쏟아내며 사과의 주요 내용에 대해 점을 치기 시작했다. 대국민 사과는 오전 10시에 예정되어 있었고 9시부터 프로그램마다 하단에 '잠시 뒤, 국정원장 대국민 사과문 발표 예정'이라는 자막이 걸렸다.

여주는 형사1팀 사무실의 책상에 걸터앉아 팔짱을 긴 채로 TV를 주시하고 있었다.

"시작한다."

누군가의 혼잣말에 사람들의 시선이 TV로 몰려들었다. 단상에 오른 국정원장이 기자들을 향해, 가족의 억울한 죽음을 겪은 그 누군가를 향해, 국정원 정문에서 시위를 하고 있는 사람들을 향해, 브라운관 너머에서 자신을 노려보고 있는 국민들을 향해 허리를 숙여 인사하고 있었다.

37

　— 국정원장 원재형입니다. 저는 오늘 제가 사랑하고 지켜온 우리 국정원이 지난 10년간 일으킨 일에 대해 하늘이 무너지는 비통한 심정과 국민 여러분께 얼굴을 들 수 없을 정도의 부끄러운 심정으로 이 자리에 섰습니다.

　염색을 새로 한 것인지 유별나게 검은 머리를 단정하게 빗어 넘긴 남자는 고급 정장 차림으로 흰색 셔츠에 푸른색 넥타이를 매고 있었다. 착잡한 심정을 연기라도 하듯 내려간 눈썹과 홀쭉해진 볼이 쏩쓸한 웃음을 자아냈다. 적어도 휠체어를 타고 나오지는 않았네 하는 생각이 들었다.

　— 저는 국정원 원장으로 처음 부임할 당시 이 나라를 위해하는 모든 세력들에 대해 이 한 몸 아낌없이 바치겠다고 다짐했습니다. 하지만 그 다짐이 누군가에게 족쇄가 될 줄은 상상도 하지 못했습니다. 어쩌면 제가 그동안 가지고 있던 신념이 독단이 되어 그들을

채찍질했을지도 모르겠습니다. 그렇다면 그것은 저의 죄입니다. 모든 것은 저의 책임입니다. 제가 설령 알지 못했다 하더라도 저에게 신임을 받고자, 그들이 벌인 일이었다면, 제가 책임져야 한다고 깊이 통감하고 있습니다.

"무슨 소리를 하는 거야!"

여주는 자신도 모르게 책상에서 벌떡 일어섰다. 자기에게 잘 보이려고 직원들이 알아서 했다는 얘기를, 국정원장이 지금 하고 있다. 어떤 것도 자신이 지시하지 않았으며 아무것도 몰랐다는 말을 길게 늘여서 자신은 잘못이 없다고 말하고 있다. 기가 막혀서 말도 나오지 않았다.

— 지금 논란이 되고 있는 사안들에 대해 저희 국정원은 내부 감찰을 벌였고, 그 결과를 국민 여러분께 명백히 밝히는 것이 사과의 첫걸음이 된다고 판단하여 지금부터 자체 조사 결과를 발표하겠습니다. 우선 7년 전 저희 국정원 직원이었던 정현 씨의 죽음에 대해 말씀드리겠습니다.

국정원장 원재형의 얼굴 위로 부서지는 스포트라이트를 응시하며 여주는 애꿎은 주먹만 꾹 쥐었다. 할 수만 있다면 당장 물이라도 끼얹고 싶은 심정이었다.

— 7년 전 사망한 정현 씨는 저희 국정원 직원이 맞습니다. 사실부터 말씀드리자면 당시 국정원장이었던 김정호 전 국정원장을 비롯해 정현 씨와 함께 일하던 팀장 역시 그에게 개인 사찰을 지시한 바는 없습니다. 다만 당시 쏟아지는 불신과 매년 거듭되는 논란 때

문에 몸살을 앓던 국정원을 위해 정현 씨가 그런 일을 벌인 점에 대해서 무거운 마음을 감출 길 없습니다.

그 사찰 이후, 코스닥 상장까지 눈앞에 두고 있던 한 중소기업은 대규모 세무 조사를 받고 도산하고 말았다. 그런 일을 그저 일개 직원 한 명이 벌였다는 건가.

— 그러다 정현 씨는 무슨 이유에선지 출근을 하지 않았고, 사망했다는 보고를 받은 기억은 있으나, 그 과정에 대해서 김정호 전 국정원장은 아는 바가 없다고 했습니다. 지금 정현 씨의 죽음에 대한 논란, 잘 알고 있습니다. 하지만 얼마 전 권모 씨가 정현 씨는 자신이 살해했음을 고백하고 자살했다는 것을 경찰의 발표를 통해 여러분 역시 잘 알고 계실 겁니다. 일각에서 주장하는 것처럼, 정현 씨의 죽음을 우리 국정원이 조작했다는 데에는 동의하지 않으며, 저 또한 아는 바가 없습니다. 이는 경찰에서 명백히 밝혀주실 겁니다.

정현을 죽인 것은 권순향이라는 팩트를 앞세워 먼저 죽이려고 했던 자신들의 계획은 숨겼다. 게다가 경찰의 수사 방향까지 제시하고 있다. 정말 치가 떨리는 족속이었다.

장시간에 걸친 발표가 모두 그런 식이었다. 윤홍길의 자택 화재는 그의 입에 오르지도 못했다. 게다가 전 국정원장은 하드디스크의 존재도 몰랐다고 말했다. 개인 사찰을 지시한 적이 없으니 그 파일들 역시 본 적이 없다는 것이었다. 정재계를 비롯한 인사들의 치부를 기록해온 정현과 그 하드디스크를 빼돌린 형사의 저의를 의심하지 않을 수 없다고 했다.

부인과, 부인과, 부인으로 점철된 기자회견이었다.

— 마지막으로 개인의 과잉 충성으로 빚어진 이 모든 사태에 대해 진심을 다해 고개를 숙입니다. 저희 국정원은 앞으로 더욱 국민을 향해 나아가고 국민의 안위와 국가의 안보를 위해 성장해나갈 것임을 약속드립니다. 그리고 경찰의 향후 조사가 공정하고 정확하게 이루어지기를 바랍니다.

고개를 숙인 행위 자체를 제외하면, 국정원장은 아무런 손해도 입지 않은 기자회견이었다. 모든 기자들이 추측한 국정원장의 사퇴 카드는 나오지도 않았다. 곧이어 국정원장이 직접 발표한다는 국정원 개혁안 따위는 듣고 싶지도 않아서 여주는 TV를 부술 듯이 종료 버튼을 눌렀다. 가벼운 두통이 일었다. 그럴 거라고 생각은 했지만 그럴 만한 인간이 정말 그렇게 해버리니 절망스러울 따름이었다. 더 이상 자신이 할 수 있는 일이 없다는 것 또한 절망감을 가중시켰다.

"저……."

갑자기 뒤에서 들려온 목소리에 여주는 화들짝 놀라며 돌아다보았다. 이상호가 온 줄 알았다. 하지만 아니었다. 희멀건한 얼굴에 '살부터 찌고 오라'는 말을 불러일으키는 깡마른 몸매의 남자가 서 있었다. 이상호가 올 리는 없었다. 그는 감찰 직후 사직서를 제출했다. 어떤 법적 처벌도 감내하겠다고 했으나, 그의 자백은 사직으로 이어졌을 뿐이다. 국정원 직원 하나가 그랬던 것처럼 그 역시 그저 개인적으로 '과잉 충성'을 벌인 것에 지나지 않았으니까.

"안녕하십니까? 오늘부터 형사1팀으로 배정받은 성재경입니다."

"아⋯⋯."

여주는 주변을 둘러보았다. 아까까지만 해도 형사가 몇 명 남아 있었는데, 어느새 자신만 혼자 텅 빈 사무실에 앉아 있었다. 아마도 다들 속이 터져 담배라도 피울 요량으로 나갔을 것이다.

"아, 네. 저는 신여주 형사입니다."

여주는 성재경에게 악수를 청했다. 그가 여주의 손을 잡으며 주변을 둘러보았다. 여주가 먼저 설명해주었다.

"다들 잠시 자리를 비웠어요. 곧 들어올 테니 그때 다 같이 인사하시죠. 그리고 이미 얘기 들으셨겠지만 사정이 있어서 지금은 팀장 자리가 공석이에요. 곧 새 팀장님이 오시겠지만."

"그렇군요. 저⋯⋯."

성재경이 잠깐 머뭇거리더니 이내 말했다.

"미리 말씀드려야 할 것 같아서요. 전 고졸입니다."

여주가 성재경을 물끄러미 응시했다.

"여기 분위기는 어떤지 몰라 미리 말씀드립니다. 저는 현장 경험이 뛰어나고 이전에 있었던 연쇄살인 수사에서도 누구 못지않게⋯⋯."

"성재경 형사님."

여주가 그의 말을 잘랐다. 그가 여주를 보았다. 여주가 말했다.

"여기서 학력에 신경 쓰는 건 아마도 성재경 형사님 하나뿐일 겁니다."

당황하는 그의 얼굴을 보며 여주는 싱긋 미소 지었다. 언젠가 윤홍길의 말을 들은 자신의 얼굴도 저랬을 거라고 생각했다.

× × ×

그로부터 두 달이 지났다. 세상을 소란하게 했던 국정원 관련 기사는 점점 그 수가 줄어들었다. 기사가 작성되어도 포털사이트의 메인에 오르지는 않았다. 굳이 찾아보는 사람을 제외하면 그 기사를 클릭하는 사람은 거의 없었다. 자연히 사람들의 관심에서 멀어졌다.

"이렇게 조용해도 돼? 이건 진짜로 조용한 거야, 아니면 국정원에서 포털사이트에 압력을 넣은 거야?"

사건 이후에 생긴 병이라면 병이었다. 그 어떤 일에도 음모가 도사리고 있는 것만 같았다.

— 나도 몰라. 바빠서 그러는데 그냥 네 의심은 네가 알아서 좀 하면 안 돼?

"냉정한 여자. 나도 바빠. 바쁜데 또 대한민국 국민으로서 의혹의 시선을 거둘 수가 있어야지. 그리고 너무한다. 나도 세금 내는 시민이라고. 세금으로 월급 받는 경찰이 이래도 돼?"

— 개인적으로 궁금증 해결할 때 쓰라고 걷는 세금 아니거든? 그리고 내 월급에 들어오는 네 세금 따위는 십 원도 안 될 테니까 나한테 치덕대지 마. 그럴 거면 차라리 탈세를 해!

경찰이 그런 소리를 하냐고 말하려 했지만 이미 전화는 끊겼다. 무일은 입술을 비쭉거렸지만, 곧 웃지 않을 수 없었다. 그러고는 만족스럽다는 듯 한숨을 내쉬었다. 이걸로 오늘도 자신의 존재를 어필했다.

"어린애도 아니고."

혀를 차는 게 차라리 나을 듯한 말투에 무일은 얼른 고개를 들었다. 모르는 사이 변 사무장이 변호사실 안에 들어와 있었다. 그는 민망해져 헛기침을 했다.

"노크 좀 하고 들어오시죠."

"노크하다가 손가락 닳을 뻔했거든요. 그렇게 신나게 통화하시느라 노크 소리도, 문 여는 소리도, 들어오는 소리도 못 들으신 거 잖아요?"

"신나기는 무슨."

멋쩍은 듯 무일은 뒷목을 긁었다. 고개를 저으며 변 사무장이 파일을 내밀었다.

"오늘 약속 잡은 의뢰인 분이에요. 확정은 하지 않았는데 상담을 통해서 결정한다고 했어요."

큰 비밀이라도 얘기하듯 변 사무장이 무일을 향해 허리를 숙이고는 속삭였다.

"제 와이프 소개예요."

"오오!"

무일이 탄성을 지르자 변 사무장이 어깨를 으쓱했다. 지금 나오는 저 국정원 뉴스의 하드디스크를 빼낸 사람이 우리 변호사님이라고 여기저기 자랑한 탓이었다. 무슨 그런 사랑을 하시냐고, 무일은 손을 내저었지만 본심이 아니었다. 개업 변호사는 진실을 찾지 않는다. 의뢰인을 찾는다. 설령 진실을 찾았더라도, 또다시 의뢰인을 찾는다. 그것이 개업 변호사의 삶이라는 것을 아주 잠깐 잊을 뻔했다.

"무슨 사건인가 어디 봅시다."

무일은 파일을 펼쳤다. 의뢰인이 가지고 온 사망진단서가 첨부되어 있고 변 사무장이 작성한 사건 개요가 보였다. 그것을 읽는 무일의 얼굴이 잠깐 굳었다.

"군인인 아들이 동료에게 폭행을 당해 사망한 사건인데요. 그분은 가해자가 따로 있다고 생각해요. 군부대에서 뭔가 숨기는 게 있는 것 같다고요."

무일의 미간이 좁혀졌다. 결코 쉽지 않은 사건이라는 감이 왔다. 그는 서류 파일을 다시 변 사무장에게 내밀었다.

세상에는 억울한 일을 당한 사람이 많다. 특히 가해자가 국가나 기관일 때, 그들의 억울함은 원통함으로 바뀐다. 그들은 그 거대한 조직뿐만 아니라 자신의 나약함과도 싸워야 한다. 그들의 손을 잡아주고 싸움에 조금이라도 힘이 될 수 있다면 무일은 기꺼이 해야한다고 생각한다.

물론 유료로.

"아직 그분이 결정한 건 아니라니까요. 이따 상담을 통해서 결정하신대요."

"아, 맞다."

또다시 잠깐 잊고 있었다. 개업 변호사는 의뢰를 수락하는 사람이 아니다. 수락을 기다리는 사람이다. 의뢰인이 찾아오면 대국민 오디션이라도 보는 것처럼 자신의 저력을 보여주어야 했다. 무일은 큰 비밀이라도 말하는 듯 목소리를 낮추고 말했다.

"최선을 다하겠다고 전해주십시오."

38

국정원장의 재판이 있었다. 불법 개인 사찰은 그가 지시했다는 명확한 근거가 없다고 했다. 정현, 권순향, 윤홍길의 죽음은 별개의 사건으로 다뤄져야 한다고 했으며, 이 역시 현 국정원장이 관여한 증거가 없다고 했다. 다만 유명인들에 대한 외압이나 대통령이 추진하는 사업을 지원하도록 기업들에 압력을 넣은 사실은 인정되었다. 결국 국정원장은 정치 개입 혐의가 유죄로 인정되어 국정원법 위반으로 징역 2년 6개월에 집행유예 4년을 받고 풀려났다. 다른 혐의에 대해서는 증거 불충분으로 인한 무죄를 받았다.

증거 불충분으로 인한 무죄. 그것은 증거가 없다는 것도, 죄가 없다는 것도 아니었다. 증거를 받아들이지 않겠다, 죄를 묻지도 않겠다는 뜻과 다르지 않았다.

불법 사찰의 결과물로 유명인과 기업을 협박하여 영향력을 끼쳤는데, 그 사찰을 지시한 적은 없고 결과만 이용했다고 결론 난 셈이었다. 블록버스터급 블랙코미디였다.

검찰은 즉각 항소했고, 진보적 성향의 신문사들이 재판부의 어이없는 재판 결과에 대한 논평을 쏟아냈다. '술은 마셨지만, 음주운전은 아니에요'라는 단 한마디로 전 국민의 웃음거리가 되었던 한 연예인의 말을 이용한 패러디물이 범람했다.

"항소심에서는 제대로 된 결과가 나올까?"

재판 후 사흘이 지난 밤, 포장마차에 마주 앉은 무일이 여주에게 말했다. 오며 가며 건물에서 마주치거나 무일이 쓸데없이 전화를 걸어 농담을 하기는 했지만, 이렇게 만나 이야기를 나누는 것은 사건 이후 처음이었다.

여주는 그동안 새로운 팀장과 합을 맞추느라 고생했고, 다시 '여자가 아니라 형사입니다'를 입에 달고 살아야 했고, 팀장을 누르고 자기 멋대로 경찰서장을 만나 일을 주도하려 했던 문제 형사라는 딱지를 떼기 위해 노력해야 했다. 멀어진 순간 그리웠던 일상은, 돌아오고 나니 치졸하기 그지없는 것이었다.

"우린 아무것도 해결한 게 없어."

잔에 소주를 따르며 여주는 자조적인 어투로 말했다. 무일은 자신의 빈 소주잔도 내밀었지만, 가득 채운 소주잔을 단숨에 입안에 털어넣는 여주를 보며 슬쩍 거두어들일 수밖에 없었다.

"응. 아무것도 해결한 건 없이 죽을 뻔만 했지."

불법 도감청을 했다고 뒤집어쓰는 바람에 구속당할 뻔했던 무일의 사회적 죽음과, 달리던 트럭에 치일 뻔했던 여주의 육체적 죽음의 아찔함을 떠올리며 무일은 몸을 떨었다.

그는 계속 말을 이었다.

"그래도 변한 게 있어. 이상호 형사가 너에게 부끄러워했잖아, 미안해했고. 아마 팀장님도 그런 마음이었겠지. 또 세상이 진실의 일부를 알게 됐잖아. 우린 다시 일상으로 돌아왔고, 그 일상은 이전과는 달라."

"혹시 취한 거야?"

"얘가, 오빠 간만에 진지한데. 무엇보다 완전히 변한 게 있지."

"뭔데?"

무일은 대답 대신 여주의 눈을 지그시 들여다보며 술잔을 들었다. 둘은 기분 좋게 웃으며 가볍게 서로의 술잔을 부딪쳤다. 농담처럼 받아들였지만 여주는 무일의 말이 맞는다고 생각했다. 자신이 할 수 있는 최대한의 역량을 다했다. 세상을 바꿀 수는 없었지만 그 노력 자체가 헛되다고 생각하지는 않았다.

"무슨 생각해? 또 오빠한테 심쿵했구나?"

"아주머니, 여기 계산할게요. 남동생이 만취해서 가야겠어요!"

여주는 장난스럽게 웃으며 지갑을 들고 일어섰다. 무일은 그녀의 계산을 굳이 말리지 않았다. 이렇게 얻어먹어야, 보답으로 밥을 사겠다는 전화를 걸기가 쉽다.

두 사람은 포장마차에서 나와 순향빌딩을 향해 밤길을 걸었다. 문득 생각난 듯 여주가 말했다.

"참, 들었어? 권두만 씨가 빌딩 내놨다던데."

결국은 그렇게 됐다. 아버지에 대한 그의 죄책감은 반년도 이어지지 않았다. 아버지가 돌아가신 건물을 볼 때마다 마음이 아프다는 것을 표면적 이유로 내세웠지만, 실상은 무리하게 시작한 사업 때문이라는 것 정도는 순향빌딩 앞을 지나가는 개도 알고 있었다.

"응, 들었어. 새 주인이 오면 세입자들 상대로 다시 계약하겠지?"

"아마도 그렇겠지. 월세 확 올린다고 하는 거 아냐?"

"그러면 곤란한데" 하며 턱을 만지작거리는 여주를 보며 무일이 눈을 빛냈다.

"비싸지면 방 하나 취소하고 우리 둘이 같이 쓸래?"

"같이 살기에는 너무 좁지 않니?"

무일의 눈이 휘둥그레졌다. 동시에 여주의 눈도 찢어질 것처럼 커다랗게 떠졌다. 장난을 친 무일도, 자기도 모르게 진짜로 고민한 여주도 당황하고 놀란 순간이었다.

"지금 나랑 같이 살겠다고 대답한 거야?"

"뭔 소리야. 나는 그냥 팩트에 근거해서 가능한가, 불가능한가만을 따지고……. 아, 몰라!"

여주가 걸음을 빨리했다. 하지만 그에 질세라 무일이 따라붙었다. 무일의 입가에는 미소가 떠나지 않았다. 얼굴을 자꾸 감추는 여주를 굳이 보려고 뒤쫓아가며 무일은 말을 멈추지 않았다.

"뭐야, 또 심쿵 포인트야?"

"아, 시끄러!"

"아닌데? 하나도 안 시끄러운데? 완전 조용한데? 도서관인 줄 알았는데?"

여주가 발길질을 해댔고, 무일이 이쪽저쪽으로 몸을 흔들어가며 얄밉게 피해 다녔다. 두 사람의 그림자가 순향빌딩 앞 골목에서 활기차게 움직였다.

× × ×

그리고 일주일 후, 강원도 홍천으로 여주의 발령이 떨어졌다. '지방의 전문 인력 부재로 인한 순환근무'가 그 명목이었으나 믿는 사람은 아무도 없었다. 경찰서장은 아내가 부동산 투자 사기 사건에 연루되며 논란이 일자, 피해자임을 강조해보았지만 결국 사직을 결정했다.

에필로그

"아, 할매! 자꾸 이러실 거예요?"

강원도 홍천의 작은 마을, 한여름의 해가 내리쬐는 밭 앞에서 여주의 목소리가 울려퍼졌다. 38도에 달하는 열기만큼이나 여주의 속을 끓이고 있는 대상은 지금 막 밭에서 기어 올라오고 있는 김점분 할머니였다. 아흔 살의 고령에도 허리만 굽었을 뿐, 정정한 점분은 밭의 비닐하우스 안에서 둑으로 올라와 고개를 들며 씨익 웃었다. 그녀의 손에 싱싱한 오이 한 개가 들려 있었다.

"아, 폭염이라고 물 많이 먹으라며. 오이로 수분 섭취 좀 하겠다는데 뭐 그리 성화야!"

적반하장도 유분수지. 여주는 허리에 손을 얹은 채 깊은 한숨을 내쉬었다.

"물 마시랬지 누가 남의 밭에서 오이 훔쳐 먹으랬어요?"

"훔치다니, 훔치다니! 목이 말라서 하나 딴 걸 갖고. 쯧쯧, 시골

인심이 언제부터 이렇게 못쓰게 됐지?"

"하나요?"

여주는 힘껏 인상을 쓰며 점분이 지고 있는 백팩을 노려보았다. 손자가 쓰다 버린 것을 주워왔는지 점분의 작은 체구보다 훨씬 커서 가방이 점분을 들고 있는 것처럼 보일 정도였다. 그 큰 백팩을 숨길 수 있다는 듯 점분이 몸을 틀며 헤헤 웃었다.

"네 개 더 있어. 이 정도야 서리지, 서리. 우리 때는 이웃끼리 다 이러고 살았어."

"서리 같은 소리! 최씨 할매 손에 끌려와서 도둑질했다고 신고당한 게 불과 사흘 전인데! 정말 왜 이래요. 한 번만 더 그러면 진짜로 가만히 있지 않겠다고 했거든요!"

누가 보면 점분이 오이 몇 개 살 돈이 없을 만큼 가난해서 그런다고 생각할지도 모르지만 그것은 사실이 아니었다. 최씨 할매와 점분의 싸움은 이 동네에서 아주 유명했다. 두 사람은 매일같이 싸웠다. 싸움의 이유는 다양했고, 다양한 만큼 소소했다. 최씨 할매가 자식 자랑을 하는 게 듣기 싫어서 싸우기도 했고, 점분이 관자 요리를 먹고 와서 관자놀이라고 말했다고 놀리다가 싸운 적도 있었다. 점분네 복순이를 임신시킨 것이 최씨 할매네 진돌이일지도 모른다는 의혹에, 마당에 묶여 있는 진돌이가 복순이를 임신시키려면 그 고추가(실제로 고추라고 말하지는 않았지만 여기서는 고추로 갈음하기로 한다) 10미터는 넘어야 되겠다고 최씨 할매가 따지자, 새벽마다 진돌이를 풀어놓는 것을 안다면서 온 동네 길바닥의 똥이 모두 진돌이 것이니 전부 치우든가, 진돌이 똥구멍을 틀어막으라고 점분이 대거리를 하다 싸우기도 했다.

요즘 싸움의 주된 요인은 바로 화투였다. 두 사람은 눈만 마주치면 맞고를 쳤는데 그때마다 국진을 숨겼다느니, 네가 몰라서 그렇다느니 다퉈댔고, 며칠 전에는 방금 돈을 땄으면서 쓰리고를 하다니 욕심이 하늘을 찔러 저승사자가 내일이라도 잡아갈 거라며 크게 싸웠던 것이다. 결국 돈을 잃은 점분이 최씨 할매의 오이밭에서 잃은 돈만큼의 오이를 가져오다 싸움이 붙기에 이르렀던 것이다.

"아이고, 정말 못 말려. 다음엔 이러지 마세요!"

여주는 주머니에서 삼천 원을 꺼내며 최씨 할매의 오이 하우스로 성큼성큼 걸어갔다. 하우스 안쪽 플라스틱 의자 위에 돈을 올려놓고는 종이에 '오이 다섯 개'라고 써서 작은 돌을 주워 눌러놓았다. 뒤에서 점분이 입을 비쭉거렸다.

"내가 뭐 돈이 없어 그러나. 그 할매 하는 짓퉁머리가 기분 나빠서 그러지."

"아, 그렇게 마주칠 때마다 싸우면, 나 같으면 그냥 최씨 할매랑 안 놀겠다!"

흘겨보며 핀잔을 주는 여주에게 점분이 히히 웃었다.

"아, 그럼 심심해서 쓰나."

"헐."

여주는 고개를 절레절레 내저으며 혀를 찼다. 하우스에서 나와 둑으로 올라온 여주의 걸음을 점분이 종종걸음으로 쫓았다. 보아하니 여주가 돈을 대신 내준 것이 미안한 모양이다. 여주는 일부러 더 새치름한 표정을 지었다.

"내가 삼천 원을 돌려줘도 안 받을 것이고……. 이따 저녁때 우리 집에 와. 내가 토종닭, 실한 놈으로 잡아다 푸욱 끓여줄게. 전복도 한 댓 마리 넣고."

"저 공무원이거든요? 김영란법에 걸려요. 앞으로 안 싸우시면 그걸로 퉁칠게."

"명란이가 누군데?"

"김, 영, 란요. 김영란법. 공직자한테 뭐 주면 안 된다는 거요. 토종닭 한 마리에 전복 댓 마리면 그게 얼마야. 어후 잡혀가요."

"김영란이만 안 먹이면 되는 거 아녀?"

여주의 걸음이 우뚝 멈췄다. 눈을 동그랗게 뜨고 올려다보는 점분의 얼굴이 귀여웠다. 시골에 배치받으면서 새롭게 배운 것이라고는 노년의 귀여움뿐이었다.

"음, 그게…… 암튼 부담 갖지 마시라고."

여주가 설명을 하다 포기하고는 미소를 지어주자 점분의 얼굴도 밝아졌다. 두 사람의 아웅다웅이 젊은 사람을 피곤하게 하니 마음에 걸린 것 같았다. 점분이 손에 들고 있던 오이 하나를 내밀었고, 여주는 그것을 받아들고 와그작 씹어 먹었다.

그때 허리춤에 차고 있던 무전기에서 호출 소리가 들렸다.

"앵무 이삼구오 하나. 무슨 일이십니까?"

지직거리는 잡음과 함께 무전기 너머에서 목소리가 들렸다. 여주는 확실히 알아들었지만 청각이 둔한 점분은 알아듣지 못한 것 같았다. 무전기를 다시 허리춤에 차는 여주의 낯빛이 어두워지는 것을 보며 점분이 물었다.

"무슨 일이야?"

그러고는 여주가 뭐라 하기도 전에 뭔가 짚이는 것이 있다는 듯 소리쳤다.

"이놈의 최씨가 우리 가지밭을 도둑질했어?"

여주는 웃으며 점분의 어깨를 다정하게 문질렀다.

"그런 거 아니고 그냥 호출이에요. 전 이만 가볼게요. 너무 더우니까 바로 집에 가세요."

마지못해 고개를 끄덕이는 점분을 뒤로하고, 여주는 세워둔 순찰차를 향해 달려갔다. 점분에게로 향하던 웃음이 사그라진 뒤에는 딱딱한 표정만 남았다.

점분이 듣지 못해 다행이다.

홍천 굴지리 제1교 아래에서 신원 불상의 남자가 시신으로 발견됐다는 무전이었다.

× × ×

여주가 사건 현장에 출동했을 때는 이미 모여든 동네 사람들로 인해 아수라장이었다. 지구대장이 배치되어온 지 3개월 된 박 순경을 데리고 현장 통제를 하느라 혼이 나가 있었다. 폴리스라인 안에서는 형사들과 과학수사 대원들이 현장의 증거들을 채취하고 있었다. 시신은 흰 천으로 덮여 있었다.

"어여 와. 이렇게 조용한 동네에서 이게 무슨 일이래?"

"그러게요. 신원 확인은 아직 안 됐대요?"

"몰라. 본청에서 내려온 사람들이 알아서 하겠지. 우리야 사람들 막으라고 세워놓지 뭘 속 시원히 설명해주나, 어디?"

여주는 사건 현장으로 다시 시선을 돌렸다. 시신을 덮은 흰 천이 젖은 것이 멀리서도 보일 정도니 익사 같았다.

'그렇다면 사고사인가? 아니면 자살?'

현장을 향해 여주가 형사의 촉을 발동시키고 있을 때였다. 본청에서 나왔다는 한 형사가 지구대장과 함께 서 있는 여주에게로 다가왔다. 키가 크고 호리호리한 몸매에 피부는 그을려서 갈색 톤인 남자였다. 가느다란 눈 끝에서 뻗어나오는 눈빛이 제법 매서웠다. 나 형사요, 그런 얼굴이었다. 그는 지구대장을 보았다가 다시 여주에게로 시선을 내렸다. 그러고는 답을 구하듯 지구대장에게 물었다.

"이분이 신여주 경위님이십니까?"

"네, 맞는데요."

대답한 것은 여주였다. 애초에 당사자에게 물어보면 될 것을 굳이 지구대장에게 묻는 행동이 별로 마음에 들지 않았다.

"현명진 형사입니다. 저…… 잠시만."

그는 차를 향해 손을 뻗었다. 차까지 같이 가달라는 얘기였다. 현장 통제를 위해 온 지구대 경위에게 무슨 할 말이 있는 걸까. 지구대장 역시 따로 들은 얘기는 없는 눈치였다. 그래도 어서 가보라는 듯 손짓했다.

현명진의 태도는 그다지 마음에 들지 않지만 현장에 가까이 갈 수 있다는 생각에 여주는 심장이 두근거렸다. 시골로 좌천 발령을 받았을 때는 사직을 고려할 만큼 좌절했다. 그러나 그만둘 수는 없었다. 좌천 발령은 부당한 것이었지만 조직의 명령이다. 언제고 다시 복귀할 수 있다고 생각하면서 결국 이곳으로 내려왔다. 시골 주민도 대한민국 국민이므로 억울하다고는 생각하지 않으려 했는데……. 이제야 알 수 있었다. 자신이 생각보다 형사 일을 훨씬 더 사랑했다는 것을.

"참고인이 있는데 신여주 경위님하고 먼저 얘기하고 싶다고 협조를 하지 않아서요."

"참고인요? 최초 목격자…… 이장님이오?"

상대가 이장이라면 여주는 자신이 충분히 도움이 될 거라고 자신했다. 이곳에 내려와서 '깐깐한 할아버지 비위 맞추기', '까칠한 할머니 달래기' 같은 능력은 확실히 늘었다.

현명진 형사가 대답했다.

"목격자가 아니고…… 어쩌면 곧 용의자로 전환될 사람이에요. 죽은 사람하고 오늘 만나기로 약속한 사람이고, 마지막 통화도 이 사람이었거든요."

"그런 사람이 어떻게 저를…… 누군데요?"

"저희도 궁금합니다. 저 사람입니다."

현명진이 손가락으로 참고인이 있는 쪽을 가리켰다. 여주의 시선이 자연스레 그 손가락을 따라 오른쪽으로 향했다. 그곳에는 형사들이 타고 온 차량과 지원 나온 순찰 차량, 국과수 차량들이 가득 세워져 있었다. 그 사이에서 형사 두 명에게 둘러싸여 누군가 목소리를 높이고 있었다.

바람을 타고 "아, 이따가 말한다니까요!" 하는 외침이 들려왔다. 순간 여주의 가슴속에서 익숙한 불길함이 스멀스멀 피어올랐다.

"저, 설마……."

"아는 분입니까?"

현명진의 목소리를 들었는지, 아니면 인기척을 느꼈는지, 저쪽 편에서 목소리를 높이던 남자가 이쪽으로 얼굴을 돌렸다. 여주를 발견한 그는 아주 반갑게 손을 들었다. 그를 가리고 있던 두 명의 형사가 여주를 돌아보았고, 덕분에 남자가 누군지 여주는 확실하게 확인할 수 있었다.

여주의 눈이 커다랗게 떠지고 입은 작살을 맞은 아귀처럼 벌어졌다. 그녀는 간신히 소리쳤다.

"김무일?"

× × ×

"아주 특별한 사이죠"라는 애매하고도 모호한 대답으로 무일은 여주와 단둘이 남을 수 있었다. 물론 현명진의 의심의 눈초리와 "아무리 아는 사이라도 수사와 관련된 내용을 저희에게 비밀로 하거나, 저 사람을 감싸주어서는 안 됩니다"라는 경고를 받은 뒤였다.

"설명 좀 하지?"

"오랜만인데 인사가 좀 서운하다?"

"오랜만은 무슨! 하루가 멀다 하고 전화질하면서!"

"어허, 전화질이라니! 신성한 로맨스에."

"하아."

여주는 깊은 한숨을 내쉬었다. 김무일의 능글맞은 농담에는 이제 두 손 두 발 다 들었다.

"그래. 그 끝이 수갑 채우는 건 아니길 바란다."

"무슨 소리야?"

여주는 사건 현장에 둘러쳐진 폴리스라인을 턱짓으로 가리켰다.

"도대체 뭘 하고 다니는 거야?"

돌연 여주의 얼굴이 진지해졌다. 지난번 권순향 사건 이후 무일이 저작권 기획 소송에서 완전히 손을 뗀 사실은 알고 있었다. 매번 "돈돈"거렸으면서도 수임료를 내지 못하는 사람들의 억울한 사건도 맡는다는 걸 변상영 사무장을 통해 들었다. 그런데 전화를 걸어온 무일은 농담만 해댈 뿐, 어떤 사건을 맡고 있는지 일절 말하지 않았다.

그런데 오늘 여기서 만났다. 그것도 사망자와 마지막 통화를 한 용의자 중 한 사람으로!

무일이 싱긋 웃었다.

"알면 다칠 텐데?"

"내 구역에 와놓고도 내가 모르길 바랐으면, 날 불러달라고는 하지 않았겠지?"

"역시! 신여주 형사다운데?"

또다시 장난을 칠 것처럼 무일이 목소리를 높였지만 여주는 오히려 긴장했다. 순간 표정이 바뀐 무일이 시선을 쓰윽 돌려 형사들의 위치를 확인했기 때문이었다. 그는 낮은 목소리로 말했다.

"사건을 하나 맡았어. 재수사를 요청하는 사건인데 당시 가해자로 판결받고 형까지 살고 나온 사람을 만나러 온 길이야."

"그 가해자가……."

"저기 시신으로 누워 있네."

여주는 새삼스러운 눈으로 사건 현장을 다시 살펴보았다.

"무슨 사건이었는데."

"군내 폭행치사 사건. 직업 군인이었어. 주요 사망 원인은 두개골 골절에 의한 뇌손상."

사건 즉시 군경찰이 용의자를 붙잡았다. 이름은 김욱환으로 사망자와 같은 부대 내의 중사였다. 군경찰의 조사 결과 단순한 말다툼이 원인이라고 했다. 사망자가 지방대를 나온 김욱환을 무시하는 발언을 해서 발끈했다고 했다.

유족들은 믿지 않았다. 이유는 있었다. 가해자는 유족들도 이미 알고 있는 인물이었다. 이십대 초반 사병으로 군대에서 만난 두 사람은 더없이 절친하게 지내면서 함께 직업 군인이 된 사이였다. 명

절 휴가 때면 서로의 집에 선물을 보낼 정도로 가까웠다.

하지만 친했다는 이유만이 전부는 아니었다. 피해자는 지방대학을 나왔다고 다른 사람을 무시할 사람이 아니었다. 무엇보다 본인이 지방대학을 다녔기 때문이었다. 서울의 대학으로 편입하지 않았다면 그 역시 지방대 출신으로 이력서에 남았을 것이었다.

"네가 그런 게 아니지? 말해! 누굴 감싸는 거야!"

처음엔 "네가 어떻게 그럴 수 있어!"라고 오열하던 피해자의 어머니가 진실을 알려달라고 절규했다.

"하지만 더 명확한 증거가 있겠지?"

"한두 개가 이상한 게 아니야. 김욱환은 반드시 누구에게도 알리지 말고 내려오라고 했어. 뭔가 두려움에 떠는 듯한 목소리로."

여주가 인상을 찡그렸다. 그녀는 아마 '권순향 살인 사건'을 떠올리는 것 같았다.

"그런데 오늘 나와 만나기 직전 살해당한 거야. 누군가 날 만나 뭔가 말하려는 걸 알고."

형사들이 이쪽을 보았다. 곧 조사를 한다며 올 것 같았다. 시간이 촉박하다.

"일단은 가해자로 지목됐던 저 사람을 누가 죽였는지부터 알아야 사건을 풀 수 있어. 아직은 형사들을 믿기 어려워. 무슨 소린지 알지? 네 도움이 필요해."

여주는 무슨 말을 해야 할지 알 수 없었다. 머릿속이 복잡했다. 온갖 생각이 오갔지만, 사망자가 오늘 맞닥뜨린 누군가를 찾으려면, 다른 사람의 손길이 타기 전에 먼저 CCTV를 확보해야 한다는 생각이 앞섰다.

"지난번엔 국정원을 뒤지다가 여기로 좌천됐는데 이번엔 군대야? 나 다음엔 어디로 가게 될까?"

"어쩌면 은파동 21-18번지일 수도."

"거기가 어딘데?"

"우리 집."

상황과는 어울리지 않는 농담에 여주는 풉 하고 웃었다. 그런 그녀를 향해 무일이 손을 내밀었다.

"도와줄 거지? 형사니까."

"인생 참, 피곤하네."

하지만 말과는 다르게 여주는 씩 웃으며 무일의 손을 마주 잡았다. 두 사람의 눈이 서로를 향해 뜨겁게 빛났다.

내가 죽였다

초판 1쇄 발행 2019년 8월 21일
초판 3쇄 발행 2022년 8월 3일

지은이 정해연

펴낸이 카카오페이지 황현수
기획 카카오페이지 이수현
책임편집 황예인
마케팅 최지연, 김재선, 장철용
제작투자 타인의취향

펴낸곳 연담ㄴ
출판등록 2010년 8월 16일 제2015-000037호
주소 서울시 마포구 토정로37길 41 601호
전화 02-6949-6014
팩스 02-6919-9058

ISBN 979-11-6074-860-4 03810

이 책은 모바일 콘텐츠 플랫폼 카카오페이지와 CJ ENM이 공동 주최한 제2회 추미스 소설 공모전 수상작을 종이책으로 편집해 출간한 것입니다. (주)타인의취향과 카카오페이지의 계약에 의해 출판된 것이므로 무단 전재 및 유포, 공유를 금지합니다. 이 책의 연재 버전은 카카오페이지 앱에서 감상하실 수 있습니다.

이 도서의 국립중앙도서관 출판예정도서목록(CIP)은 서지정보유통지원시스템 홈페이지(http://seoji.nl.go.kr)와 국가자료공동목록시스템(http://www.nl.go.kr/kolisnet)에서 이용하실 수 있습니다.(CIP제어번호:CIP 2019030029)